이상문학상
1977~2016
제40회

2016년도 이상문학상 작품집
제40회 대상 수상작 김경욱 〈천국의 문〉 외 5편

2016년도 제40회 이상문학상 작품집

천국의 문 외 5편

문학사상

제40회 이상문학상
대상 수상작 선정 이유

　　2016년도 제40회 이상문학상 대상 수상작으로 김경욱 씨의 〈천국의 문〉을 선정합니다.

　　김경욱 씨는 1993년 《작가세계》 신인상에 중편 〈아웃사이더〉가 당선되어 작품 활동을 시작한 후로 소설집 《바그다드 카페에는 커피가 없다》 《베티를 만나러 가다》 《누가 커트 코베인을 죽였는가》 《장국영이 죽었다고?》 등과 장편소설 《아크로폴리스》 《모리슨 호텔》 《황금사과》 《천년의 왕국》 등을 발표하고, 제37회 한국일보문학상, 제40회 동인문학상, 제53회 현대문학상, 제3회 김승옥문학상을 수상한 문단의 중진 작가입니다.

　　제40회 이상문학상 대상을 받게 된 〈천국의 문〉은 당대의 현실에 대한 치밀한 분석과 해부를 통하여 다양한 서사적 기법을 구사한 것이 그 특징입니다. 간결한 문체가 빚어내는 풍부한 아이러니의 공간은 〈천국의 문〉 전반에 걸쳐 특징적으로 발견할 수 있는 독특한 서사 미학의 요소입니다.

　　또한 〈천국의 문〉은 단편소설의 정석을 보여주는 잘 짜여진 이야기라는 점이 그 특징이기도 합니다. 요양병원에서 치매로 세상을 떠나게 되는 아버지의 죽음을 딸의 시선으로 처리하고 있는 이 작품은 한국의 현대사회가 안고 있는 노인과 병과 죽음 그리고 가족공동체의 해체 등, 여러 겹의 문제들을 한데 응축시켜 놓고 그 현재와 미래를 응시한 듯합니다.

그런데 이 작가는 그러한 문제들을 비정하리만큼 일정한 거리를 두고 치밀하게 구성하고 있습니다. 짧은 이야기의 시간 속에서 다루어지는 디테일한 묘사, 과거와 현재를 오가는 시간의 능란한 구사, 현대적 죽음 자체를 특이한 시각으로 해석하는 점 등은 이 소설이 성취하고 있는 서사 미학의 탄탄한 기반이라 할 수 있을 것입니다. 특히 이 작가가 주목하고 있는 부성父性 부재의 현실과 가족공동체의 해체 문제는 이 소설의 결말에서 패러디의 방식을 통해 놀라운 반전反轉을 보여줍니다.

이상문학상 심사위원회는 소설 〈천국의 문〉에서 작가 김경욱 씨가 보여준 설득력 있는 능숙한 이야기 구성과 디테일의 구현, 시간의 능란한 구사와 서사 공간의 확대, 패러디의 감각과 그 주제의 새로운 해석 등을 높이 평가하여 2016년도 제40회 이상문학상 대상의 영예를 드립니다. 우수상으로 선정된 다섯 작품도 모두 대상과 마지막까지 경합한 한국 문학사에 길이 남을 만한 작품이라고 할 것입니다.

2016년 1월
이상문학상 심사위원회
권영민, 김성곤, 김인숙, 김종욱, 윤후명

차례

1부 대상 수상작 그리고 작가로서의 김경욱

2부 우수상 수상작

3부 선정 경위와 심사평

제 40회 이상문학상 대상 수상작 선정 이유　　4

● 대상 수상작 | 김경욱 • 천국의 문　　10
● 자선 대표작 | 양들의 역사　　38
● 수상 소감 | 영원한 지망생　　62
● 문학적 자서전 | 아버지의 무릎　　65
● 작가론 | 김경욱은 늙지 않는다 • 윤성희　　71
● 작품론 | 아이러니의 천국 • 유준　　80

● 김이설　　빈집　　106
● 김탁환　　앵두의 시간　　134
● 윤이형　　이웃의 선한 사람　　214
● 정 찬　　등불　　258
● 황정은　　누구도 가본 적 없는　　284

● 심사 및 선정 경위　　310
● 심사평
 ─ 권영민　주제의 해석과 기법의 능란함　　313
 ─ 김성곤　'어두운 과거의 짐' 내려놓기에 대한 뛰어난 성찰과　　315
　　　　　표현의 능숙함
 ─ 김인숙　끔찍한 세월의 끝에 깊게 울음소리를 내는 문학의 향기　　317
 ─ 김종욱　개인의 실존과 삶의 아이러니　　319
 ─ 윤후명　삶의 아픔 살아나　　320

'이상문학상'의 취지와 선정 규정　　322

1부

대상 수상작

그리고

작가로서의 김경욱

대상 수상작

김경욱
천국의 문

1971년 광주에서 태어나 서울대학교 영어영문학과를 졸업하고 동
대학원 국어국문학과 박사 과정을 수료했다. 1993년《작가세계》신
인상에 〈아웃사이더〉가 당선되어 등단했으며, 소설집으로《위험한
독서》《신에게는 손자가 없다》《소년은 늙지 않는다》와 장편소설
《천년의 왕국》《동화처럼》《야구란 무엇인가》등이 있다. 제37회 한
국일보문학상, 제40회 동인문학상, 제53회 현대문학상, 제3회 김승
옥문학상을 수상했다.

아버지가 오늘 밤을 넘기지 못할 것 같다는 기별을 들었을 때 여자가 가장 먼저 한 일은 화장을 고치는 것이었다. 핏기 없는 얼굴을 감추기 위해 바른 핑크색 아이섀도와 볼터치를 지우고 비비크림을 꼼꼼히 덧발랐다. 입술은 핑크와 베이지색 립스틱을 섞어 최대한 자연스러운 느낌을 냈다. 옷도 여러 벌 입어보았다. 고심 끝의 선택은 중요한 자리에 입고 가려고 사둔 까만 벨벳 원피스였다. 물론 이 모든 것을 위해서는 조명부터 켜야 했다. 전화를 끊고 보니 자정 무렵이었고 옷도 갈아입지 않은 채였다. 퇴근하자마자 소파에 쓰러져 잠든 것이다. 어린이집 일이 고단해서가 아니었다. 아버지가 요양병원으로 떠나고부터 생긴 버릇이었다.

외출 준비를 마친 여자는 싱크대로 가서 머그잔 가득 보리차를 따랐다. 북유럽 신화 속 상상의 동물이 그려진 커다란 찻잔은 여자가 북국의 오로라 여행을 꿈꾸며 산 것이었다. 여자는 시간을 들여 여러 모금 마셨지만 보리차를 절반이나 남겼다. 애당초 갈증을 달래기 위해서는 반 잔이면 충분했다. 나머지는 아버지 몫이었을 것이다. 언제부턴가 아버지는 뭐든 여자부터 먹어보게 했는데 독을 탔을지 모른다는 의심 때문이었다.

휴대폰 폴더를 열고 버튼을 뚫어지게 들여다보던 여자는 가볍게 입술을 깨물었다. 다른 가족에게 연락해야 할지 판단이 서지 않았다. 임종을 해야 할 것 같다며 전화를 돌린 것만도 이미 두 차례였다. 엄마와 여동생. 고작 두 통이었지만 스무 통은 돌린 기분이었다. 다른 남자의 아내가 된 엄마는 남의 집 얘기처럼 데면데면 굴었고, 다른 나라에 살고 있는 여동생은 남의 나라 얘기인 양 시큰둥했다.

고민 끝에 여자는 '2' 버튼을 길게 눌렀다. 두 번째 단축번호가 호출한 곳은 콜택시 콜센터였다. 한밤중에 고통을 호소하는 아버지 때문에 여자는 응급실을 수시로 들락거려야 했다. 무너지는 정신을 따라 아버지는 몸도 급격히 망가져 갔다. 폐가 먼저였고 그다음은 심장과 콩팥이었다.

주변에 차량이 없다는 문자가 온 것은 10분쯤 뒤였다. 빈 택시가 귀한 시각이기는 했지만 밀려나듯 이사 온 이 동네는 유난히 택시가 드물었다. 여자는 외투와 숄더백을 챙겨 들고 서둘러 집을 나섰다.

한 시간 가까이 발을 동동 구르다 택시에 오른 여자를 맞은 것은 시끄러운 음악 소리였다. 라디오에서 올드팝이 흘러나오고 있었다.

"영등포요."

여자가 차문을 닫으며 말했다.

"영등포 어디?"

운전수가 백미러를 쳐다보며 큰 소리로 물었다.

눌러쓴 야구모자 밖으로 삐져나온 머리카락이 온통 새하얬다.

여자는 아버지가 입원한 요양병원 이름을 댔다.

"어디라고?"

운전수가 더 큰 소리로 외쳤다.

"죄송하지만, 볼륨 좀 줄여주세요."

여자도 목소리를 높였다.

운전수가 라디오를 끄자 여자는 요양병원 이름을 또박또박 말했다.

"거기가 어디야?"

운전수의 목소리는 더 커졌다.

주말마다 택시를 타고 면회를 다녔는데 이런 경우는 처음이라고 생각하던 여자는 이내 그것이 착각이었음을 깨달았다. 갈 때는 버스를 탔다. 택시를 이용한 것은 집으로 돌아올 때만이었다. 양 볼 가득 알사탕을 문 채 병실 창가에 멍하니 앉은 아버지를 보고 나면 다리에 힘이 쭉 빠졌다. 택시비가 아깝긴 했지만 버스를 두 번이나 갈아탈 자신이 없었다. 병원에서 돌아오는 길은 언제나 심란했다. 허물어진 벽 같은 얼굴로 아버지는 무슨 생각을 할까? 붉게 타오르는 나뭇잎을, 신의 정맥처럼 파란 하늘을, 기적 같은 새하얀 눈송이를 보며 대체 무슨 생각을 할까? 과연 생각이라는 걸 하기는 할까? 두서없는 상념은 언제나 영혼(사람에게 영혼이 있을까?)과 죽음(영혼이 있다면 죽은 뒤에는 어떻게 될까?)에 관한 아득한 물음으로 귀결돼서 여자는 무기력해진 채 택시에서 내려야 했다.

"죄송하지만, 내비게이션으로 찾아봐주실래요?"

"무슨 병원이라고?"

"에버그린이요."

"이름 참 희한하네."

운전수가 궁시렁거리며 천천히 내비게이션을 만졌다. 여자가 보기에는 신중하다기보다 헤매는 느낌이었다.

"그런 데는 없어. 잘못 알고 있는 거 아냐?"

운전수가 버럭 소리쳤다. 이름이 희한해서 출발이 지체되기라도 한 것처럼.

아버지도 그랬다. 기억이 가물가물하다 싶으면 벌컥 분노를 터뜨렸다. 도화선은 숫자였고 뇌관은 단어였다. 중요한 순간임을 본능적으로 감지했는지, 병원에서 인지능력을 테스트할 때는 그나마 나았지만 그래도 정상은 아니었다. 의사는 다시 물어볼 것임을 환기한 뒤 아버지에게 세 개의 단어를 따라하게 했다.

구름, 나무, 강물.

매번 같았다. 그리고는 백에서 일곱씩 거듭 빼게 했다. 아버지의 망가진 뇌가 감당할 수 있는 셈은 두 번째까지가 고작이었다. 엉뚱한 숫자가 거푸 나오면 의사는 셈을 중단시키고 좀 전의 단어가 무엇이었는지 물었다.

"얼음, 나물, 강릉."

아버지는 주저 없이 대답했다. 얼음 대신 기름이거나 나물 대신 녹두(음식에 대한 집착은 전형적인 치매 증상이라고 의사는 설명했다)일 때도 있었다. 그런데 강물은 언제나 강릉이었다. 여자가 알기로는 아버지의 인생과 무관한 지명이었다. 언젠가 여자는 아버지에게 넌지시 물어보았다. 그곳에 가본 적이 있느냐고, 무슨 연고라도 있느냐고. 당혹스러워 하는 눈빛도 잠시, 아버지는 핏대를 세우며 엉뚱한 소리를 해댔다. "왜 밥 안 줘!" 방금 드시지 않았느냐고 하자 옆집

여편네가 훔쳐 먹었다며, 아비를 굶겨 죽일 작정이냐고 파랗게 역정을 냈다.

"잠깐만요."

여자가 숄더백을 뒤지기 시작했다. 엊그제 한 달 치 입원비를 치르고 받은 영수증이 있을 텐데. 한참을 뒤져도 보이지 않던 영수증은 여권 갈피에서 나왔다. 여자가 늘 지니고 다니는 여권은 유효기간이 몇 달 안 남았지만 도장 한 번 찍힌 적 없이 깨끗했다.

여자는 영수증을 들여다보며 병원 주소를 댔다.

운전수가 내비게이션에 병원 주소를 입력했다.

"에버그린이 아니라 그레이스네. 그레이스 요양병원."

운전수가 거 보라는 듯 소리쳤다.

여자는 아차, 싶었다. '에버그린'은 요양병원에 딸린 장례식장 이름이었다. 이상하게도 병원과 장례식장 이름이 달랐다.

부고를 알릴 때 남의 눈을 의식해야 하는 유족의 처지를 감안해서 그런 거라고, 부모가 요양병원에서 사망한 것을 감추고 싶어하는 사람들이 많다고 설명해준 사람은 치매 병동의 남자 간호사였다. 해가 두 번 바뀌도록 가벼운 눈인사나 주고받던 사내와 단둘이 마주앉게 된 것은 두 달쯤 전이었다. 사과를 깎던 여자의 손에서 과도를 빼앗아든 아버지가 여자의 목을 겨누고 복도로 끌고 나가며 소리쳤다. 나가게 해달라고, 내보내주지 않으면 다 죽여버리겠다고. 그때 사내가 없었다면……. 여자는 상상만으로도 아찔했다. 모두가 당황해 어찌할 바를 모를 때 사내만 뭔가를 했고, 아버지가 돌연 사지를 늘어뜨리며 고꾸라졌지만, 뭐가 어찌 된 노릇인지 누구도 정확히 알지 못했다.

무슨 혈인가를 찔렀다고, 왕년에 침 좀 났다고 사내가 귀띔해준 것은 어느 빈소에서였다. 그랬다. "이럴 때일수록 뭘 좀 먹어야 한다"며 사내는 바들바들 떨고 있던 여자를 요양병원에 딸린 장례식장으로 데려갔다. 사내가 영정에 절을 하는 동안 여자는 상주들을 물끄러미 바라보았다. 어딘가 모르게 주눅 든 모습이 교무실에 불려 온 학생들 같았다. 반면 흰 종이가 덮인 상 앞에 자리를 잡는 사내의 태도는 예약석이라도 찾아가는 것처럼 거침이 없었다. 여자가 자석에 이끌리듯 맞은편에 앉은 것도 그 당당함 때문이었다.

"아는 분이세요?"

육개장에 밥을 말고 있던 사내에게 여자가 물었다.

"아니오."

무슨 상관이냐는 듯, 사내가 어깨를 으쓱하며 말했다.

그 후로 여자는 면회갈 때마다 사내와 따로 얘기를 나누게 되었다. 처음에는 감사의 뜻을 전하기 위해서였고 두 번째는 그냥 오기 서운해서였고 세 번째부터는 응당 밟아야 할 절차처럼 되어버렸다. 데이트는 아니었다. 병원 앞 벤치에 앉아 커피를 마시며 몇 마디 주고받는 게 전부였다. 그렇다고 모종의 채무감 때문에 따로 시간을 낸 것도 아니었다. 자판기에서 꺼낸 뜨거운 커피를 사내에게 건넬 때, 여자가 들키고 싶지 않았던 감정은 호기심이었다. 여자는 궁금했다. 말총머리만 아니면 특별히 눈길 끌 만한 구석을 찾기 힘든 사람인데 어디서 그런 자신감이 나오는지. 되짚어 보니 병실에서도 사내는 남다른 데가 없지 않았다. 주사를 놓거나 소변줄을 갈아끼우는 모습이 섬세하고도 자연스러웠다. 지켜보는 사람의 마음을 편안하게 만드는 그 태도는 분명 능숙함과는 달랐다.

길에는 불빛이 많았고 운전수는 말이 많았다. 여자로서는 뭐라 대꾸하기 난감한 말이 대부분이었다. 여자가 얌전해 보이지 않았다면 차를 세우지 않았을 거라고 운을 떼더니 심야운행 중 겪은 진상 승객들의 만행을 늘어놓았다. 개중에는 화투짝을 신용카드라고 내밀었다는 일화도 있었다.

"그걸로 계산하라고 끝까지 우기는데 환장하겠더라고. 달광도 아니고 흑싸리 껍데기를……. 멀쩡하게 생긴 놈이."

운전수가 혀를 찼다.

치매에 효과가 있다는 말을 주워듣고 여자는 부러 아버지와 화투를 치기도 했다. 그때만큼은 아버지가 예전 모습을 되찾는 듯했다. 패에 맞춰 계획을 세우고 작전을 짜는 것처럼 보였다. 여자가 알던 아버지였다. 운전대를 잡기 전에 지도부터 찬찬히 살피던 아버지. 퇴근하면 신발이 가지런히 놓였는지부터 확인하던 아버지.

운전수가 라디오를 다시 켰을 때 여자는 누구누구에게 부고를 전할지 고민하고 있었다. 출근을 못할 테니 어린이집에는 당연히 알려야 했다. 문제는 친구들이었다. 알릴 사람도 그리 많지 않았지만 대신 연락을 돌려줄 이가 떠오르지 않았다.

검고 긴 구름이 몰려와요.
천국의 문을 두, 두, 두드려요.

학창 시절, 여자가 곧잘 흥얼거리던 팝송이었다. 차창 밖의 불빛들을 바라보며 여자는 검고 긴 구름의 끝, 죽음 뒤에는 무엇이 기다리고 있을까 생각했다.

죽음이란 빛의 일부가 되는 것이라고 말한 사람은 사내였다.

"흐르는 강물은 바다를 만나는 순간 가장 고요하죠. 근원으로 돌아가니까. 아니, 근원의 일부가 되니까. 죽는 순간 우리는 따뜻하고 부드러운 빛에 휩싸여 깃털처럼 날아올라 거대한 빛의 일부가 돼요. 무한한 빛의 입자들이 먼지처럼 떠 있는 그 거대한 빛은 시시각각 색깔을 바꾸며 아름답게 물결치죠."

사내는 눈을 지그시 감고 있었지만 마치 눈앞에 펼쳐진 광경을 묘사하는 것 같았다

"오로라처럼요?"

여자가 눈을 반짝이며 물었다. 언젠가 보았던 여행 다큐멘터리의 장면들을 떠올리면서.

"네. 숲이 바람에 흔들리는 것처럼. 바다가 햇살에 반짝이는 것처럼."

사내가 미소를 지으며 대답했다.

"그런데 어떻게 그리 자신할 수 있죠?"

여자가 물었다.

눈을 뜬 사내는 잠시 뜸을 들이고 나서 말했다. 직접 본 것이라고, 트럭에 치어 심장이 멎었던 반나절 동안 겪은 일이라고. 이런 말도 덧붙였다.

"사람들은 왜 기를 쓰고 먼지를 닦아낼까요? 먼지는 우리가 결국

먼지로 돌아간다는 진실을 환기하기 때문이죠. 먼지에서 먼지로, 빛에서 빛으로. 사실 별이란 우주먼지 덩어리죠. 별과 사람은 구성 성분이 같다는 거 알아요? 우리가 어둠을 두려워하는 것은 빛으로 돌아간다는 진실을 일깨우기 때문이에요. 어둠을 두려워할 때 우리가 진정 두려워하는 것은 빛인 셈이죠. 그러니 죽음을 두려워할 필요는 없어요."

아름다운 이미지 때문일까. 확신에 찬 말투 때문일까. 사내의 말을 떠올리면 여자는 마음의 갈피마다 꾸깃꾸깃 접힌 자리가 말끔히 펴지는 듯했다. 고통과 억울함과 죄의식 속에서 아버지의 마지막을 남몰래 상상하던 순간 접혔던 자리까지도.

여자는 숄더백에서 콤팩트를 꺼내 다시 화장을 고쳤다.

병원의 공기는 낮에 면회 올 때와는 사뭇 달랐다. 죽음처럼 무거운 고요 속에서 묵은 기침 소리, 코 고는 소리, 슬리퍼 끄는 소리가 희미하게 들려왔다. 어디선가 물 내리는 소리도 났다. 어렴풋한 그 소리들은 딴 세상에서 새어 나오는 것처럼 비현실적인 데다 살아 움직이는 것들의 활기와도 거리가 멀었다. 여자는 시멘트로 짠 거대한 관 속에 들어온 느낌이었다.

처음 방문했을 때 여자의 주의를 끈 것은 익숙한 냄새였다. 젖내, 지린내, 소독약 냄새가 뒤섞인 야릇하게 비린 냄새. 놀랍게도 어린이집에서 날마다 맡던 냄새였다. 수액주머니나 오줌주머니를 옆구리에 낀 노인들의 거처에서 어린이집 냄새가 나다니. 여자는 의아했다. 둘 중 하나였다. 요양병원에서 생명의 냄새를 맡았거나, 어린이

집에서 죽음의 냄새를 맡았거나. 어쩌면 두 냄새가 본디 하나인지도 몰랐다.

여자는 어두운 복도와 침침한 계단을 지나 아버지의 병실로 향했다. 빛은 비상구 표시등과 화장실에서만 흘러나왔다. 아버지가 집에 있을 때도 화장실에는 늘 불이 켜져 있었다. 전립선이 비정상적으로 커진 아버지 때문이었다. 문도 닫지 않고 변기 옆에 쭈그려 앉아 볼일을 보던 아버지는 영락없이 주위를 경계하는 짐승 같았다. 동생이 말도 없이 어디론가 사라졌다가 이튿날 손등에 화상을 입은 채 나타났을 때처럼.

엄마한테 그 얘기를 자세히 들은 것은 이제 와서 이혼하려는 이유가 뭐냐고 물었을 때였다.

"시장 입구에서 울고 있더라며 야쿠르트 아줌마가 데려왔잖니. 그런데 아줌마가 돌아서자마자 네 아빠가 귓속말로 이러는 거야. '저 여자, 경찰에 신고해야 하는 거 아냐?' 왠지 모르게 숨이 턱 막히더라."

엄마가 이혼을 마음에 품은 것은 그 순간이었다고 했다. 당시 여자는 열 살, 동생은 여덟 살이었다. 엄마는 동생이 대학을 졸업할 때까지 기다린 셈이었다.

부모가 갈라설 때 여자는 아버지 곁에 남았다. 동생이 독립하겠다고 선수를 쳤고 엄마에게는 새 남자가 있었으니 선택의 여지가 없는 것이나 마찬가지였다. 애당초 독립의 뜻을 내비쳤던 사람은 여자였다. 일본 유학을 원했던 쪽도, 오로라의 나라를 동경한 쪽도 여자였던 것처럼. 하지만 실제로 일본 유학을 떠나고, 그곳에서 만난 일본 남자와 결혼하고, 일본에 놀러온 핀란드 남자와 재혼해 헬싱키행 비행기에 몸을 실은 쪽은 동생이었다. 우울이 수챗구멍처럼 걷잡을 수 없는 감정의 소용돌이를 일으킬 때면, 여자는 자신의 삶을 도둑맞은 기분에 사로잡혔다. 진짜 삶은 다른 곳에 있는 것 같았다. 그런 상실감은 동생이 일부러 그랬을지 모른다는 무서운 의심에 이르기도 했다. 미친 생각이었다. 동생이 무엇 때문에? 격렬한 의심 끝에는 원하던 삶을 움켜쥐지 못한 게 자신의 나약함 탓이 아니라는 쓸쓸한 위안이 찾아오기도 했다.

잠들어 있는 아버지는 멀쩡해 보였다. 쇠잔의 기미가 확연했지만 금방 숨이 넘어갈 정도는 아니었다. 색색거리는 얕은 숨소리, 못마땅하다는 듯 찌푸린 표정, 고장난 신진대사를 돕는 의료기구들. 평소와 다를 바 없었다. 이상했다. 뭔가를 찾아내려 애쓰는 사람처럼 여자는 아버지의 얼굴을 찬찬히 들여다보았다. 그러다가 안 되겠다는 듯 차가운 벽을 더듬어 조명 스위치를 켰다. 천장의 형광등이 요란스레 푸드덕거리며 어둠을 밝혔다. 불빛 아래서도 아버지는 오늘 밤을 넘기지 못할 것처럼 보이지는 않았다.

갑자기 천장이 낮아진 기분이었다. 만약 어린이집에서 돌보던 아이가 그리 말했다면 여자는 "네 키가 그만큼 자란 거야"라고 일축했을 것이다. 아이들의 세상에 애매하거나 불가해한 구석은 없었다. 답이 뻔한 문제 같다고 할까. 적어도 여자에게는 그랬다. 말문이 채 트이지 않은 애들의 울음은 졸아든 위장이나 축축해진 기저귀를, 머리꼭지가 여문 애들의 울음은 빼앗긴 장난감이나 빼앗지 못한 장난감을 의미했다. 하지만 이곳은 요양병원이고 저기 침대에 누워 있는 사람은 아버지였다. 그리고 여자의 성장판이 닫힌 지도 오래였다.

어찌 된 영문인지 알아보기 위해 여자는 간호사실로 향했다.

당직 간호사는 팔짱을 낀 채 꾸벅거리고 있었다. 남자였다. 치매
병동에는 남자 간호사가 적지 않았다. 아버지의 위독을 알린 것도
남자 목소리였다.

인기척을 느꼈는지 간호사가 눈을 뜨고는 무슨 일이냐고 물었다.
여자가 묻고 싶은 말이었다. 여자는 병원에 달려오게 된 경위를 설
명했다. 설명이 채 끝나기도 전에 간호사는 벌떡 일어나 병실로 뛰
어갔다. 와 보니 별 탈 없어 보인다는 말을 덧붙일 틈도 주지 않고.

아버지의 상태를 확인한 간호사는 전화를 받은 게 확실하냐고
따지듯 물었다. 여자는 황당했다. 하지만 여자가 쥐어짤 수 있는 최
대치의 항변은 혹시 전화하지 않았느냐는 자신 없는 물음이 고작
이었다.

"제가요?"

간호사가 펄쩍 뛰었다.

"정말로 전화가 왔었다고요."

여자가 호소하듯 말했다.

"거, 참!"

간호사가 휴대폰을 꺼내 들고 여기저기 알아보기 시작했다. 번번
이 "확실하죠?"라고 물으며 고개를 갸웃거리던 간호사가 미심쩍다
는 얼굴로 말했다.

"다 확인해봤는데 그런 전화를 한 사람은 없어요."

"제가 헛소리를 하고 있다는 건가요? 이 시간에 택시까지 타고

와서?"

여자는 자기도 모르게 말꼬리를 높이며 휴대폰을 꺼내 통화목록을 뒤졌다. 뒤질 것도 없이 금방 찾았다. 최근통화목록에서 콜택시 콜센터 바로 다음이었다.

"보세요. 여기……."

여자는 말꼬리를 흐렸다. 목록에는 '발신번호표시제한'이라고 찍혀 있었다.

"병원이라고 한 게 확실합니까?"

간호사가 휴대폰을 낚아채 확인하더니 다그쳐 물었다.

"분명히 아버지가 오늘 밤을 넘기기 힘들 것 같다고 했어요."

여자도 물러서지 않았다.

"착오가 있었나 보네요. 어쨌든 별일 없으니 다행이죠."

"형광등 좀 갈아주세요."

대뜸 여자가 신경질적으로 말했다.

"네?"

간호사의 눈이 동그래졌다.

"형광등에서 소리나는 거 안 들려요?"

여자가 쏘아붙이듯 말했다.

무엇 때문인지 여자는 억울한 기분을 떨쳐버릴 수 없었다.

"이보세요, 저는 환자 돌보는 사람이지 형광등 가는 사람이 아니거든요."

간호사가 어이없다는 표정을 지었다.

"저 소리 때문에 잠을 설쳐 건강이 악화될 수도 있잖아요. 그분이라면 군말 없이 갈아줬을 텐데."

"누구요?"

"됐어요."

여자의 얼굴에 괜한 말을 했다 싶은 빛이 스쳤다.

"이젠 돌아가세요."

"기왕 왔으니 좀 있다 갈게요."

"면회시간 끝났어요."

간호사가 냉담하게 말했다.

팽팽한 침묵이 흘렀다.

침묵을 깬 쪽은 여자였다.

"여기까지 왔는데 그냥 갈 수는 없잖아요."

갑자기 여자가 애원조로 말했다.

여자의 볼이 빨개졌다. 여자는 이성에게 매력을 어필하는 데 소극적이고 서툴러서 그런 순간이면 얼굴을 붉혔는데 그래서 되레 남자들의 눈길을 끌곤 했다. 잠재력은 충분했지만 둔감했다. 둔감하다기보다는 죄의식을 느꼈다. 대개는 불필요한 죄의식이었다. 불필요한 죄의식 속에서 여자는 평온을 얻었다. 그것은 여자가 몇 안 되는 구애자들을 조금씩 멀어지게 한 방식이기도 했다. 결혼이라는 청춘의 빛이 가장 가까이 다가왔던 순간에도, 그러니까 일몰의 바다 위에 떠 있는 것처럼 느껴지던 카페에서 반지 케이스를 앞에 두고도 여자는 아버지를 떠올렸다. 아버지의 끼니, 아버지의 불면, 아버지의 발작. 말하자면 아버지라는 어둠.

"그래도 곤란한데……."

간호사는 머리를 긁적이며 병실을 나갔다.

여자는 아버지 곁에 앉았다. 대체 누가, 왜 그런 전화를 걸었을까 곰곰이 생각하면서. 장난 전화였을까? 아버지의 입원 사실을 아는 사람 중 그런 몹쓸 짓을 할 만한 사람은 없었다. 신종 피싱인가? 돈을 요구하지는 않았으니, 그럼 혹시 집을 비운 사이 털려고? 여자는 고개를 저었다. 너무 나간 것 같았다. 그런 상상을 하고 있자니 좀 으스스하기도 했다.

이제 보니 아버지는 집에 있을 때보다 살이 오른 듯했다. 순간, 여자는 마음 한구석에서 찬바람이 이는 것 같았다. 관심을 끌려고 온종일 안달이던 아이가 뒤도 돌아보지 않고 엄마에게 안기는 모습을 지켜볼 때의 심정이랄까.

정작 살이 빠진 쪽은 여자였다. 혼자 살게 되면서부터였을 것이다. 여자는 버스를 기다리다, 생선을 고르다, 화분에 물을 주다 몽유에서 깬 사람처럼 화들짝 주위를 둘러보곤 했다. 괜찮냐는 말을 듣는 날이 잦아졌다. 혼자 챙겨 먹는 저녁은 점점 부실해지더니 급기야 찐 감자 한 알로 굳어졌다. 동쪽으로 쪽창이 난 반지하의 부엌에서 감자를 꾸역꾸역 먹는 저녁이면 한 네덜란드 화가의 그림 속에 들어앉은 듯했다. 아버지만 떼어내면 새로운 인생이 펼쳐지리라 기대했는데. 휴대폰을 최신형으로 바꾸고, 영어 회화 학원에도 등록하고, 오로라를 보러 떠날 수도 있을 줄 알았는데. 그러니까 아버지만 없다면.

여자는 감자를 삼키다 가끔 사레가 들렸고 그것과는 무관하게 아버지를 퇴원시킬까 싶은 순간이 몇 번 있었다. 아버지가 중환자실에 들어갈 때마다 시 외곽으로, 작은 평수로, 산동네로 세간을 옮기고도 요양병원 입원비 때문에 다시 반지하로 내려앉은 여자였다. 더 물러나야 한다면 이제는 땅속이나 하늘뿐이었다. 하지만 무시로 얼굴을 내미는 아버지의 폭력성을 감당할 자신이 없었다. 망치나 식칼을 휘두를 때면 동료 교사들에게 '샘님'이라 불리던 사람이 맞나 싶었다.

아버지가 처음 망치를 휘둘러 거울을 깼던 날, 여자는 깜짝 놀라 맨발로 집을 뛰쳐나갔고 공중전화 부스에 뛰어들어가 수신자 부담으로 동생에게 전화했다. 하지만 동생은 별일 아니라는 듯 태연하게 대꾸해서 여자를 더 놀라게 했다.

"언니는 한 번도 안 맞았으니 그렇지. 난 어릴 때 걸핏하면 맞았는데."

여자는 동생의 말을 믿을 수 없었다. 실종사건을 기억하지 못한다고 했을 때처럼.

무엇 때문인지 여자의 부모는 그 일을 쉬쉬했다. 부부싸움 와중에 어쩌다 한 번씩 입에 오르는 게 다였다. 그럴 때면 불똥이 여자에게 튀기도 했다. 하나뿐인 동생을 건사하지 못했다고(여자는 친구들과의 놀이에 정신이 팔려 동생이 사라진 것도 몰랐다) 윽박지른 쪽은 언제나 아버지였다. 엄마는 여자의 역성을 들어주지 않는 것으로 암묵적인 동조의 뜻을 내비쳤다. 여자는 억울했다. 동생에게 직접 그 얘기를 꺼낸 것은 당사자에게 괜찮다는 말을 듣고 싶어서였는지도 모른다. 단순한 호기심 때문이었다면 "집에 있던 나도 죽을 만큼 무서웠는데 넌 오죽했겠니"라는 식으로 운을 떼지는 않았으리라.

"무슨 소리야?"

동생은 모르는 일이라는 듯 퉁명스레 물었다.

그날의 날씨부터 옷차림까지, 여자는 있는 기억 없는 기억 다 끄집어냈지만 동생은 끝까지 아무 기억도 떠올리지 못했다. 여자는 말문이 막혔다. 처음에는 어안이 벙벙했고 나중에는 서운했다. 얼마나 놀랐으면, 얼마나 잊고 싶으면 저럴까, 안쓰러운 마음도 들었지만 서운함을 누그러뜨릴 정도는 아니었다. 동생의 반응을 곱씹을수록 서운함은 동생의 손등에 남은 흉터만큼이나 확연해졌다. 결국 여자는 동생이 자신을 탓하고 있다는 결론에 이르렀다. 동생의 말을 곧이곧대로 들을 수 없게 된 것도 그 때문이었다. 하지만 난데없이 울분을 터뜨리는 아버지의 눈빛에서 낯선 영혼의 불꽃을, 생경한 삶의 알맹이를 발견했을 때 여자는 동생의 말을 재고하지 않을 수 없었다. 여자는 정말이지 궁금했다. 어느 쪽이 진짜일까? 내가 알던 아버지는 어디로 갔을까?

여자는 아버지 곁을 떠나지 않았다. 왠지 날이 밝을 때까지는 그래야 할 것 같았다. 아버지는 두 손을 가슴 위에 가지런히 모은 채 입관을 기다리는 시신처럼 누워 있었다. 아버지의 손이 푸르스름했다. 창 너머에서 반짝이는 네온사인 때문인지도 몰랐다. 수시로 색깔을 바꾸는 불빛 속에서 여자는 문득 지독한 피로감을 느꼈다. 당장 화장을 지우고 훈김 가득한 욕조에 눕고 싶었다.

"한밤의 무지개를 봤어. 언니도 봤어야 했는데."

오로라를 보고 흥분에 들떠 전화한 여동생의 말을 떠올리자 피로감은 극심해졌다. 네온사인은 한밤에 뜬 무지개처럼 눈부셨다. 캄캄한 이쪽에 비하면 요란한 발광이 아닐 수 없었다.

여자는 아버지의 침대 가장자리에 팔꿈치를 대고 두 손을 모았다. 둔중한 피로감 속에는 날카로운 통증이 도사리고 있었다. 아랫배가 뜨겁고 묵직했다. 생리의 기미라면 열흘이나 일렀다. 여자가 생리 주기에 예민해진 것은 출산 경험이 없을수록 폐경이 빠르다는 기사를 본 뒤부터였다. 여자는 막다른 골목에 몰린 기분이었다. 뭔가에, 누군가에 쫓겨 다급히 문을 두드리지만 아무도 열어주지 않는 외진 골목.

여자는 합장한 손 위에 이마를 얹었다. 뭔가를 간절히 기원하는 것처럼 보였으나 여자에게는 그럴 기력조차 없었다. 여자의 볼에 눈물이 흘러내렸다. 힘들 때마다 떠올리면 마법처럼 마음을 다독여주던 전생 얘기(사내에 따르면, 여자는 원나라에 볼모로 끌려간 고려의 공주였고 아버지는 호위무사였다)도 소용없었다.

아버지가 깰까 봐 숨죽여 울다 여자는 까무룩 잠들었다.

여자가 흠칫 눈을 뜬 것은 섬뜩한 한기 때문이었다. 라디에이터는 여전히 열기를 뿜어내고 있었지만 몸은 으슬으슬했다. 차가운 기운의 발원지는 아버지였다. 손과 발이 찼다. 아버지의 손발을 주무르다 여자는 어떤 강렬한 의심에 휩싸여 아버지의 이마를 짚어보았다. 싸늘했다. 이번에는 코밑에 손을 대봤다. 숨 쉬는 기미가 없었다.

여자는 벌떡 일어났다. 뭔가 큰일이 벌어진 것 같았다. 여자는 복도로 뛰어나가 간호사실을 향해 소리쳤다.

"여기요! 여기요!"

"무슨 일이죠?"

간호사가 물었다.

"아버지가, 아버지가 이상해요."

간호사는 병실로 뛰어가 아버지의 상태를 살폈다.

"언제부터 이랬습니까?"

간호사의 목소리가 다급했다.

"모, 모르겠어요. 깜박 졸다 깨보니……."

여자는 당황해서 말을 맺지 못했다.

간호사는 당직 의사를 호출했고 아버지의 가슴을 두 손으로 힘껏 눌렀다 떼기 시작했다.

잠시 후, 의사가 가운의 단추도 채우지 못한 채 헐레벌떡 달려왔다. 의사는 아버지의 맥을 짚어본 뒤 눈꺼풀을 밀어 올리고 손전등을 비췄다.

"씨피알은?"

의사가 물었다.

"효과가 없습니다."

간호사가 대답했다.

"에이이디!"

의사가 소리쳤다.

간호사가 전기충격기를 가져왔고 여자 간호사가 한 명 더 뛰어왔다. 여자 간호사가 아버지의 상의 단추를 끄르고 마른 수건으로 가슴을 닦았다.

"이백줄!"

의사가 양손에 끼운 마사지기를 비비며 소리쳤다.

남자 간호사가 전기충격기의 전압조절 다이얼을 돌렸다. 삐, 소리가 나자 의사가 마사지기를 아버지의 가슴에 댔다. 아버지의 몸통이 덜컹거리는 화물차의 짐짝처럼 튀어 올랐다. 여자는 감전이라도 된 듯 움찔했다.

"맥박!"

의사가 외쳤다.

"반응 없습니다."

"삼백줄!"

더 강한 전기가 두드렸지만 아버지의 심장은 여전히 잠잠했다.

"삼백육십줄!"

갑자기 주위가 조용해졌다. 싸늘하고도 무거운 적막이 병실을 짓눌렀다. 간호사들은 자기들끼리 은밀한 눈짓을 주고받았다. 다 끝났다고. 물 건너갔다고. 눈앞에서 벌어지는 상황을 이해하지 못한 사람은 여자뿐이었다. 의사가 마사지기를 맥없이 내려놓을 때도, 굳은 얼굴로 손목시계를 들여다볼 때도, 사무적인 말투로 사망선언을 할 때조차도.

여자가 죽음을 실감한 것은 아버지의 미소를 본 순간이었다. 처진 눈초리, 살짝 올라간 입꼬리. 미소 짓는 얼굴이 틀림없었다. 아버지가 웃고 있다니. 원치 않은 역을 떠맡은 배우처럼 평생 뚱한 얼굴로 살아온 아버지가. 당혹스러웠다. 여자는 하마터면 "아버지가 웃고 있어요"라고 소리칠 뻔했다.

여자는 불의의 일격을 받은 것처럼 휘청거렸다. 속이 메스꺼웠다. 이 죽음에는 밝혀야 할 무엇이 있다. 저 웃음에는 어딘지 공평하지 못한 구석이 있다. 가까이 있던 여자 간호사가 부축하려 했지만 여자는 손을 내저으며 병실을 빠져나갔다. 아버지의 미소를 더 보고 있을 수 없었다.

아버지의 미소에서 벗어난 뒤에도 여자는 여전히 혼란스러웠다. 아버지에게 대체 무슨 일이 벌어진 걸까? 저 행복한 표정이라니. 천국의 문이라도 열어젖힌 사람 같지 않은가. 순간, 여자의 뇌리에 박혀 있던 어떤 이야기 하나가 섬광처럼 떠올랐다. 사내가 들려준 얘기였다.

"용한 침쟁이들은 도살장에도 출장을 가요. 귀한 상에 올릴 돼지 머리를 위해. 정수리 깊이 침을 찌르면 돼지가 보기 좋게 미소 짓죠. 실은 근육의 기계적인 반응일 뿐, 돼지들은 진짜 웃는 게 아니에요. 인간만이 웃을 수 있어요. 웃음이야말로 영혼이 있다는 증거죠. 인간에게는 그 영혼을 육신의 감옥에서 해방시키는 혈이 있어요. 천국의 문이라 불리는 혈 깊숙이 침을 찔러 넣으면 단잠에 빠져 미소를 지으며 저세상으로 가죠."

여자는 전화를 건 사람이 누군지 알 것 같았다. 발신번호를 감춘 목소리는 아버지가 "오늘 밤을 넘기기 힘들어요"라고 했다. 오늘 밤을 넘기기 힘들 것 같다거나, 넘기지 못할 수도 있다가 아니었다.

비상구를 열고 계단참으로 나간 여자는 주변에 아무도 없음을 확인한 뒤 휴대폰을 꺼냈다. 일단 사내와 통화해야 할 것 같았다. 신호음이 울리기 시작했을 때 여자는 무슨 말을 하려고, 어떤 말을 듣기 위해 전화를 거는지 분명치 않다는 사실을 깨달았다. 그래서 사내가 전화를 받지 않자 오히려 안도하며 서둘러 휴대폰을 닫았다.

냉정하게 따져보면 의심의 근거는 빈약했다. 확신에 찬 말투만으로 사내의 전화였다고 단언할 수 있을까? 남자 간호사 말대로 단순한 착오일 수도 있었다. 이곳에 오기 전까지 아버지가 중환자실을 전전한 병원만도 한두 군데가 아니었다. 아버지의 미소? 그것만으로 사내의 소행이라고 단정할 수 있을까? 여자는 점점 자신이 없어졌다.

'사내가 왜?'라는 질문을 여자가 떠올린 것은 아버지가 미소 지은 게 확실한지, 충격 때문에 헛것을 본 건 아닌지 스스로를 의심하게 되었을 즈음이었다. 여자의 미간에 주름이 잡혔다. 마음에 걸리는 것이 있었다.

지난 주말, 면회가 끝난 뒤 술이나 한잔 하자고 청한 쪽은 여자였다. 이달 치 병원비를 치르기 위해 매달 3만 원씩 붓던 연금저축보험마저 깼는데 아버지는 자신을 전혀 알아보지 못해서, 자신과는 무관한 사람처럼 느껴져 다리가 완전히 풀리고 만 것이다. 집까지 가려면 술기운이라도 빌려야 할 것 같았다. 사내는 당직을 서야 하니 장례식장에서 마시자고 했다.

"대체 저 사람은 누구죠? 아버지는 어디로 간 거죠?"

여자가 몇 모금의 소주를 억지로 삼킨 뒤 항의하듯 물었다.

사내는 묵묵히 술잔만 기울였다.

"죽으면 정말로 빛이 되나요?"

여자가 재우쳐 물었다.

사내가 고개를 끄덕였다.

"진짜로 빛이 돼요? 누구든, 어떻게 살았든?"

사내는 다시 고개를 끄덕였다.

"아무 고통도 없이 말이죠?"

여자가 뭔가를 확인하려는 사람처럼 또 물었다.

"그래요. 육신의 감옥에서 빠져나오자마자 환희를 느끼면서."

"그러니까 말하자면……."

"네, 천국의 문을 연 것처럼."

사내가 여자를 똑바로 쳐다보며 말했다. 여자는 사내의 시선을 피하며 얼굴을 붉혔다.

그게 다였다.

설마. 여자는 제 그림자에 놀란 아이처럼 부르르 몸을 떨었다. 오싹했다. 무엇 때문인지는 모호했다. 모호해서 더 오싹했다. 두려워하는 그 무언가가 자신도 모르는 사이에 돌이킬 수 없는 사실이 돼버릴 것 같았다.

여자는 다시 전화를 걸었다. 사내의 말을, 터무니없는 소리라는 반박을 듣고 싶었다. 특유의 확신에 찬 목소리를 들으면 예전처럼 이 마음의 소요도 잦아들 것 같았다. 한편으로는 무섭기도 했다. 무시무시한 얘기를 듣게 되면 어쩌나 싶었다.

영원히 계속될 것 같던 신호음이 멎고 고객이 전화를 받지 않으니 메시지를 남기라는 안내음이 들렸을 때 여자는 병원 밖으로 나와 있었다. 여자의 눈에 장례식장의 불빛이 들어왔다. 혹시? 여자는 장례식장 쪽으로 걸었다. 연고도 없는 빈소에 앉아 있으면 편해진다던, 머리가 복잡하거나 마음이 무거워서 찾아가면 거짓말처럼 홀가분해진다던 사내의 말을 떠올리면서.

정작 장례식장에 당도했을 때 여자는 동전이라도 던지고 싶은 심정이었다. 앞면이면 들어가고 뒷면이면……. 반반이었다. 사내가 거기 있기를 바라는 마음과 없기를 바라는 마음이. 그러니까 얼굴을 마주한 채 물어보고 싶은 마음과 그러고 싶지 않은 마음이. 동전의 결정이라면 순순히 받아들일 수 있을 것 같았다. 의지와는 무관한 결과일 테니까. 하지만 여자가 장례식장 입구 전광판에서 상주의 명단이 가장 긴 빈소를 찾은 것은 우연이 아니었다. 불청객임이 탄로난 적 없느냐고 물었을 때 사내는 웃으며 말했다.

"상주가 제일 많은 곳을 골라요. 낯선 사람을 봐도 다른 형제의 문상객이겠거니 할 테니까."

여자는 아들 셋, 딸 둘, 사위 둘을 거느린 죽음을 향해 계단을 올랐다.

3층 특실은 빈소와 접객실이 복도 양편으로 나뉘어 있었다. 문상객이 드문드문 앉아 있는 접객실은 영업이 끝나가는 식당처럼 한산했다.

여자는 접객실 입구에서 신발을 벗다 멈칫했다. 저기 구석 자리에서 사내가 벽을 마주하고 앉아 술잔을 기울이고 있었다. 여자는 비틀거리며 신발장을 짚었다. 가라앉은 줄 알았던 메스꺼움이 배 속 깊은 곳에서 다시 꿈틀댔다. 메스꺼움은 다른 것들의 전조에 불과했다. 한기가 몸을 훑는가 싶더니 뜨겁고 맹렬한 것이 몸 깊은 곳을 휘저었다. 토할 것 같았다. 까맣게 잊고 있던 십수 년 전의 어떤 기억 때문이었다.

여자가 대학생 때였고 현대시의 이해인지 감상인지 하는 제목의 교양 수업시간이었다. 낮게 깔리는 부드러운 목소리가 매력적이던 젊은 강사가 여자에게 어떤 영시를 낭송하게 했다. 가스오븐에 머리를 들이밀어 자살했다는 한 여자 시인의 작품이었다. 맨 앞에 앉은 학생부터 한 연씩 읽고 해석하도록 했으니 특별히 여자를 지목했다고 할 수는 없었다. 하지만 차례가 다가올수록 여자는 얼굴이 달아오르고 숨이 가빠졌다. 강사를 흠모해서만은 아니었다. 뛰는 가슴을 진정시키려 애쓰며 일어난 여자의 몫은 마지막 연이었다.

당신의 살찐 검은 심장에는 말뚝이 박혀 있지.
마을 사람들은 당신을 조금도 좋아하지 않았어.
그들은 춤추면서 당신을 짓밟지.
그 사람들은 당신인 줄 언제나 알고 있었어.

문제는 마지막 행이었다. 원문은 읽었지만 여자는 더 이상 입을 떼지 못했다. 침묵이 길어졌다. 입을 꾹 다문 채 얼어붙은 여자에게는 누군가의 일생처럼 느껴지는 시간이었다. 스무 살 즈음의 여학생들로 가득 찬 극장식 강의실은 찬물을 끼얹은 듯했다. 분위기가 어색해졌다고 여겼는지 강사가 짓궂은 얼굴로 농담을 건넸다.

"걱정 말아요. 아버님께는 비밀로 할 테니."

아이를 안심시키는 듯한 말투였다.

여학생들은 강사의 재치에 찬사를 보내듯 과장스레 웃었다. 온

세상이 웃는 듯했던 그 순간, 전에 느껴본 적 없는 어떤 끔찍한 감
정이 벼락처럼 여자를 때렸다. 여자가 끝내 내뱉지 못한 구절은 이
랬다.

"아빠, 아빠, 이 개자식."

그 일이 있은 후 여자는 한동안 아버지를 못 본 척했는데 미안해
서 그런 것은 아니었다.

여자는 발길을 돌렸다. 장례식장을 빠져나오기 무섭게 휴대폰을
꺼내 '1' 버튼을 눌렀다. 손이 떨렸다. 너무 길게 눌렀는지 첫 번째
단축번호로 연결되고 말았다. 사내의 번호였다. 여자는 황망히 종료
버튼을 누르고 다시 숫자를 누르기 시작했다. 여자는 그제야 알 것
같았다. 난생처음 느꼈던 그 끔찍한 감정은 모욕감이었다. 그리고
문제의 시는 그게 전부가 아니었다. 진짜 마지막 행은 이랬다.

"아빠, 아빠, 이 개자식, 나는 다 끝났어."

여자는 자신의 인생이 끝장나버린 기분이었다. 아버지가 마지막
숨을 거두면서 여자의 남은 생을 걷어가버리기라도 한 것처럼.

여자가 다시 전화를 건 곳은 경찰서였다.

<hr />

* 영시를 낭독하는 수업 대목은 '바람구두(windshoes)'님의 블로그 글에서 영감을 얻었음을 밝힙니다.

자선 대표작

김경욱

양들의 역사

　　　　　무엇 때문인지 사람들은 나를 일본
사람으로 착각하곤 한다. 외국에서 만난 서양인들은 "재팬?" 하고
확신에 찬 얼굴로 말을 걸어왔고 일본인들조차 주저 없이 자국어로
인사를 건넸다. 이런 일이 거듭되면 누구라도 눈을 가늘게 뜬 채 거
울 앞에 서지 않을 수 없다. 좁은 이마와 짙은 눈썹 탓에? 빠른 하관
과 덧니 때문에? 나는 고개를 저었다. 혈통에 의심을 품을 만큼 예
외적인 얼굴이라 하기는 어려웠다. 생김새보다 헤어스타일, 차림새,
표정, 몸짓 같은 내면화된 문화적 특징들이, 그리고 그것들이 빚어
내는 어떤 분위기가 오해를 불러일으키는 게 아닐까 싶다. 이를테면
2년에 걸친 유학생활이, 원서로 일곱 번이나 읽은 다자이 오사무의
《인간실격》이, 아직도 즐겨 먹는 삿포로식 미소 라멘이, 한 해 대여
섯 차례가 넘는 잦은 출장이 내 몸 어딘가에 그쪽 분위기를 새겨놓
았는지 모른다. 그게 아니라면 우리나라 사람들까지 일본말을 건네
는 까닭을 나로서는 달리 설명할 길이 없다.

　택시에 기대선 채 담배를 피우던 한 사내가 "오하이오 고자이마
스"라고 외쳤을 때도 나는 주위를 두리번거리거나 하지 않았다. 나
는 교토 출장에서 돌아오는 길이었고 거래처 사람들과 새벽까지 술
을 마신 탓에 한시라도 빨리 집에 가서 쉬고 싶은 생각뿐이었다.

사내는 담배를 재빨리 바닥에 비벼 끄고 다가와 내 캐리어를 낚아챘다. 눈 깜짝할 새였다. 근처에 세워둔 택시만 아니면 날치기로 오해할 수도 있을 정도였다. 불쾌하지는 않았다. 인사부터 건넨 데다 나야 어떤 택시든 상관없었으니까. 정작 사내의 행동에 민감하게 반응한 이들은 앞에 대기 중이던 택시의 운전수들이었다. 그들은 곱지 않은 시선으로 이쪽을 쳐다보았다. 바닥에 가래침을 뱉는 사람도 있었고 "같이 살자. 같이"라고 야유하는 사람도 있었다. 나는 새치기라도 한 것처럼 괜히 민망해졌다. 하지만 운전수는 아랑곳하지 않고 캐리어를 트렁크에 넣은 뒤 기민한 동작으로 택시에 올라탔다.

"도조 요로시쿠.(잘 부탁드립니다.)"

조수석에 올라타며 나는 여전히 일본땅인 듯 천연덕스럽게 말했다.

평소 같으면 "한국사람인데요"라거나 "일본사람처럼 보이나요?"라고 했을 텐데 나도 모르게 장난기가 발동했다. 끝까지 일본인 행세를 하려던 건 아니었다. 적당히 장단을 맞춰주다 사실을 밝힐 작정이었다. 나를 일본사람으로 생각한 이유를 들어볼 수도 있을 테고.

대개의 운전수들처럼 초보적 인삿말이 고작이겠거니 했다. 물론 왕년에 번듯한 일을 했던 사람들도 더러 있을 테고 개중 일본어에 꽤 능통한 축도 없지 않겠지만 사내의 인생에 펜대 굴리던 시절이 있었을 것 같지는 않았다. 군인처럼 짧게 자른 머리, 햇볕에 그을린 얼굴, 대못처럼 단단해 보이는 몸, 그리고 귓등에 끼운 몽당연필. 땀내 나는 일터에서 잔뼈가 굵은 게 틀림없었다. 와이셔츠와 넥타이도

인상을 바꾸지는 못했다. 남의 것을 빌려 입은 듯 헐렁한 와이셔츠와 유행 지난 넥타이는 내 추측에 확신만 더할 뿐이었다. 나프탈렌 냄새도 희미하게 풍겨 왔다. 입가에 깊게 팬 주름에서는 단순한 일을 반복적으로 해온 사람 특유의 자기방어적 고집이 느껴졌다.

"도찌라에 이랏샤이마스까?(어디로 가십니까?)"

운전수가 물었다.

의외로 발음이 나쁘지 않았고 말하는 태도마저 자연스러웠다. 하지만 그 정도는 누구나 외우다시피하는 말이었다.

"김포 에어포또 마데 오네가이시마스.(김포공항까지 부탁드립니다.)"

집이 그쪽이긴 했지만 거기 내릴 생각은 아니었다. 목적지 근처에 가면 진짜 행선지를 우리말로 알려줄 작정이었다.

"조또 마떼 구다사이.(잠깐만요.)"

운전수는 양해를 구하더니 대시보드에 놓여 있던 메모판을 집어 들었다.

'12:36, 인천공항―김포공항, 日本男 1.'

운전수는 연필심에 침을 묻혀 가며 운행일지를 작성했다.

물론 관광객을 자주 태웠다면 그 정도의 표현, 이를테면 거스름돈을 챙기는 동안 건넬 법한 말은 머리 한편에 넣어둘 수도 있었다. 진짜 신경이 쓰인 것은 운전수가 적은, 일본 사내를 뜻하는 한자였다. 그 한자를 보고 있자니 왠지 돌아올 수 없는 강에 발을 들이는 기분이었다. 한글로 적었다면 곧바로 오해를 바로잡았을까? 역시 이상한 얘기다. 행선지를 댄 데다 미터기 화면 속 말도 달리기 시작했으니 더는 입 열 일이 없겠거니 했다는 편이 말이 된다. 하지만 운전수와의 대화는 그게 끝이 아니었다. 승객이 아니라 말동무를 옆에 앉히기라도 한 것처럼 운전수는 말이 많았다.

운전수가 구사하는 일본말은 내 예상을 훨씬 웃도는 수준이었지만 썩 자연스럽지는 못했다. 우스꽝스러울 정도로 격식을 차리는 말투와 잦은 문어적 표현들로 미루어 짐작건대 고리타분한 교재를 붙들고 혼자 더듬더듬 익힌 것이 확실했다. 요령 없는 독학의 한계가 귀에 거슬릴 때마다 조언을 해주고 싶어 입이 근질근질했으나 잠자코 있었던 것은 말을 끊을 수 없었기 때문이다. 운전수의 얘기는 속으로 "진짜?"라고 반문하면서도 계속 귀를 기울이게 만드는, 묘한 흡인력이 있었다. 그랬다. 내 주의를 지속적으로 끌어당긴 것은 운전수의 일본어 실력이 아니라 들려준 얘기였으니 우리말로 옮겨서 소개하는 편이 낫겠다. 일부 어색한 표현을 자연스럽게 바꿨으나 이야기의 맥락은 건드리지 않았음을 밝혀둔다.

"국내선으로 갈아타시는군요."

공항 진입로를 빠져나오자마자 운전수가 말했다.

"네."

"출장 왔습니까?"

양복 차림을 보고 짐작한 모양이었다.

"네."

나는 이번에도 짤막하게 대답했다. 더 캐묻지 않기를 바라면서.

"무슨 일로 왔습니까?"

내 바람과 달리 운전수는 운전대만 잡고 있을 생각이 없는 듯했다. 실력 발휘할 기회다 싶었는지도 모르겠다. 한창 일본어를 배울 때 나도 지하철이나 고궁에서 일본인으로 보이는 사람이 눈에 띄면 괜히 말을 붙이고 싶었으니까.

나는 선뜻 대답하지 못했다.

운전수가 내 쪽을 흘깃 쳐다보았다.

내 머리는 실없는 짓을 이쯤에서 접어야 한다고 말하고 있었다. 하지만 입에서 나온 말은 현지답사차 왔다는 거짓말이었다. 더 놀라운 것은 그 순간 내 가슴을 훑고 지나간 묘한 쾌감이었다.

낯선 느낌은 아니었다. 클럽에서 낯선 여자와 합석해 술을 마실 때도 나는 머릿속에서 만들어낸 인물 행세를 하곤 했다. 시쳇말로 작업을 걸었던 것은 아니다. 상대의 환심을 사기 위해서였다면 야구기록원이 아니라 야구선수, 고시생이 아니라 사법연수원생, 작가 지망생이 아니라 신인작가인 척했겠지. 마이너한 인생의 꽁무니에서 비상등처럼 깜박이는 불운에 흥미를 느끼는 별난 여자들이 걸리는 행운을 마다하지는 않았지만, 그저 다른 인생을 상상하는 것 자체가 나를 흥분시켰다. 특히 가공의 삶을 진짜처럼 만드는 디테일을 지어낼 때가 짜릿했다. 어느 스파이 소설에 나오는 표현을 빌자면 '향신료'를 치는 일이 중요했는데, 말하자면 이런 식이었다. 안타로 기록할지 실책으로 기록할지 애매할 때는 동전을 던져요. 투신자살하는 사람을 총으로 쏘면 살인일까요, 아닐까요? 글을 쓸 때는 첫 문장만 수백 번 고쳐 써요. 신춘문예 예심위원들은 첫 문장만 보고 대부분의 원고를 걸러내거든요. 본심에 오르기 위해서는 첫 문장에 목숨을 걸어야죠. 상대의 귀를 솔깃하게 하는 얘기들. 무엇보다 나 자신이 진짜 그 인물인 듯 느끼게 하는 구체적 허구들. 보석처럼 반짝이는 세목을 떠올리고 있노라면 정체를 속이고 살아가는 스파이라도 된 기분이었다. 신분을 감춘 채 결정적 접선을 기다리는 스파이.

내 환상이 누군가에게 피해를 줄 거라고 생각하지는 않았다. 명색이 스파이라면 어쩌다 만난 여자를 다시 찾지 않는 법. 재회의 가능성은 전무했으니 꼬리를 밟힐 염려도 없었다. 내 얘기를 진심으로 들어주는 천진한 눈빛을 보고 있노라면 미안한 마음이 들기도 했다. 하지만 양심의 목소리에 귀를 기울이기에는 음악 소리가 너무 컸고 약간의 술값과 상상력만 지불하면 얻을 수 있는 즐거움이 결코 작지 않았다.

"어떤 일을 하십니까?"

운전수가 물었다.

"새 여행상품을 개발하러 왔습니다."

내가 곧장 대답했다.

양심의 목소리를 잠재울 강한 음악이, 움츠러드는 혀를 북돋을 알코올이 없어도 가공의 인물에 실감을 불어넣을 이력이 술술 나왔다. 실제로 여행사에 근무하고 있으니 아주 허황된 소리는 아니었다.

사실에 바탕을 둔 허구가 전부 그럴듯한 것은 아니지만 그럴듯한 허구는 모두 어느 정도 사실에서 출발한다. 야구 기록원은 어릴 적 꿈이었고 법대에 진학해서 사법고시를 보라는 부모의 압력 속에 십대를 보냈으며 언젠가는 독창적인 스파이 소설을 써보리라는 마음도 없지 않았으니, 흐릿한 조명 밑에서 다리를 떨며 즉흥적으로 지어낸 삶들은 이 세계와 나란히 달려가는 어떤 세계에서 또 다른 내가 꾸려가는 인생일 수도 있었다. 평행우주이론이 뭔지는 몰라도, 무심코 내린 작은 선택으로 나를 비껴간 숱한 삶을 상상하다보면 정신이 바늘구멍을 드나들 만큼 날카롭게 집중되는 순간이 있다는 것은 자신 있게 말할 수 있다. 그럴 때면 나는 바늘구멍으로 다른 세상을, 이 광대한 우주의 알려지지 않은 이면을 들여다보는 듯한 기분에 빠져들곤 한다.

"그렇습니까."

운전수가 무성의하게 대꾸했다.

내심 어떤 여행상품인지 물어봐주기를 바라던 나는 맥이 풀렸다. '한류'를 직접 체험할 수 있는 패키지 상품에 대해 들려줬을 텐데. 새 여행상품 기획은 꼭 해보고 싶은 일이기도 했다. 이번 출장 내내 머릿속에는 그 생각뿐이었다. 특약을 맺은 호텔 매니저에게 회사의 요구사항을 전달하면서는 여행 테마에 어울리게끔 숙소를 다각화하는 아이디어를, 역시 특약을 맺은 식당의 음식을 점검하면서는 계절에 따라 음식점을 바꾸는 발상을 만지작거렸다.

꺼내든 카드가 별로였나? 택시 운전수라면 관광 쪽에 관심이 없을 리 만무할 텐데. 카드를 너무 빨리 내보인 걸까? 일단 여행사에서 일한다는 정도로 운을 뗐어야 했을까? 묻지도 않은 말을 늘어놓고 싶지는 않았다. 신발 사이즈까지 캐물을 것처럼 호기심을 감추지 않던 운전수의 갑작스런 태도 변화가 당혹스러울 따름이었다. 무신경한 반응은 일종의 적신호였다. 반전의 카드가 없다면 대화를 접는 편이 나았다. 클럽이었다면 플로어로 나가 새로운 상대를 물색했겠지만 전속력으로 달리는 택시에서는 엉덩이를 들썩일 수조차 없었다.

　운전수는 어느새 선글라스를 끼고 있었다. 비행기 조종사들이 쓰는 알이 짙고 커다란 스타일이었다. 구름 없는 날씨였으나 눈이 부실 만큼 햇빛이 강하지는 않았다. 더 이상의 대화는 없다는 신호일까. 운전수는 언제 한담을 나눴냐는 듯 입을 꾹 다문 채 전방만 응시했다.

　운전수가 다시 입을 연 것은 내가 대시보드 위에 있던 양 모양의 방향제를 바라보고 있을 때였다. 양은 한쪽 눈을 찡긋한 채 차가 달리는 박자에 맞춰 부지런히 고개를 끄덕였다. 특별히 시선을 끌 만한 구석은 없는, 대형마트의 자동차용품 코너에 가면 손쉽게 구할 수 있는 물건이었다.

　"손녀가 사준 겁니다. 내가 양의 해에 태어났거든요."

　운전수는 기다렸다는 듯 입을 열었다.

　"그럼 예순한 살?"

　"일흔셋이오."

　"정말로요? 그렇게 안 보이는데."

　"고맙소."

　운전수가 선글라스를 벗으며 말했다.

　사탕발림으로 한 소리는 아니었다. 실제로 나이보다 젊어 보였다. 주름진 피부와 달리 몸짓이나 목소리에는 세월에 굴복하지 않겠다는 꼬장꼬장한 오기가 배어 있었다.

　운전수는 선글라스를 와이셔츠 주머니에 넣고 말을 이었다.

"죽을 고비를 여러 번 넘겨서 그래요. 죽은 사람들 몫까지 살아야 하니까. 얼마 전에도 저 다리에서 구십칠중 추돌사고로 아홉 명이 죽었소. 안개가 잔뜩 껴서 차창 밖으로 내민 내 손도 안 보이는 날이었지."

운전수가 지독한 안개를 헤치고 달리는 것처럼 미간을 찌푸리며 말했다.

저만치 영종대교가 보였다. 그 사고라면 나도 알고 있었다. 당일은 물론 이튿날까지 저녁 뉴스 첫 소식으로 다뤄진 사건이었다.

"그날 공항에서 속이 불편해 화장실을 다녀오느라 손님을 몇 명 놓쳤는데 덕분에 간발의 차로 사고를 피할 수 있었지 뭐요. 내 앞차까지 추돌을 면치 못했으니 정말 아슬아슬했지."

"큰일 날 뻔했네요. 그런데 용케 차를 멈췄네요."

불운의 코앞에서 차를 세웠다는 말을 나는 선뜻 믿을 수 없었다. 아무래도 허풍 같았다. 더구나 차창 밖으로 내민 제 손도 안 보였다는 최악의 안개 속에서.

"실은 피 냄새를 맡았다오."

"피 냄새요?"

"눅눅한 안개 속에서 피비린내가 훅 끼쳐 왔소. 냄새를 맡자마자 브레이크를 꽉 밟으며 미친 듯이 경적을 울렸지."

피비린내라니! 나는 할 말을 잃었다.

"정작 두려움에 사로잡힌 것은 차를 세운 뒤였소. 한 치 앞도 안 보이는 안개 속에서 가만히 앉아 있자니 등골이 서늘했지. 차 밖으로 나갈 수는 없었소. 자살행위나 마찬가지였으니까. 머릿속이 안개가 낀 것처럼 하얘졌지. 눈먼 채 달려오는 뒤차보다 아무것도 할 수 없다는 게 더 무시무시했소."

"그랬겠군요."

"그때 내가 뭘 했는지 아시오?"

"기도를 했나요?"

무엇 때문인지 운전수의 얼굴이 눈에 띄게 굳어졌다.

차는 다리에 진입하고 있었다.

극적인 효과를 노리는 것처럼 운전수는 잠시 입을 다물었다.

어차피 또 다른 허풍이겠거니 싶었지만 궁금하기는 했다.

마침내 운전수가 입을 열었다.

"양말을 벗어 둥글게 말아 입에 물었소."

"양말을요?"

"뒤차에 받힌 충격으로 혀를 깨물 수도 있었으니까. 나중에 뒤를 돌아보니까 자동차 정비 기술을 배우러 왔다던 우즈베키스탄 사내도 똑같이 하고 있지 뭐요. 영문도 모르고 무작정 따라한 거였소. 죽은 사람들한테는 미안한 얘기지만 둘이 마주 보며 한참 웃었지. 어쨌든 무사했으니까."

운전수의 얼굴이 더 굳어졌다. 아찔했던 순간을 떠올리는 것인지도 몰랐다.

"그랬군요."

양말 얘기에 하마터면 넘어갈 뻔했지만 지나치게 구체적이라는 점이 석연치 않았다. 우즈베키스탄은 몰라도 자동차 정비 기술을 배우러 왔다는 것까지 언급할 필요는 없었다. 과도한 구체성은 거짓을 감추려는 술책일 때가 많다. 악마는 디테일에 숨어 있다지 않는 가. 아침에 눈을 뜬 그레고르 잠자가 벌레로 변한 자신을 발견했다고 하면 충분하다. 굳이 배추벌레나 무당벌레라고 말할 필요는 없다. 어떤 벌레인지 궁금해할 사람은 없을 테니까.

내 생각의 톱니바퀴를 멈춰 세운 것은 갑작스레 울린 경적 소리였다. 앞차가 코앞에 바짝 붙어 있었다. 실상은 내가 탄 차가 앞차 번호판의 흠집을 식별할 수 있을 만큼 바투 다가선 것이었다. 그럼에도 운전수는 앞차를 밀어붙이듯 경적을 다시 울렸다.

나는 운전수를 바라보았다. 운전수는 힘줄이 불거진 목을 앞으로 쭉 내민 채 앞차를 노려보고 있었다. 뭔가에 쫓기는 사람 같았다.

"그런데 일본사람들도 띠를 챙기던가요?"

내 시선을 느꼈는지 운전수가 화제를 돌렸다.

예기치 못한 질문이었다. 아차 싶었다. 운전수의 나이를 너무 빨리 넘겨짚은 것은 나도 같은 양띠였기 때문이다.

전에도 그랬다. 세상은 좁고 상대에 대해 모르기는 이쪽도 마찬가지여서 꼬투리를 잡힐 위험에서 자유로울 수는 없었다. 한번은 그린란드에 가본 척 떠들다 뿔고래 사냥에 관한 질문을 받고 당황한 나머지 얼굴을 붉히며 횡설수설하고 말았다. 물론 나는 역설적인 이름으로 불리는 얼음의 땅에 발을 들인 적도, 별난 명칭을 가진 종에 대해 들어본 적도 없었다. 굳이 극지 여행 전문가를 자처한 것은 어지간한 곳은 가본 사람들이 많으리라는 우려 때문이었는데 상대가 하필 극지 여행광이었던 것이다.

그 장면을 떠올리면 지금도 얼굴이 홧홧해지지만 덕분에 얻은 교훈도 있다. 첫째, 너무 특이한 직업은 피해라. 외통수에 걸리는 수가 있다. 어느 소설작법 책에 적힌 대로 소재주의를 경계하라. 독창성은 새로운 것이 아니라 익숙한 것을 남다르게 바라보는 관점에서 비롯된다. 옳은 말씀. 둘째, 가급적 말을 아껴라. 부주의한 한마디에 공든 탑이 무너질 수 있다. 앞의 책에 따르면 플롯이란 무엇을 말하는가보다 무엇을 말하지 않는가의 문제가 아니던가. 아무렴. 그런데 여기에는 예외조항이 있다. 지금처럼 이것인지 저것인지 택해야 하는 경우라면 침묵은 최악의 선택이 될 것이다.

"네."

확실치 않았지만, 어쩌면 그 때문에 나는 힘주어 대답했다. 전에 읽은 스파이 소설의 한 대목을 떠올리면서. 떠보기 위해 던지는 질문에 노출될 때는 머뭇거리면 안 된다. 때로는 모순이 모호함보다 낫다. 어쨌거나 내 입으로 진실을 밝히기 전에 정체가 들통나는 재미없는 상황은 피하고 싶었다.

"다리라는 게 생각하면 참 무서워. 비상시 옆으로 샐 수도 없고."

운전수가 백미러를 쳐다보며 중얼거렸다.

나도 백미러를 들여다보았다. 영종대교의 교각이 점점 작아지고 있었다. 바짝 곤두서 있던 속도계의 바늘도, 운전수의 얼굴도 언제 그랬냐는 듯 느긋해졌다. 운전수가 그토록 신경질적으로 경적을 울린 이유를 알 것 같았다. 한시라도 빨리 다리에서 벗어나고 싶었는지도 모른다.

"다리가 무너져 죽을 뻔한 적도 있었소."

운전수는 다리를 건너기만을 기다렸다는 듯 다시 말문을 열었다.

내 대답과는 무관한 얘기였다. 애당초 궁금해서 던진 질문도 아닌 듯했다. 정작 하고 싶은 말은 따로 있었으나 다리를 건너는 도중에 행여 불운이라도 불러올까 봐 입 밖에 내지 않고 참았을 것이다. 그리 생각하니 고민하며 대답한 것이 억울했다.

"지진이라도 났습니까?"

나는 그 다리의 이름까지 알고 있었지만 짐짓 모르는 척했다. 그렇다고 굳이 지진을 들먹일 것까지는 없었는데. 그만큼 나는 출장 온 일본사람이라는 역할에 충실했다. 자청한 것도 아니고, 말 그대로 공항 청사 출입구의 자동문이 등 뒤에서 닫히기도 전에 별안간 나에게 떨어진 역할이었지만. 언어의 주술성은 강력했다. 일본어로 말하다 보면 일본사람처럼 생각하게 되는 순간들이 있다.

"지진이요?"

운전수는 생소한 단어라도 들은 것처럼 반문했다. 하지만 이내 나를 슬쩍 돌아보고는 보일 듯 말 듯 고개를 끄덕였다. 내 국적을 잊고 있었다는 듯.

"지진은 아니었소. 믿기 힘들겠지만 멀쩡한 다리의 상판 일부가 폭격이라도 맞은 것처럼 떨어져 내렸소. 다리 위를 달리던 차들이 추락해 여럿 죽었지."

"어떻게 그런 일이……."

"다리 밑 물빛이 유난히 검게 보여 그랬는지, 기분이 영 쎄해서 일부러 다음 다리로 향하지 않았다면 나도 무사하지 못했을 거요."

나는 운전수가 말을 더 잇기만 잠자코 기다렸다. 영종대교 추돌 사고에서 기적적으로 목숨을 건진 일화처럼 이야기의 신빙성을 높이기 위한 디테일을 덧붙일 거라 예상하면서. 동시에 나는 21년 전의 그 사건을 떠올리고 있었다. 끊긴 다리를 구경하겠다며 몇몇 녀석들이 보충수업을 빼먹고 튀었던 기억뿐, 특별히 생각나는 것은 없었다.

"지금도 그 다리는 안 건넙니다."

운전수가 딱딱한 목소리로 말했다.

그게 다였다. 더 이상의 말은, 극적인 디테일은 없었다. 내 예상은 보기 좋게 빗나가고 말았다. 운전수의 말을 믿어야 할지 말아야 할지 종잡을 수 없었다. 첫 번째 일화는 디테일이 과했고 이번에는 너무 적었다. 일정한 패턴이 없다는 것은 이야기를 꾸미지 않았다는 증거일 수도 있었다. 하지만 그것조차 계산의 결과일 가능성을 완전히 배제할 수 없었다. 노련한 스파이는 절대로 패턴을 남기지 않는 법이니까. 모든 것을 우연으로 만들어라. 우연의 파도에 몸을 싣고 손가락 사이로 무엇이 들어왔다 나가는지 지켜보라. 패턴이 없다면 어떤 고문기술자도 네 머릿속에서 쓸 만한 것을 꺼내지 못할 것이다. 설령 네 두개골을 가른다 해도.

스파이 소설의 촘촘한 거미줄에서 내 정신을 떼어낸 것은 휴대폰 벨소리였다. 나는 무심코 휴대폰을 꺼내들었다. 팀장이었다. 일본인 행세 중이라는 사실을 깜박한 채 전화기 모양의 아이콘을 터치하고 말았다. 전화를 받지 말았어야 했다. 뒤늦게 실수를 깨달은 나는 운전수에게 들으라는 듯 큰 소리로 "모시모시(여보세요)"라고 말했다. 팀장이 어리둥절해하는 모습이 눈에 선했지만 어쩔 수 없었다. 휴대폰을 꺼두지 않은 나 자신을 탓할 밖에. 출장보고 어쩌고 저쩌고 하는 말에 나는 숙소에 짐을 푸는 대로 찾아갈 테니 계약의 세부 사항은 만나서 조율하자는 엉뚱한 대답을 늘어놓았다. 물론 일본말이었다.

서둘러 전화를 끊은 뒤에도 마음이 편치 않았다. 급기야 나는 문자를 보냈다.

'팀장님 죄송합니다. 자세한 사정은 나중에 설명드릴게요.'

차마 휴대폰을 끄지는 못했다. 팀장이 답문을 보낼지도 몰랐다. 착신 신호를 진동으로 바꾸고 전화가 걸려오지 않기를 바랄 뿐 달리할 수 있는 일은 없었다.

팀장은 반응이 없었다. 뭐라고 해명해야 할지 난감했다. 실없는 사람이 될 테니 사실대로 말할 수는 없었다. 아무리 머리를 쥐어짜내도 묘안이 떠오르지 않았다. 그러다 문득 용건이 궁금해졌다. 선심 쓰듯 오늘은 곧장 퇴근하라더니 왜 전화했을까? 출장 건 때문에? 현지에서 이메일로 보낸 보고서에 무슨 문제라도? 긴한 일이라면 다시 전화하거나 문자를 보낼 거라는 합리적인 추론도 궁금증을 잠재우기에는 역부족이었다.

"근처에 안 가는 게 그 다리만은 아니오. 백화점에도 발길 끊은 지 오래되었소."

운전수가 다시 입을 열었다.

"무엇 때문에요?"

백화점이라는 말에 짚이는 구석이 있었지만 나는 이번에도 모르는 척했다. 어디까지나 나는 출장 온 일본사람이었으니까.

"믿기 어렵겠지만 시내 한복판에 있는 백화점이 와르르 무너졌을 때 나는 바로 길 건너편에서 횡단보도 신호등이 바뀌기만 기다리고 있었다오. 백화점 식당가에서 약속이 있었지."

가까스로 넘긴 생사의 고비를 떠올리기라도 하듯 운전수의 목소리는 감회에 젖어 있었다.

"신호등이 살려줬네요."

"아니오. 파란불로 바뀌었다 다시 빨간불로 바뀌던 참이었소. 파란불이 켜졌을 때 도로를 건넜으면 죽었겠지."

"왜 안 건넜죠?"

"백화점을 쳐다보았는데 어딘지 모르게 끔찍이 뒤틀린 느낌이었소. 신호등이 바뀌었지만 이상하게도 걸음을 뗄 수 없었지. 뭔가가 발목을 잡고 있는 것처럼. 옥상의 냉각탑을 몽땅 한쪽으로 밀어버렸다는 사실은 나중에 알았소. 근처 아파트에서 민원이 들어왔다더군. 냉각탑이 뿜어내는 습기 때문에 빨래가 마르지 않는다고."

건물 붕괴를 부른 무리한 구조 변경을 지적하던 목소리들은 어렴풋이 떠오르지만 냉각탑 얘기는 가물가물했다. 어쨌든 인상적인 얘기였다. 직관적이고 감각적이었다. 사실이라면 운전수는 특별한 운을 타고난 사람이고 지어낸 것이라면 탁월한 이야기꾼일 터였다. 그런데 마음에 걸리는 것이 있었다. 엄청난 인재를 입에 올릴 때 드러내기 마련인, 몽매와 부패에 대한 분노를 찾아볼 수 없었다. 분노는 커녕 탄식조차 듣지 못했다. 성수대교 얘기 때도 마찬가지였다.

"그날은 숨을 쉬기 힘들 정도로 푹푹 찌는 날씨였소. 찜통이 따로 없었지. 지금도 궁금하오. 파란불이 들어왔을 때 발길을 붙든 것은 대체 무엇이었을까. 답은 신만이 아시겠지."

운전수가 선글라스를 다시 끼며 말했다.

어쩌면 엄청난 사건조차도 사적인 감각이나 감정이라는 양식으로만 기억되는 것인지 모르겠다. 비운의 백화점 이름을 들을 때 내 머릿속에 맨 먼저 떠오르는 것은 이모와 연락이 닿지 않아 엄마가 발을 동동 구르던 모습이다. 이모가 변을 당했을지도 모른다는 상상보다 전화를 받지 않는 게 불길하다며 실성한 사람처럼 굴던 엄마가 더 무서웠다. 이모가 그 백화점에서 하는 보석 특별전에 예물반지를 보러 갔다는 것이었다.

엄마의 걱정은 기우에 불과했다. 사고가 난 것은 이모가 예물반지를 주문하고 나온 뒤였다. 이모는 예비신랑과 맞은편 빌딩 카페에서 팥빙수를 먹다 백화점이 무너지는 것을 목격했다. 당연히 예물반지는 영영 찾을 수 없었다.

이모는 그날 일에 대해 이상하리만치 입을 다물었다. 그럴수록 엄마는 도심 한복판에서 벌어진 비극을 자신만의 방식으로 곱씹었다. 이모가 멀쩡한 회사를 그만둔 것도, 파혼하고 여태 혼자 사는 것도 그 사건과 무관치 않다고 믿었다. 콘크리트 더미에 묻혀버린 것은 예물반지가 아니라 이모의 운이라고 여기는 눈치였다.

내가 엄마와 달리 생각하게 된 것은 세계무역센터빌딩이 무너질 때 간발의 차로 화를 면한 사람들에 관한 다큐를 본 뒤였다. 비행기가 들이받기 직전 빌딩에서 걸어 나온 한 남자는 여기가 아니라 저기에 있을 수도 있었다는 원초적 공포에서 벗어나기 위해 저기가 아니라 여기에 있었던 합당한 이유를 찾느라 숱한 밤을 지새웠다고 했다. 하지만 아무리 생각해도 그럴듯한 까닭을 찾을 수 없었고 바로 그 점이 죽을 수도 있었다는 사실보다 더 공포스러웠다고 털어놓았다.

운전수가 들려준 얘기를 그런 심리적 길항의 결과로 받아들인다면 과장의 혐의는 중요하지 않을 수도 있다. 그럼에도 불구하고 나는 운전수의 얘기가 여전히 불편했다. 처음에는 꾸며낸 것 같아서인 줄 알았는데 이제 보니 께름칙한 것은 사건을 회고하는 태도였다. 불특정 다수의 목숨을 앗아간 재난을 활용해 자신을 특별한 사람, 예외적 생존자로 만드는 방식 말이다.

"진짜 생존자가 세 명 있었죠, 아마?"

나는 '진짜'라는 말에 힘을 줬다. 은근히 자신을 특별한 존재로 여기는 듯한 태도가 거슬려서만은 아니었다. 팀장에게 헛소리를 늘어놓게 되어서 부아가 치민 데다 애당초 착각은 운전수가 했는데 곤욕은 엉뚱한 사람이 치르는 듯해 불쾌하기도 했다. 이야기의 주도권을 쥐고 싶은 마음도 아주 없지는 않았을 테고.

"그걸 어떻게 알죠?"

"일본에서도 크게 보도되었거든요."

"그랬군요."

"그중 한 명은 구조되던 순간 가장 먹고 싶은 게 뭐냐는 질문에 냉커피라고 대답했죠."

"그랬습니까? 놀랍군요."

그 일화가 놀랍다는 것인지 내가 그 일화를 알고 있다는 사실이 놀랍다는 것인지 모호했으나 어느 쪽이든 나에게 우쭐함을 안겨주기에 충분했다. 일본인이라는 제약을 되레 무기로 활용한 결과, 이를테면 발상의 전환이 거둔 쾌거였다.

냉커피 얘기는 지어낸 게 아니다. 그 인터뷰를 듣고 엄마에게 냉커피를 타달라고 했던 기억이 또렷하다. 냉커피 맛도 생생했다. 설탕물 같다고 하자 엄마는 우유를 깜박했다며 얼굴을 찡그렸다. 그때 나는 각얼음을 씹으며 생각했다. 열흘 넘게 땅속에 갇혀 있으면 뭐가 가장 먹고 싶을까.

"그 뉴스 때문에 당시 일본에서도 냉커피가 불티나게 팔렸어요."

이것은 지어낸 얘기. 구라에는 구라. 운전수의 반응에 고무된 내 입은 클럽의 침침한 조명 아래에서처럼 대담해졌다.

"그랬군요. 나는 식혜가 먹고 싶었는데."

"네?"

"아, 밥알을 띄워서 마시는 한국 전통음료예요."

"그렇군요. 그런데 언제 말입니까?"

왠지 운전수의 페이스에 다시 말려드는 기분이었지만 궁금증은 어쩔 수 없었다.

"사변 때, 참 외국에서는 한국전쟁이라고 하던가요?"

"남한과 북한이 벌인 전쟁 말입니까?"

"맞아요."

"네, 그렇게 부릅니다."

또 무슨 사고 얘기겠지 싶었는데 한국전쟁이라니. 대체 무슨 얘기를 꺼내려는 것인지 짐작할 수 없었다. 이제까지 거론된 사고들과 달리 너무 아득하게 느껴졌달까, 내 상상의 테두리를 훌쩍 넘어선 화두처럼 들렸던 것이다. 그 전쟁 때 운전수가 소년이었다는 것이

산술적으로는 하등 이상할 바 없었지만 역사책에서나 접하던 사건을 직접 겪은 사람의 입을 통해 들으니 기분이 묘했다. 내가 감히 아는 체할 수 없는 얘깃거리를 일부러 고른 것은 아닌가 하는 의심이 들기는 했지만.

"고향이 흥남이라고 북한의 항구도신데 전쟁 때 미군 폭격으로 쑥대밭이 되었소. 땅에서 뭐가 움직이기만 하면, 땅 위로 솟은 것이 보이기만 하면 폭탄을 떨어뜨리는 듯했지. 하늘이 폭탄으로 새까맣게 뒤덮였소. 엄청났지. 폭격하는 게 아니라 폭탄을 내다버리는 것 같았소. 미군이 흥남 부두를 통해 철수할 때 남쪽으로 향하는 배에 몸을 실은 것도 폭격이 무서워서였다오. 북한군과 중공군이 들어오면 폭탄을 또 쏟아부을 테니까. 원자폭탄을 쓸 거라는 소문이 돌기도 했고. 미군 폭격기가 무서워 미군 배에 탄 셈이지. 대부분이 그랬소. 살아남는 게 무엇보다 중요했던 거요. 시내로 들어오는 길을 막아서 그나마 흥남 사람들만 배에 오를 수 있었지. 태울 수 있는 인원이 한정되어 있었으니까."

"처참했군요."

운전수가 의도했든 아니든, 새 화제에 관해서라면 나는 할 말이 별로 없었다. 내가 태어나기 한참 전, 심지어 내 아버지가 태어나기도 전의 일이었다. 할아버지나 할머니가 더 오래 살았다고 해도 사정은 크게 다르지 않았을 것이다. 죽기 살기로 싸우다 각자 원위치로 돌아간 이상한 전쟁에 대해 나는 굳이 알고 싶어 하지 않았을 테니까.

"아직도 지하철은 절대 타지 않소. 굴이라면 질색이니까. 비행기

소리만 들리면 집 주변에 파 놓은 굴로 뛰어들어야 했다오. 그래도 목숨을 장담할 수는 없었소. 굴이 무너져 죽은 사람이 많았으니까. 나도 그렇게 죽을 뻔했소. 그때 호미를 쥐고 있지 않았다면 지금 이 자리에 없었을 거요."

"호미요?"

"언제부턴가 사람들은 호미를 쥐고 굴에 뛰어들었소. 흙더미를 파내고 빠져나와야 했으니까. 맨손인데 굴이 무너지면 속수무책이 었지. 흙더미에서 수습한 시신들은 거의 다 손톱이 빠져 있었소. 호미조차 귀한 시절이었지. 무기를 만든다며 쇠붙이라면 죄다 징발해 갔으니까."

운전수의 목소리는 의외로 담담했다. 은근히 과시하는 말투나 듣는 이를 의식하는 태도는 온데간데없었다. 오로지 기억이라는 길에 남은 한 시절의 궤적을 더듬는 데 집중하는 듯했다. 그래서 오히려 극적인 분위기를 자아냈다. 무너진 흙더미를 파낼 도구를 쥐고 땅속으로 몸을 숨기는 심정이 어땠을지 나로서는 상상조차 할 수 없었다. 기막힌 이야기였다. 만약 물이나 비상식량을 들고 대피했다면 느낌이 전혀 달랐을 것이다. 꾸며낸 것이든 아니든, 어떤 이야기는 삶의 진실을 드러내는 사소하지만 절묘한 조각을 품고 있을 때가 있다. 호미가 그랬다. 실은 그 때문에 일말의 의구심을 떨쳐버릴 수 없기도 했다. 딱 맞아떨어지는 퍼즐 조각은 괜시리 다시 떼어내고 싶어진달까.

호미에 관한 얘기는 그게 다가 아니었다.

한동안 침묵이 흐른 뒤 운전수가 다시 입을 열었다.

"어머니는 하나뿐인 호미를 언제나 형의 손에 쥐어줬지. 장남이 대를 이어야 한다고. 만약 철수하는 미군 배에 한 명만 타야 한다면 주저 없이 형을 택했을 테지. 하지만 형은 그 배를 탈 수 없었어. 폭격에 굴이 무너져 빠져나오지 못했으니까. 그날 호미는 내가 쥐고 있었어. 형만 챙기는 게 억울해 선수를 친 건데……. 누군가 살려면 다른 누군가는 죽어야 했던 거야. 생존자들이란 어찌 보면 살인자들인 셈이지."

중얼거리듯 말해서였을까. 내가 이야기에 너무 몰입해서였을까. 운전수가 중얼거린 말이 일본말이 아닌 우리말이라는 사실을 깨달은 것은 그가 입을 다물고 한참 뒤였다. 손에 땀이 배어났다. 차 안 공기가 후끈 달아올라 있었다. 열기의 진원지는 운전수였다. 심장을 꺼내서 보여주기라도 한 듯 운전수는 기묘한 열기를 뿜어내고 있었다.

운전수가 컵 홀더에 끼워 놓은 생수병을 더듬었다. 나는 뚜껑을 열어 운전수에게 건넸다. 운전수가 고맙다고 했다. 다시 일본말이었다. 운전수는 페트병 주둥이에 입을 대고 물을 벌컥벌컥 들이켰다. 나는 마른침을 삼켰다. 목이 타는 듯했지만 페트병이 비어가는 것을 지켜볼 수밖에 없었다. 물을 좀 남겨 달라는 말이 왠지 입 밖으로 나오지 않았다.

어느새 차는 김포공항 근처 사거리에 접근하고 있었다. 집으로 가려면 우회전해야 했지만 나는 아무 말도 할 수 없었다. 뜻하지 않게 나누어 가진 비밀의 무게가 나를 짓눌렀는지도 모른다. 한 가지 분명한 사실은 택시에 오른 뒤 처음으로 일본인 행세를 후회했다는 것이다.

운전수는 나를 김포공항 국내선 청사 앞에 내려주고 떠났다. 한국에서의 볼일을 잘 보라는 인사도 잊지 않았다. 끝내 진실은 밝히지 못했다. 수많은 사람들이 잰걸음으로 주변을 오갔지만 나는 그 자리에 얼어붙은 듯 서 있었다. 다른 택시 한 대가 바로 앞에 멈춰설 때까지.

택시 운전수가 차창을 내리고 어디까지 가느냐고 물었다. 이번에는 한국말이었다.

김경욱

영원한 지망생

수상 소식을 들었을 때 저는 신춘문예 시상식장에 하객으로 앉아 있었습니다. 이제 막 작가라는 호칭을 손에 쥔 신인들의 소감을 듣던 중이었습니다. 그래서였을까요. 통화를 위해 행사장을 빠져나온 뒤에도, 과분한 행운을 알게 된 후에도 당선 소감을 얘기하던 분들의 목소리가 귓가에 쟁쟁했습니다. 출사의 감회와 각오는 저마다 달랐지만 목소리의 떨림은 예외가 없었습니다.

수상 소감을 적는 지금도 저는 그 '떨림'에 대해 생각합니다. 23년 전 신인상 수상 소감을 말했을 때 저의 목소리도 그렇게 떨렸을 것입니다. 기쁘고 부끄러웠던 것 같습니다. 누군가 제 글에 마음을 나눠줬다는 것이 못내 기뻤습니다. 혼잣말을 한 게 아니라서 다행이었습니다. 하지만 마음을 나눠준 대상이 제 글이었다는 사실 또한 부끄러웠습니다. 호감을 남몰래 품고 있는 상대 앞에서 심장이 두근거리는 소리를 들켜버린 기분이었습니다.

소설 한 편을 세상에 내보낼 때마다 저는 다시 작가 지망생으로 돌아갑니다. 겨우 익숙하게 된 소설 쓰는 법을 까맣게 잊어버린 채 멍하니 책장만 바라봅니다. 작가 지망생, 아니 독자로 돌아가 책을 읽어야 할 시간이 찾아온 것입니다. 이 막막한 시간을 견디게 해주는 것은 선배, 동료, 후배 작가들의 글입니다. 그들이 밝혀주는 빛이 있어 이 어둠의 터널을 겨우 빠져나갈 수 있습니다.

얼마 전, 한 출판사 송년회 자리에서 어느 작가는 이런 말을 했습니다. "문학이라는 타이타닉호에 마지막까지 남아 연주하는 오케스트라가 된 기분이다." 이 말을 듣고 저는 고개를 끄덕였습니다. 저역시 침몰하는 타이타닉호에서 맨손으로 물을 퍼내고 있는 심정이었으니까요. 그러다 문득 이런 생각이 뇌리를 스쳤습니다. 과연 우리가 타이타닉호에 타고 있기나 한 걸까? 어두컴컴하고 파도가 사나운 바다를 맨몸으로 헤엄쳐 가는 존재들이 아닐까? 그렇게 고독하게 헤엄치다, 문학이라는 이름으로 스쳐가는 찰나의 불빛 속에서 또 다른 누군가를 발견하는 것이 아닐까? 혼자가 아님을 깨닫고 용기를 내어 다시 어두운 파도를 가르고 나아가는 게 아닐까? 하물며 작가 지망생이라면, 영원한 작가 지망생이라면…….

독자가 떠나간다고, 떠나갔다고 말합니다. 정말로 독자가 없다면 아무도 쓸 수 없게 되겠지요. 소설은 '혼잣말'이 아니니까요. 누군가에게 건네는 눈짓이며 손짓이니까요. 독자들의 사정이야 제 아둔한 머리로 다 헤아릴 수는 없습니다. 다만 끝까지 독자로 남아서 읽겠습니다. 작년 봄 아버지의 마지막 심장 박동을, 차가워지는 손목에서 뛰던 최후의 온기를 읽어낸 것처럼 말입니다. 아버지에게 바라기만 하고 끝내 못한 말이 새삼 사무칩니다. "괜찮아요, 아버지. 다 괜찮아요."

'떨림'이라는 부끄러움을 죽비처럼 내려주신 심사위원 선생님들께 감사드립니다. 글쓰기라는 고독한 항해에 등불이 되어주는 작가들에게 감사드립니다.

문학적 자서전

김경욱

아버지의 무릎

아버지의 모습을 떠올리면 맨 먼저 생각나는 것이 무릎입니다. 아버지는 틈만 나면 무릎을 밟아달라 하셨지요. 온종일 서 있어야 하는 직업(교편을 잡으셨죠) 탓이기도 했지만, 워낙에 강골과는 거리가 먼 분이라 집에 돌아오자마자 아랫목에 드러눕곤 했습니다. 파자마를 허벅지까지 걷어 올린 아버지가 제 이름을 부르면 저는 냉큼 두 무릎 위로 뛰어올라가 손으로 벽을 짚은 채 제자리걸음을 시작하곤 했지요. 다른 심부름은 어떻게든 동생에게 떠넘기려고 발버둥쳤지만(막둥아, 미안!) 무엇 때문인지 그 미션만큼은 피하는 게 불가능했습니다.

매번 뭔가에 이끌리듯 아버지의 무릎 위로 올라갔던 것인데 돌이켜 보면 내심 그 순간을 기다렸던 것도 같습니다. 아버지의 무릎 위를 걷는 기분이 그리 나쁘지 않았으니까요. 동그란 무릎뼈가 발바닥 밑에서 이리저리 돌아다니는 듯한 느낌이 재미있었습니다. 차갑고 딱딱하던 무릎에 피가 돌아 따스하고 말랑말랑해지는 것도 신기했습니다. 지구와는 다른 중력을 가진 별 위를 걷는 기분이랄까요. 그럴 때 아버지의 입에서 새어 나오던 "시원하다, 어 시원하다"라는 탄성도 듣기 좋았고, 무엇보다 그것이 아버지와의 유일한 스킨십이었으니까요.

아버지의 무릎은 제가 간직한 하나뿐인 온기의 근원이기도 합니다. 저에게 아버지는 언제나 저만치 떨어져 있는 존재였으니까요. 가족 나들이 때도, 어린이날 큰맘 먹고 찾은 대공원의 엄청난 인파 속에서도, 스무 살의 제가 학업을 중단하고 고향으로 내려가 입원했던 병실에서도 아버지는 대여섯 걸음 앞장서거나 대여섯 발 떨어진 자리에 앉아 있었으니까요.

그랬습니다. 함께 길을 나서면 아버지는 어김없이 저만치 앞서 걸어갑니다. 모습이 시야에서 사라졌나 싶으면 또 저 앞에 쭈그려 앉아 있곤 했습니다. 그러다 일행이 눈에 들어오면 벌떡 일어나 휘적휘적 걸음을 재촉했습니다. 그때는 나란히 걷지 않는 아버지가 이상하기만 했는데 이제와 생각하니 다리가, 무릎이 아파서 그랬던 것 같습니다. 한시라도 빨리 목적지에 당도해 쉬고 싶은 마음이 굴뚝같았던 겁니다. 말하자면 아버지는 무릎으로 학생들을 가르치고, 무릎으로 식구들을 건사한 셈입니다. 슬하膝下라는 말이 새삼 사무치네요.

제가 아버지를 가장 많이 닮은 곳 역시 무릎입니다. 작고 동그랗고 부실합니다. 툭하면 드러누워 있으라고 아우성입니다. 그런데 무릎 주인은 스포츠라면 사족을 못 씁니다. 게다가 눈은 높아서 축구라면 차범근, 야구라면 이종범이 되고 싶었습니다. 허황된 열망을 동네축구에 쏟아붓다 기어이 사달이 나고 말았는데요, 시합 도중 무릎 연골이 찢어지고 만 겁니다. 상대 수비의 거친 태클 때문이었다고 말할 수 있다면 좋겠지만, 실은 크로스를 올리려다 헛발질하는 바람에 그만. 동네 정형외과 의사는 "이제 그런 격한 운동을 할 나이는 지났다"는 말로 제 선수생명에 종지부를 찍어버렸습니다. 고작 스물아홉이었는데요.

진짜 문제는 따로 있었습니다. 무릎 수술 후 골방에 박혀 있자니 도통 글이 써지지 않았습니다. 글 쓰는 방법(그런 게 있다면)을 까맣게 잊어버린 것처럼 한 줄도 쓸 수 없었지요. 그제까지 네 권의 책을 낼 수 있게 해준 작가운(역시나 그런 게 있다면)이 다해버린 것처럼 말입니다.

축구에 대한 붉은 마음은 '피파시리즈'(축구 게임)로, 야구에 대한 열정은 타이거즈에 대한 격한 응원으로 달래고, 그래도 남아도는 아드레날린은 스타크래프트 게임으로 밤을 지새우며 어찌해볼 수 있었지만 글을 쓸 때만 곁을 허락하던 마음의 평화는 그 무엇으로도 되찾을 수 없었습니다.

글을 다시 쓰기 위해 별짓 다했지요. 난생처음 글이란 것을 끄적이던 스물한 살 때처럼 (컴퓨터 대신) 펜으로 써보기도 하고, 스스로를 세상에 둘도 없이 딱한 존재라 여기는 자기연민의 '다크포쓰'에 기대기도 하고(다자이 오사무를 다시 꺼내 읽었지요), 뭐라도 묘사하다 보면 실마리가 풀릴까 싶어 눈을 부릅뜨고 창밖을 바라보다 지나가던 고양이와 눈싸움을 벌이기도 했지만 결과는 신통치 않았습니다. 격렬한 파토스를 '고백'할 예외적인 내면도, 세상을 남다르게 '묘사'할 심미안도 저에게는 결여된 것이 아닌가 싶었습니다. 뼈저리게(문자 그대로!) 울적한 나날이었지요. 무릎은 차차 아물었지만 저는 점점 더 골방에 틀어박히게 되었습니다.

그런 제가 안됐다 싶었는지 아버지가 위로차 상경했습니다. 작은 화분을 들고서요. 화분에는 피렌, 뭐라는 파랗고 작은 식물이 심겨 있었습니다. 농업학교 선생님다운 선물이었지요. 뭔가를 돌보고 기르기에 제 멘탈은 너무 황폐해져 밤낮 애먼 '저글링'과 '히드라리스크'(스타크래프트 '저그' 유저들에게 딱히 억하심정이 있었던 건 아닙니다)만 때려잡았지만 아버지의 선물을 나 몰라라 할 수는 없더군요. 분부대로 잊을 만하면 물도 주고 일광욕도 시켜줬습니다.

그날도 볕을 쪼이려고 창턱에 올려두었던 화분을 거둬들이던 참이었습니다. 떠돌이 고양이와 눈싸움이나 한 판 할까 싶어 창밖을 보았을 때 저는 뜻밖의 무언가를 보고 말았습니다. 그것은 담벼락 난간에 걸린 제 얼굴이었습니다. 이쪽과 저쪽의 어둠이 균형을 맞춰 유리가 창이면서 거울이 되었던 것이지요. 뭉크의 그림에나 나올 법한 표정, 무너지기 직전의 담벼락 같은 제 얼굴과 맞닥뜨렸던 그날 이후, 저는 목발을 짚고 산책을 나가기 시작했습니다. 햇볕 속을 걸으며 세상을 관찰했지요. 그러자 글도 다시 쓸 수 있게 되었습니다. 글이란 무릎으로 쓰는 것인가 봅니다. 적어도 저의 경우에는요.

다쳤던 무릎을 갑자기 놀리면 지금도 우두둑, 하는 소리가 납니다. 그 소리를 들을 때마다 저는 유리가 창이면서 거울이 되던 순간을, '세계'의 얼굴 위로 '내면'의 표정이 마술처럼 떠오르던 순간을 되새깁니다. 마른 부지깽이 같은 넓적다리뼈와 정강이뼈 사이에서

이를 악물고 있던 아버지의 무릎과, 그 위를 걷던 때의 기분도요. 가
끔은 어디선가 아버지가 저를 부르는 소리가 들리는 듯도 합니다.
"경욱아, 아따 경욱아!" 어느 바람벽 아래 누워 파자마를 허벅지까
지 끌어올린 채 말이죠.

그란디 아부지, 시방은 머시냐 구름 위에 든눠계신당가요?
거서도 동백나무도 키우고 야구중계도 보신당가요?
네, 아부지?
아부지!

윤성희 • 소설가

김경욱은 늙지 않는다

김경욱은 재미가 없다. 첫 줄을 이렇게 써놓고 나는 약간 주춤한다. 수상을 축하하는 글에 쓸 적절한 첫 문장은 아니라는 것쯤은 나도 안다. 그래도 이렇게 말하고 싶다. 김경욱은 재미없는 사람이라고.

이 글을 쓰기 전에 동료 작가들을 만날 일이 있었다. 그 자리에서 후배 K와 이런저런 이야기를 하다 김경욱 선배의 작가론을 써야 한다고 말했더니, 그 후배가 이렇게 말했다. "쓸 말이 있을까요? 뭐, 술을 먹고 실수를 하기를 하나." 그렇다. 김경욱은 이런 글을 쓸 때 양념처럼 들어가는 재미있는 에피소드를 남길 만한 사람이 아니다.

동료 작가의 시상식에 축사를 할 때나 지금 이 글처럼 작가 초상을 쓰게 될 때면, 한 며칠은 그 작가에 대해 생각하게 된다. 생각하다 보면 지난날의 내 세월도 같이 추억하게 되는데 그것이 꽤 괜찮다.

그래서 주말 내내 경욱 선배를 생각해보았다. 생각하다 그의 옛 단편을 한 편 읽고, 또 생각하다 단편을 한 편 읽고, 그런 식으로. 언제 처음 만났는지는 기억나지 않는다. 2004년에 한국일보문학상을 받았을 때 '평화만들기'라는 인사동의 한 술집에서 술을 마시며 오랫동안 이런저런 이야기를 했던 것이 기억나긴 하지만, 인상적인 장면은 떠오르지 않는다.

울산에서 서울로 올라와 한국예술종합학교에 자리를 잡은 뒤로
는 술자리에 자주 나타났다. 누군가 책을 냈다고 만나고, 누군가 상
을 받았다고 만나고, 누군가 마감을 했다고 만나고, 또 누군가 소설
이 안 써진다고 만났다. 다들 삼십 대여서 체력도 좋았다. 그래서 아
침까지 놀기도 여러 번. 그런 술자리들을 떠올려 봐도 김경욱 선배
가 술에 취해 실수를 했던 기억이 나지 않는다. 여기서 오해하지 말
길! 그가 술이 세서 그런 것은 아니니까. 그는 늘 자기가 마실 양만
마셨다. 술자리를 주도적으로 이끄는 편이 아니라 그가 먼저 무슨
안주를 먹으러 가자고 말한 적도 없는 것 같다.

평창동 육교 아래에 있는 간판도 없는 포장마차에서—간판은 없
지만 다들 '절벽'이라고 불렀던 그 술집에서—경욱 선배가 만취를
했다는 이야기를 동료 작가에게 들은 적이 있다. 그 이야기를 들었
을 때 나는 그 자리에 없던 게 너무나 아쉬웠다. 술 취해 누군가에게
업혀가는 김경욱의 모습을 보는 일이 어디 흔할까. 어쩌면 앞으로
영영 못 볼지도 모른다. 개그 프로그램의 유행어도 못 알아듣고 최
신 예능 프로그램을 이야기해도 잘 모르는 눈치였지만, 그래도 그는
흐트러지지 않는 자세로 술자리에 앉아 있었다. 그는 남을 웃기지는
못해도 남들이 하는 이야기를 늘 진지하게 들었으며 잘 웃어주었다.
나는 그가 재미없는 사람이라고 말했지만, 그렇다고 그는 술자리를
재미있게 하려고 억지로 노력해서 오히려 분위기를 썰렁하게 만드
는 그런 사람은 아니었다.

아, 생각해보니 나는 단 한 번도 경욱 선배가 화를 낸 걸 본 적이

없다. 그가 울분에 찬 것도 본 적이 없다. 또, 생각해보니 나는 단 한 번도 그가 깔깔거리며 큰 소리로 웃는 것도 본 적이 없다. 그는 늘 이가 보일 정도로 미소만 지었다. 그에게는 늘 똑같은 주파수를 유지하는 능력이라도 있는 것일까. 이 대단한 평정심은 어디에서 오는 것일까?

습작 시절 나는 이상한 편견을 가지고 있었다. 소설가란 픽션에 어울릴 만한 자기만의 삶이 있어야 하는 게 아닌가, 하고.《존재의 세 가지 거짓말》을 읽고 나는 이런 생각까지 한 적이 있었다. 이 작가처럼 공장에라도 다녀야 하는가, 하고. 아고타 크리스토프의 약력을 보면 스위스에서 시계공장 일을 하며 가난과 싸웠다는 문장이 있었기 때문이었다.

소설이 안 써질 때마다 나는 너무 평범한 사람이라 그렇다는 평계를 댔다. 지금은 그런 생각을 했던 이십 대의 시절이 부끄럽다 못해 귀엽게 여겨지기도 한다. 암튼, 그런 고민을 하던 시절 나는 어찌어찌해서 소설로 등단을 했다. 소설가가 되었다는 것은 무서운 일이었지만, 소설가가 되어 평소 좋아하는 작가들을 만나고 그들과 친밀한 이야기를 나눌 수 있게 된 것은 행복한 일이었다. 그때, 만났던 많은 선배들을 통해 나는 소설가의 태도를 배울 수 있었다. 시계공장 따위의 생각은 하지 않았다. 그때 만난 선배들 중 단연 인상적인 사람은 경욱 선배였다. 저렇게 소설에 자기 지문을 하나도 묻히지 않는 작가가 있을 수 있을까? 나는 그게 신기했다.

소설가 김경욱을 아는 사람들이라면 누구나 그가 다작을 한다는 것을 알 것이다. 얼마나 다작을 하는지 소설기계라는 별명이 있겠는가. 최근의 출간 속도를 보자면 거의 일 년에 한 번꼴로 책을 내는 것 같다. 지금 사는 집으로 이사를 와 책장 정리를 할 때 나는 김경욱, 김연수, 김중혁 작가를 한 칸에 꽂아 두었다. 그런데 그 셋이 어찌나 책을 자주 내는지 재작년에 경욱 선배의 책들을 옆 칸으로 옮겨야 했다. 세어 보니 책장은 한 칸에 대략 스무 권 정도 책을 꽂을 수 있는데, 경욱 선배는 지금 속도로 보면 언젠가 오로지 자기 이름으로 된 책으로 한 칸을 차지하게 될 것 같다. 내 책장에서 한 작가가 한 칸 전체를 다 차지한 경우는 도스토옙스키밖에 없는 것 같다.

일 년이나 이 년에 한 번씩 '김경욱 드림'이라고 서명이 된 책이 배달될 때마다 나는 세 번 놀란다. 우선 첫 번째는 벌써 새 책이야! 하는 것이고, 두 번째는 경욱 선배의 이미지와는 전혀 다른 글씨체 때문이고, 세 번째는 우리가 알고 지낸 지 십오 년이 넘었건만 언제나 '윤성희 님께'라고 적는 반듯함 때문이다. 나는 경욱 선배가 글씨를 못 써서 참 다행이라는 생각이 든다. 그게 그의 유일한 빈틈처럼 느껴지기 때문이다. 그리고 나는 경욱 선배가 스무 권의 책을 내도 나에게는 늘 '윤성희 님'이라고 서명을 해서 보낼 것임을 안다. '성희에게'라고 다정하게 써줄 사람이 아니다. 나는 그가 변하는 게 싫다.

나는 그가 다작을 할 수 있는 원동력이 어디에서 오는지 함부로 짐작할 수 없다. 하지만 이런 생각을 해본다. 어쩌면 그가 재미없는 사람이기 때문은 아닐까, 하고. 나는 소설을 쓴 지 이제 겨우 십칠 년밖에 안 되어 이런 말을 하는 게 부끄럽지만—그렇다. 내 앞에 있는 많은 선배들을 생각해보면 십칠 년은 아무것도 아니다—소설가는 좋은 이야기가 왔다가 오랫동안 놀고 갈 수 있도록, 될 수 있으면 백지 상태를 만들어야 한다고 생각한다. 그래야 감정으로부터 거리를 유지할 수 있으니까.

김경욱 작가가 가장 잘하는 게 있다면 바로 저 능력이다. 거리 유지. 그러다 보니 그의 수많은 소설들은 그와 하나도 닮지 않은 것 같지만 또 그와 전부 닮았다. 그의 소설에 등장하는 많은 인물들은 김경욱의 태도에 영향을 받는다.

나는 소설을 쓴 지 십 년이 지나서야 비로소 그 사실을 희미하게 알게 되었다. 소설가가 일상을 성실하게 살아야 하는 이유를. 나의 태도가 내 소설 인물들에게 알게 모르게 영향을 주고 있기 때문이었다. 그러니 자기 지문을 하나도 묻히지 않는 작품이란 없는 것이었다. 나는 경욱 선배를 처음 만났을 때 느꼈던 첫인상을 몇 년이 지난 후 그가 발표한 많은 작품들을 읽으면서 수정했다. 그는 자기 지문을 묻히고, 그리고 자기 지문을 지우는 작가다. 숙련공이나 다다를 수 있는 능력이다.

소설을 쓰기 전에 나는 노트북의 빈 화면을 쳐다보며 이렇게 중얼거린다. 나는 백지. 나는 백지. 나는 백지. 세 번을 중얼거리고 나면 좀 위로가 되는 듯하다. 이제는 소설이 안 써질 때마다 내 삶에 이야깃거리가 없어서가 아니라 내가 덜 비워져서라고 생각한다. 내가 버거우면 주인공의 삶도 내 식으로 판단한다. 거기에서 오류가 생긴다.

경욱 선배의 평정심은 타고난 것이다. 그러니까 그는 노력으로 절제력을 유지하는 사람이 아니라 그냥 몸이 그렇게 맞춰져 있는 것 같다. 과한 게 체질적으로 몸에 없는 사람이랄까. 나는 이 글에서 경욱 선배가 재미없는 사람이라고 여러 번 말했는데, 그 말의 정확한 뜻은 밋밋한 사람이라는 말이 아닐까 한다. 작가가 밋밋하니 오히려 역설적으로 밋밋하지 않은 인물들이 그의 이야기 속에서 자연스럽게 펼쳐지는 것이 아닐까. 그래서 그는 뭘 쓸까 궁금해서 계속 소설을 쓰는 작가가 될 수 있는 것이다.

신인일 때 나는 경욱 선배에게 이런 이야기를 한 적이 있다. 나는 십 대 시절 문화적 영향이라고 여길 만한 취미 하나 가지지 못하고 작가가 되었다고. 그러다 보니 그렇지 않은 작가들이 참 부럽다고. 작가가 되고 보니 나 빼고 모든 작가들이 십 대 시절 희귀한 앨범을 구해 듣고, 세계문학 전집을 읽고, 고독한 사춘기를 보낸 것처럼 보였다. 나는 위축되었다. 나는 가요톱텐에서 듣던 가요 말고는 아는 게 없었다. 내 말을 듣던 경욱 선배가 말했다. 나도 그래. 집에 오디오도 없었고. 그 말을 듣고 나는 얼마나 안심을 했는지 모른다. 아! 나 말고 또 있구나. 이렇게 생각했다.

그래서인지 나는 경욱 선배의 인터뷰나 에세이를 읽을 때면 어딘가 나와 비슷한 면이 있다는 생각을 하게 되었다. 좋아하는 작가도 비슷할 때가 많다. 그가 쓴 창작론에 관한 에세이를 읽다가 내가 써도 이렇게 썼을 것 같다고 생각한 적도 있다. 내 고민과 흡사해서. 내 방식과 비슷해서. 심지어, 경욱 선배와 나는 똑같은 신발도 가지고 있다. 같은 자리에서 똑같은 신발을 신은 걸 알고 건배를 한 기억이 있다.

〈천국의 문〉을 읽다 과잉의 감정을 체질적으로 거부하는 작가만이 쓸 수 있는 죽음에 대한 이야기라는 생각이 들었다. 그리고 그가 쓴 단편들의 궤적을 그려보았다. 장국영에서 커트 코베인에서…… 아버지에게로 건너오기까지. 그 궤적을 눈에 보이는 형태로 만들고 의미를 찾아내는 일은 평론가들의 몫이니 나는 하지 않으려 한다. 사실 할 수 있는 능력도 내겐 없다.

다만 나는 그것을 쓰는 동안의 세월에 대해 생각해본다. 일 년에 서너 편씩. 이십 년이 넘었다. 단편소설이라는 게 쓸 때는 어떤 변화를 감지하지 못하는데 그걸 한 권으로 묶어놓고 보면 조금씩 달라지고 있는 게 보인다. 또 하나의 소설집을 묶어놓고 난 뒤 그 전에 출간한 소설집을 읽어보면 더욱 그 사실이 선명해진다. 나도 모르게 무엇인가가 움직이고 있다. 그걸 통해, 내가 쓴 글을 교정보면서, 내가 변한다.

김경욱 작가는 열세 권의 책을 냈다. 작가로서 그 책의 권수가 말해주는 의미는 열세 번의 교정을 보면서 미묘하게 변하고 있는 자신을 뒤늦게 발견하고 뒤늦게 깨달았다는 의미이기도 하다.

그는 열세 번째 책의 작가의 말에 이렇게 적었다. "열세 번째 '첫' 책"이라고. 그것이 소설가 김경욱이 늙지 않는 이유이다. 늘 첫 책을 내는 신인이니까. 스무 번째 책을 내도 그는 '첫' 책을 내는 작가의 모습일 것이다. 영원한 신인. 그것은 아마 모든 작가들이 가장 부러 워하는 작가일 것이다. 나도 그러하다.

작품론
〈천국의 문〉과 김경욱의 작품세계

아이러니의 천국

행복하구나, 무거운 지상의
사슬을 풀 수 있는 자는.
——보에티우스,《철학의 위안》3권 시12.

그의 무릎은 벌써 천천히 꺾이고
죽음의 무게가 그를 땅에 눕히고 있었다.
그러나 눈은 여전히 천국의 문을 향하면서
——단테,《신곡》, 연옥편 15곡.

1. 천국의 문을 두드리며

삶은 죽음을 향해 있고, 죽음은 삶을 향해 있다. "삶은 죽음이며,
죽음은 역시 삶"(휠덜린)이다. 생과 사 사이에서 써내려가는 욕망의
내러티브가 우리의 '삶'이라고 할 때, '생'과 '사'는 단순히 출발점
과 종착점을 의미하는 시간 위의 한 점을 나타내지만은 않는다. 생
과 사는 서로에게 플롯과 의미를 설정하고 수정하기를 요구하며 함
께 한 존재의 이야기를 써내려간다. 그런데 이 요구에 우리는 얼마
만큼 주체적인 개입을 할 수 있을까? 아브라함이 그러했듯, 해프닝
이라고 여길 수 있는 것들을 의미 있는 '사건'(바디우)으로 받아들이
며 '어둠 속의 도약'(키르케고르)을 이루는 일은 가능할까?

이는 모두 〈천국의 문〉을 거듭 읽으며 빠져든 몽유의 한 자락이
다. '몽유'라 적었지만 〈천국의 문〉은 사실 우리에게 유희의 시간을

제공하지 않는다. 사랑하는 외아들을 번제로 바치기 전날 밤의 아브라함에게처럼 〈천국의 문〉은 우리에게 묵직한 고뇌로 이루어진 불면의 밤을 요구한다.

이제부터 적는 이야기는 그 불면의 밤에 〈천국의 문〉 앞을 서성이고, 그 안을 엿보며 작품과 나누었던 대화의 기록이다. 가장 많은 대화를 나누며 연을 맺은 이는 작품의 주인공인 '여자'다. 〈천국의 문〉에서 '여자'는 상당히 다층적인 심리적 편린을 보인다. 그 복잡한 내면을 들여다보는 일을 중심으로 작품의 의미를 살피고자 한다. 그에 앞서 논의의 편의를 위해 이야기를 개괄해본다.

한 여자가 있다. 그녀를 포함하여 가족은 모두 네 명이다. 아니, 네 명이었다. 부모는 자녀들이 대학을 졸업한 이후 이혼했다. 이혼을 원한 쪽은 엄마다. 아주 오래전부터 생각해왔던 일을 자녀들이 성인이 된 후 결행한 것이다. 이유는 뚜렷하진 않지만, 아마도 아버지의 '샌님'(이는 동료 교사들이 그를 부를 때 쓰는 호칭이다) 기질, 강박증적 성격(퇴근 후 그가 가장 먼저 하는 일은 신발이 가지런히 놓였는지를 확인하는 것이다)에 질린 탓으로 보인다. 이후 가족의 삶은 커다란 변화를 맞는다. 엄마는 새 남자를 만나 금세 재혼하고, 동생은 독립하여 일본에서 첫 번째 결혼을, 핀란드에서 재혼을 한다(핀란드의 오로라는 원래 '여자'의 오랜 꿈이기도 하다). 문제는 아버지. 아버지는 이혼 후 급격히 무너진다. 먼저 정신이 무너지고 이후 육체가 무너진다. 무시로 폭력을 드러내고, 이런저런 문제로 중환자실을 들락거리며, 결국 치매에 걸려 요양병원에 머물게 된다. 이런 아버지를 곁에서 지키는 역할을 여자는 떠맡는다. 어린이집 교사인 여자는 아버지를 살피느라 직장을 제외한 자신의 삶 전체를 잃는다. 거처도 점점 변두리로 밀려나고, 연애나 결혼도 한없이 유예하거나 포기하는 처지에 이른다. 때로 '아버지만 없다면'과 같은 생각을 하기도 하지만 여하튼 여자는 아버지 곁을 떠나지 않고 그의 임종을 지킨다.

그러나 이상의 표면적 줄거리는 사실에 대해 알려줄지언정 진실에 대해선 별다른 것을 말해주지 않는다. 모든 좋은 작품이 그러하듯 〈천국의 문〉 역시 아이러니의 미로이다. 이제 그 문을 열 차례다.

2. 천국의 문을 열며

작품의 첫 문장을 읽는다. 김경욱은 최근 한 단편에서 화자의 입을 통해 "글을 쓸 때는 첫 문장만 수백 번 고쳐 써요"[1]라고 말했는데, 그 고심과 세공의 흔적은 이렇다.

아버지가 오늘 밤을 넘기지 못할 것 같다는 기별을 들었을 때 여자가 가장 먼저 한 일은 화장을 고치는 것이었다.[2] (12쪽)

근래에 읽은 모든 소설 중에서 가장 흥미로운 첫 문장이다. 기억

---

1) 김경욱, 〈양들의 역사〉,《악스트》no.001 (2015.7/8), 은행나무, 2015, 158쪽.
2) 〈천국의 문〉을 읽고 나서 작품론의 첫 문장으로 가장 먼저 떠올린 내용은 이랬다. "〈천국의 문〉을 읽었을 때 가장 먼저 한 일은 자세를 고치는 것이었다." 이는 두 가지 사실을 알려준다. 첫째, 〈천국의 문〉의 첫 문장은 따라 쓰고 싶을 정도로 매혹적이다. 둘째, 〈천국의 문〉은 절대로 편한 자세로 읽을 수 있는 작품이 아니다. 자세의 교정을 요구할 정도로 묵직하고 다층적인 작품이다.

을 더듬어 보건대, "그곳은 시골보다 못한 소도시였다. 게다가 노인들만 살고 있는데도 너무 드문드문 죽어 나가는 통에 짜증이 날 지경이었다"[3]라는 〈로실드의 바이올린〉(체호프)의 처음 두 문장만큼이나 흥미롭다. 두 경우 모두 관습적 의미망의 기대치를 배반하는 주부와 술부의 어긋남이 주목을 끈다.

그럼 다시 〈천국의 문〉의 첫 문장에 시선을 집중해보자. 이 문장은 다시 넷으로 나눌 수 있다. 여자가 기별을 들었다. 아버지가 오늘 밤을 넘기지 못할 것 같다는 내용이었다. 여자는 화장을 고쳤다. 그것이 그녀가 그 기별을 듣고 가장 먼저 한 일이었다. 이 네 개의 문장이 합쳐진 첫 문장은 작품의 입구에 떡하니 버티고 서서 수수께끼를 내는 스핑크스와도 같다. 오이디푸스가 수수께끼를 풀고 스핑크스로부터 테바이를 구했듯, 우리는 수수께끼를 풀고 미노타우로스의 궁으로부터 작품의 의미를 구하길 바라본다.

물론 오이디푸스의 경우처럼 그 이후 또 다른 어떤 수수께끼가 기다리고 있을지는 모를 일이지만. 그 수수께끼를 풀기 위해 던져야 할 질문은 대략 이런 것들이다. 기별을 전한 자는 누구인가? 아버지의 병과 죽음이 여자에게 갖는 의미는 무엇인가? 그리고 무엇보다 중요한 질문, 아버지의 죽음이 임박했다는 소식을 듣고 여자는 왜 가장 먼저 화장을 고치는가, 여자와 아버지는 어떤 내적인 드라마를 형성하는가?

중요한 순서대로 탐구해본다. 일단 첫 문장 뒤를 따른다.

핏기 없는 얼굴을 감추기 위해 바른 핑크색 아이섀도와 볼터치를 지우고 비비크림을 꼼꼼히 덧발랐다. 입술은 핑크와 베이지색 립스틱을 섞어 최대한 자연스러운 느낌을 냈다. 옷도 여러 벌 입어보았다. 고심 끝의 선택은 중요한 자리에 입고 가려고 사둔 까만 벨벳 원피스였다. (12쪽)

이는 아버지가 위독하다는 소식을 들은 자식이 일반적으로 취할 만한 태도라고 보긴 힘들다. 첫 문장을 빼버린 채로 '여자'의 행선지를 맞춰보라 한다면 '아버지의 임종을 지키러'라고 답할 사람은 없거나 극히 드물 것이다. 조문객을 맞이하기 위해서 외양에 신중을 기하는 것이 아닐까 생각할 수도 있겠지만, '여자'는 대신 부고를 알려줄 사람도 없을 정도로 사고무친의 외톨이다. 생각을 좀 더 밀어붙여 보자면 흡사 '브론스키'를 만나러 무도회장에 나설 채비를 하는 '안나'(톨스토이,《안나 카레니나》)처럼 보이기도 한다.[4] 그렇다면 '여자'의 브론스키는 누구인가? '아버지'와 '사내'가 바로 그들이다. '여자'에게 이들은 어떤 존재인가?

문지기 1_아버지

〈천국의 문〉의 제일 앞에 버티고 선 인물은 '아버지'다. 작품의 첫

---

3) 안톤 체호프, 〈로실드의 바이올린〉,《사랑에 관하여》, 펭귄클래식 코리아, 2010, 129쪽.
4) 흥미롭게도 김경욱의 최근작 〈수학과 불〉에는《안나 카레니나》의 주요 내용이 중심 모티프로 차용되어 등장한다.(《한국문학》, 2015년 겨울호 참조)

단어이기도 한 '아버지'는 여자에게 일종의 창조주다. 자신의 삶의 플롯을 만들어내는. 셰익스피어가 《맥베스》의 한 대목에서 서술했던 인생 드라마, 즉 원치 않는 역을 떠맡은 배우(이것은 작품 중간에 여자가 서술하는 아버지의 모습이기도 하지만, 작품 전체적으로 볼 때 여자 자신의 모습이기도 하다)의 무의미한 백치놀음으로서의 삶을 '여자'는 살아내고 있는데, 이때 그 드라마의 작가는 아버지다. 적어도 표면적으로는 그렇다(이 말은 이면의 정황은 그렇지 않다는 뜻이기도 한데 이에 대해서는 잠시 뒤에 자세히 논하기로 한다).

부모가 갈라설 때 여자는 아버지 곁에 남았다. 동생이 독립하겠다고 선수를 쳤고 엄마에게는 새 남자가 있었으니 선택의 여지가 없는 것이나 마찬가지였다. (21쪽)

이후 아버지의 정신과 육체는 급격히 무너져가고 급기야 폭력성을 노출하기도 하며 결국 이런저런 병과 치매에 걸려 요양병원에 머물게 된다. 그 비용을 감당하기 위해 여자의 거처는 점점 변두리로 밀려난다.

아버지만 떼어내면 새로운 인생이 펼쳐지리라 기대했는데, 휴대폰을 최신형으로 바꾸고, 영어 회화 학원에도 등록하고, 오로라를 보러 떠날 수도 있을 줄 알았는데. 그러니까 아버지만 없다면. (……) 아버지가 중환자실에 들어갈 때마다 시 외곽으로, 작은 평수로, 산동네로 세간을 옮기고도 요양병원 입원비 때문에 다시 반

지하로 내려앉은 여자였다. 더 물러나야 한다면 이제는 땅속이나 하늘뿐이었다. (26~27쪽)

그러니까 아버지는 그녀의 삶의 행로를 어둠 쪽으로 이끄는 악마적 힘을 지닌 절대자다. 이 절대자 앞에서 그녀는 무력하다. 그런데 이 무력함은 엄밀히 말해 아버지가 일방적으로 여자에게 부여한 것이라기보다는 일정 부분 여자 스스로가 선택한 것이라는 혐의를 지울 수 없다. 그런 점에서 그녀는 이를테면 '욥'이나 '심청'과 같은 인물은 아니다. 앞질러 말해 '스스로 자유를 차단하고 억압과 박해를 택함으로써 누리게 되는 순교자적 나르시시즘'이라는 문구가 '신실함'이나 '효'와 같은 기독교적, 유교적 미사여구보다 '여자'에게 더 어울리는 표현이다. 부모가 이혼할 당시 여자는 이미 대학을 졸업한 성인이었으며, 아버지의 건강이 특별히 나쁜 것 역시 아니었다. 그녀도 어머니처럼 (아버지 외의) 남자를 만나거나 동생처럼 오로라를 보러 훌쩍 떠날 수도 있는 처지였다. 그러나 그녀의 선택은 아버지 곁이었다. 왜일까?

가능한 답변들은 대략 이러하다. 첫째, '여자'는 오이디푸스콤플렉스로부터 자유롭지 못하다. 둘째, '여자'는 현대판 심청이다(바로 조금 앞서 부인했던 사항이지만 다시 한 번 살펴보자). 셋째, '여자'는 가부장적 이데올로기의 희생양이다. 넷째, 애정이나 연민 또는 효는 그녀와 무관하다. 그저 '여자'는 '상황에 갇힌 자'일 뿐이다. 다섯째, (앞선 답변과 중복되는 면이 있겠으나) 다소 학술적인 판본으로 '여자'는 주체성이라는 사건을 체험해보지 못한 자로 '비본래성'이라는 자기

소외에 빠져 있다. 여섯째, (이것이 정답에 가장 가까우리라) 정확한 것
은 '여자' 자신도, 작가도, 독자도 알 수 없으려니와, 아마도 이 모든
것들과 그 밖의 또 다른 것들이 복합적으로 얽혀 있을 것이다.

첫째와 둘째 답변은 작품 내에서 확실한 근거를 마련하기가 쉽지
만은 않다. 앞서 언급한 작품의 첫 장면에 덧붙여, 유년시절 동생과
는 다르게 여자는 아버지의 폭력으로부터 자유로웠던 점, 그리고 다
음과 같은 장면 정도가 특별한 애착관계를 따져볼 수 있는 흔적의
전부이다.

　　이제 보니 아버지는 집에 있을 때보다 살이 오른 듯했다. 순간,
　여자는 마음 한구석에서 찬바람이 이는 것 같았다. 관심을 끌려고
　온종일 안달이던 아이가 뒤도 돌아보지 않고 엄마에게 안기는 모
　습을 지켜볼 때의 심정이랄까.
　　정작 살이 빠진 쪽은 여자였다. 혼자 살게 되면서부터였을 것이
　다. (26쪽)

어쩌면 큰 틀에서 애초에 독립을 포기하고 아버지 곁에 남은 것
역시 그 증거로 삼을 수 있겠으나 어디까지나 미약한 심증일 뿐이
다. 프로이트의 카우치에 눕기엔 증상이나 사례가 심각하지 않은 축
에 속한다. 물론 경미함이 부재를 의미하지 않는다는 점은 분명하
다. 가령 어린 시절 동생이 말없이 사라졌던 일을 두고 동생을 제대
로 건사하지 못했다고 여자를 윽박지르는 아버지의 모습을 (당사자
인 동생은 기억조차 못하는 반면) 여자가 떠올리곤 하는 것은, 자신이 아

버지 곁에서 사라졌을 때 아버지가 느낄 분노에 대한 심리적 추체험이라는 판단이 가능하다. 그리고 이것은 아버지가 자신의 곁에서 (죽음 등의 이유로) 사라지게 되었을 때 여자 스스로가 느낄 심리적 충격을 완화하기 위한 환유적 연극놀이이기도 하다. 오이디푸스 구도와 관련해 생각해볼 수 있는 것은 대략 이런 맥락, 이런 정도에서이다.

현대판 심청이라는 해석은 이야기의 전체적인 얼개 자체가 그 논거가 된다. 아버지를 위해 자신의 삶을 헌납하는 희생양의 모티프는 심청과 닮아 있다. 그러나 '여자'는 심청과 그 근본에서부터 다르다. '효'라는 미사여구는 '여자'에게 어울리지 않는다. 그녀가 아버지 곁에 머무는 게 전적으로 자발적인 선택이라 보기도 힘들 뿐만 아니라, 그녀의 속마음에선 시시때때로 아버지에 대한 원망이 꿈틀거린다. 그러나 전체적인 얼개에 덧붙여, 아버지를 생각하며 구애를 거절하는 다음과 같은 장면을 통해 보건대, 심청—다소 도착적이고 나르시스적인 심청일지라도—과 닮은 점이 전혀 없는 것 또한 아니다.

여자의 볼이 빨개졌다. 여자는 이성에게 매력을 어필하는 데 소극적이고 서툴러서 그런 순간이면 얼굴을 붉혔는데 그래서 되레 남자들의 눈길을 끌곤 했다. 잠재력은 충분했지만 둔감했다. 둔감하다기보다는 죄의식을 느꼈다. 대개는 불필요한 죄의식이었다. 불필요한 죄의식 속에서 여자는 평온을 얻었다. 그것은 여자가 몇 안 되는 구애자들을 조금씩 멀어지게 한 방식이기도 했다. 결혼이라는 청춘의 빛이 가장 가까이 다가왔던 순간에도, 그러니까 일몰의 바다 위에 떠 있는 것처럼 느껴지던 카페에서 반지 케이스를 앞에 두고도 여자는 아버지를 떠올렸다. 아버지의 끼니, 아버지의 불면, 아버지의 발작, 말하자면 아버지라는 어둠. (25쪽)

비슷한 맥락에서 '여자'를 가부장적 이데올로기에 의한 희생양이라고 보기도 힘들다. 강박증과 편집증과 신경증의 기미를 두루 보이긴 하지만, 아버지를 두고 전통적인 의미에서의 가부장이라고 볼 수는 없다. 그는 가족들에게 자신의 법에 복종할 것을 강요한 적이 없으며, 그의 폭력성 역시 가부장의 주먹이라기보다는, '샌님'이 입은 정신적 외상의 흔적에 가깝다. 다만 가부장 이데올로기가 가부장이 행사하는 실제적인 힘의 측면에서가 아니라 그의 가족이 느끼는 심리적 압박감, 더불어 공동체가 강제해온 관습적이고 문화적인 무언의 규율의 형태라면 '여자' 역시 어느 정도는 그 피해자라 할 수 있다.

그렇다면 '여자'는 그저 '상황에 갇힌 자'일 뿐인가? 존재가 본질에 앞선다는 실존주의의 으뜸 명제는 대체로 참이다. 우리가 살아가는 것은 항상 어떤 '상황 속'에서이다. 우리가 인간의 아무리 사소한 행위에 대해서도 섣부른 판단을 경계해야 하는 것은 그것이 놓여 있는 좌표의 주위와 내부를 살피는 일이 전제될 때에만 오해와 독선의 가능성을 줄일 수 있기 때문이다. 여자가 아버지 곁을 지키는 것이 선택인가, 그렇지 않은가를 따지는 일은 그런 점에서 얼마간 소모적일 수밖에 없다. 나머지 가족들이 전부 떠나버린 상황에서 '여자'에게 주어진 선택지는 그리 많지 않다. 아직 아버지가 본격적으로 무너져 내리기 전이긴 했지만, 그 이전부터 보여 온 독특한 정신적 기질로 보건대, '여자'마저 떠나버리면 아버지의 몰락은 훨씬 앞당겨질 가능성을 내포하고 있다고 보아야 한다. 그러니 '여자'의 처지는 애정이나 연민이나 효 같은 것을 따지기 이전에 상황의 요청에 의해 그냥 그렇게 된 것이라 볼 만하다. 우리가 살아가면서 자주 하게 되는 '어쩌다 보니 그렇게 됐다'라는 말은 사유의 부재가 아니라 사유의 불허를 뜻하는 경우가 많다. 언제나 그렇듯 사는 것은 녹록지 않은 일이다. 몽테뉴가 하루를 살아내는 것 자체를 그날그날의 가장 위대한 업적이라 한 것도 그런 이유에서이다.

이제 학술적인 판본에 대해 이야기할 차례다. 대뜸 묻는다. 주체란 무엇인가?

'존재 망각에 맞서 양심의 부름을 통해 본래성에 다가가고자 기투하는 자'(하이데거)

'진리(사건) 과정에의 충실성이 도출시키는 것'(바디우)

'신 없는 세계에서 여전히 선하게 행동할 수 있다고 믿는 자'(레비나스—우치다 타츠루)

모두 '아버지의 죽음 이후의 여자'를 생각하며 떠올려본 문장이다. 고작 세 가지만 이야기했을 뿐인데도 이야기가 딱딱해지는 느낌이다. 분위기를 시적으로 바꿔보자.

'나의 본질의 어두운 시간을 나는 사랑합니다.'(릴케)

'남들은 자유를 사랑한다지마는, 나는 복종을 좋아하여요'(한용운)

이상의 이야기들은 우리에게 '주체'가 결코 어떤 완료적인 형태로 존재하는 것이 아니라는 점을 귀띔해준다. 주체란 온갖 유형, 무형의 기존의 완고한 틀—라캉이라면 '상징계'라 불렀을—을 내파하려는 끝없는 움직임 가운데에 언뜻언뜻 출현하는 무엇이다. 본질의 어두움에 놀라 도망쳐서 애써 밝음의 보호 아래 몸을 옹송그리지 않는 것, 남들이 자유를 사랑한다고 할 때, 그것이 어떤 맥락에 놓여 있는 것인지에 대한 질문 없이 맹목적으로 따라하지 않고 오히려 자유롭게 사랑하는 이에의 복종을 택하는 것, 하지만 '다른 사람을 복종하라면, 그것만은 복종할 수가 없다'고 단호히 맞서는 것. 이것이 주체성이 출현하는 섬광 같은 순간이다. 이런 순간이 '여자'에게 있었던가? 없었다. 적어도 아버지가 살아있는 동안에는. 기회가 없었던 것은 아니다. 십여 년 전 대학 수업시간 '여자'는 수강생들 앞에서 영시를 낭독하고 번역할 일이 있었다. 이런 내용이었다.

> 당신의 살찐 검은 심장에는 말뚝이 박혀 있지.
> 마을 사람들은 당신을 조금도 좋아하지 않았어.
> 그들은 춤추면서 당신을 짓밟지.
> 그 사람들은 당신인 줄 언제나 알고 있었어. (36쪽)

그다음 이어지는 마지막 행, 여자는 원문은 읽었지만 더 이상 입을 떼지 못한다.

> 아빠, 아빠, 이 개자식, 나는 다 끝났어. (37쪽)

국내에도 많이 알려져 있는 실비아 플라스의 〈아빠Daddy〉라는 시의 마지막 연이다. 여자는 훗날 이때 느낀 감정을 '모욕감'이라 부른다. 왜일까? 자신의 어두운 욕망이 언어화되어 현시되는 것이 참을 수 없었던 것 아닐까? 내면의 민낯을 보는 것은 언제나 부끄러운 일이므로.[5] 여기서 이 글의 초두에 던졌던 질문, '여자는 왜 아버지의 임종이 임박했다는 소식을 듣고 가장 먼저 화장을 고치는가?'에 대한 하나의 답변이 마련된다. 내면의 민낯을 가리기 위한 하나의 상징적 코스프레라는 식의 답변이. 아빠 앞에서 "아빠, 아빠, 이 개자식"이라고는 할 수 없는 노릇 아닌가? 그렇다면 다시 이 말은, 비유이든 실제이든 화장을 지우고 고개를 꼿꼿이 세운 채 아버지를 바라보며 "아빠, 아빠, 이 개자식, 나는 (너 때문에) 다 끝났어"라고 말해야 한다는 뜻인가? 그래야만 주체성을 향유할 수 있단 말인가? 욕설이 난무하는 현장을 잠시 떠나보자.

문지기 2_ 사내

또 하나의 브론스키인 '사내'는 누구인가? 그는 여자의 아버지가 머물고 있는 요양병원의 간호사다. 이게 표면적 직함이라면, 이면적으로 그는 여자의 물리적, 심리적 말벗이자 조력자이며 나아가 그녀의 무의식을 소환하는 존재이기도 하다.

---

5) 이것이 어쩌면 우리가 이성복의 〈그해 가을〉의 마지막 부분을 읽을 때 불편해하면서도 미묘한 카타르시스를 느끼는 이유 아닐까. 굳이 적자면 이렇다. "아버지, 아버지…… 썹새끼, 너는 입이 열이라도 말 못해."(이성복, 〈그해 가을〉,《뒹구는 돌은 언제 잠 깨는가》, 문학과지성사, 1995, 67쪽)

사내는 여자의 아버지가 여자의 목에 과도를 겨누고 내보내달라며 인질극을 벌일 때, 여자를 구한 '호위무사'로서 여자와 연을 맺게 된다. 이후 여자는 면회 갈 때마다 사내와 이야기를 나누곤 하는데 죽음 이후의 세계에 대한 내용이 주요 화제이다.

죽음이란 빛의 일부가 되는 것이라고 말한 사람은 사내였다.

"흐르는 강물은 바다를 만나는 순간 가장 고요하죠. 근원으로 돌아가니까. 아니, 근원의 일부가 되니까. 죽는 순간 우리는 따뜻하고 부드러운 빛에 휩싸여 깃털처럼 날아올라 거대한 빛의 일부가 돼요. 무한한 빛의 입자들이 먼지처럼 떠 있는 그 거대한 빛은 시시각각 색깔을 바꾸며 아름답게 물결치죠."

사내는 눈을 지그시 감고 있었지만 마치 눈앞에 펼쳐진 광경을 묘사하는 것 같았다.

"오로라처럼요?"(19쪽)

여자의 반응이 인상적이다. '오로라'란 여자에게 소망 충족의 상징적 기표이다. 여자는 유효기간이 몇 달 안 남았음에도 도장 한 번 찍힌 적 없는 여권을 늘 지니고 다닌다. 여자가 사내의 말을 한 귀로 흘려버리지 않고 "오로라처럼요?"라고 덧붙이는 데에서 우리는 그녀가 죽음을 '빛—오로라'와 연결시키고 있음을 알 수 있다. 이는 사내를 통해 듣게 되는 죽음의 세계를 마치 오로라와 같이 빛이 가득한 곳으로 여자가 이해하고 있다는 뜻이기도 하고, 아버지가 빛(죽음)을 보게 되면 자신 역시도 빛(오로라)을 보게 될 수 있을 것이라는 기대를 여자가 품고 있다는 뜻이기도 하다. 아버지를 지켜온 여자, 안티고네이자 코딜리어 역할을 담당해온 여자에게 후자는 무서운 생각이다. 이 무서움을 우회하기 위해 여자는 묻는다.

"그런데 어떻게 그리 자신할 수 있죠?"(19쪽)

이에 대한 답변 속에서 사내는 일종의 영매의 지위에 오른다.

눈을 뜬 사내는 잠시 뜸을 들이고 나서 말했다. 직접 본 것이라고, 트럭에 치어 심장이 멎었던 반나절 동안 겪은 일이라고. 이런 말도 덧붙였다.

"사람들은 왜 기를 쓰고 먼지를 닦아낼까요? 먼지는 우리가 결국 먼지로 돌아간다는 진실을 환기하기 때문이죠. 먼지에서 먼지로, 빛에서 빛으로. 사실 별이란 우주먼지 덩어리죠. 별과 사람은 구성 성분이 같다는 거 알아요? 우리가 어둠을 두려워하는 것은 빛으로 돌아간다는 진실을 일깨우기 때문이에요. 어둠을 두려워할 때 우리가 진정 두려워하는 것은 빛인 셈이죠. 그러니 죽음을 두려워할 필요는 없어요."(19~20쪽)

신비한 빛과의 조우는 실제로 임사체험을 한 자들의 기록을 읽다 보면 거의 공통적으로 보게 되는 바이기도 하지만, 여기서 중요한 것은 그것의 실제성 여부가 아니라 '사내'의 소설적 기능이다. 사내가 여자에게 들려주는 이야기 중에는 여자와 아버지의 전생에 대한 것도 있는데, 그에 따르면 여자는 원나라에 볼모로 끌려간 고려의 공주였고 아버지는 호위무사였다.

이런 이야기들이 산출해내는 효과는 무엇일까? 우선 전생 이야기는 현생 이야기를 심리적으로 보충할 것이라는 추측이 가능하다. 전생에 아버지가 호위무사로서 공주인 자신을 위해 희생했으니, 지금 여자가 아버지를 위해 자신의 삶을 희생하는 것은 받아들일 수 있는 일이라고 생각함으로써 자신의 어긋난 삶의 내러티브를 바라볼 때마다 느껴지는 어둠을 조금은 걷을 수 있다. 다음으로 사내의 죽음관 또는 사후관을 받아들임으로써 아버지의 죽음에 대한 충격을 완화시키는 일 또한 가능하다. 죽음이 태초의 빛으로 회귀하는 일[6]이라면 어둠은 죽음이 아니라 오히려 삶 쪽에 있을 것이다. 그런데 죽음이나 사후에 대한 이러한 인식은 또 어떠한 심리적 파동을 낳게 될까? 두 가지 바람이 생겨날 수도 있지 않을까? 아버지가 죽었으면 하는 바람, 아버지를 죽였으면 하는 바람.

"인간만이 웃을 수 있어요. 웃음이야말로 영혼이 있다는 증거죠. 인간에게는 그 영혼을 육신의 감옥에서 해방시키는 혈이 있어요. 천국의 문이라 불리는 혈 깊숙이 침을 찔러 넣으면 단잠에 빠져 미소를 지으며 저세상으로 가죠." (32쪽)

사내로부터 이러한 이야기를 들었을 때 여자의 무의식은 '꿈틀' 했으리라. 실제로 여자는 아버지가 위독하다는 기별을 받고 오른 택시 안에서 행선지를 "에버그린"이라고 말하는데, 이는 아버지가 계신 그레이스 요양병원에 딸려 있는 장례식장 이름이다. 단어를 잘 못 말하는 것이 무의식적 욕망과 무관하지 않다는 것은 프로이트 의 고전적 통찰에 속한다. 자신의 착각을 인지하고 난 후 택시 안에 서 듣게 되는 음악 역시 "천국의 문을 두, 두, 두드려요knock, knock, knocking on heaven's door"라는 팝송이라는 점도 이러한 추측을 뒷 받침한다. 이런 점에 비추어 웃는 얼굴로 숨을 거둔 아버지의 모습 에서 여자가 '메스꺼움'을 느끼는 이유도 혹시나 있었을지 모를 살 인에 생각이 미쳐서라기보다는 그 표정이 자신의 무의식적 욕망을 환기하는 하나의 기표 구실을 하기 때문이라고 보는 게 더 그럴 듯 하다.

아버지의 미소에서 벗어난 뒤에도 여자는 여전히 혼란스러웠 다. 아버지에게 대체 무슨 일이 벌어진 걸까? 저 행복한 표정이라 니. 천국의 문이라도 열어젖힌 사람 같지 않은가. (32쪽)

그러니까 이 혼란스러움의 정체는 미궁에 빠진 죽음의 미스터리 에서 비롯된다기보다는 그동안 자신이 아버지라는 존재에 대해 품 고 있었던 내면적 혼란에서 비롯된다고 보는 게 더 개연성이 높다. '사내'의 소설적 기능이 바로 여기에 있다. 여자의 내면에 카오스와

6) 참고로 지금껏 죽음이라는 테마에 대해 쓰인 소설 중 가장 탁월하다고 할 만한 톨스토이의 중편 《이반 일리치의 죽음》에서도 이러한 인식이 보인다. 작품 말미에서 죽음에 당도한 이반 일리치의 시선을 통해 화자는 말한다. "죽음 대신 빛이 있었다."(톨스토이,《이반 일리치의 죽음》, 이강은 옮김, 창비, 2014, 118쪽.)

코스모스의 길항을 선사하는 것. 아이러니의 용사들을 내면에 침투시켜 그간 여자의 현실을 규제해온 환상의 스크린을 가로지르게 하는 것. 이게 바로 사내의 언술 내용 자체보다 그것이 여자에게 산출해내는 효과에 더 주목해야 하는 이유이다. 이러한 관점에 설 때 아버지의 죽음이 임박했다는 기별을 전해온 자가 누구인지에 대한 답변도 가능해진다. 작품 내에서는 발신자가 드러나지 않지만 우리의 논의 맥락에서는 그 발신자가 여자의 무의식이라는 답변이 채택될 수 있는 것이다.

아버지의 임종 직후 뭔가 석연찮은 구석이 있어 사내를 찾던 여자는 다른 사람의 장례식장(마음이 혼란스러울 때 누군가의 빈소를 찾는 것은 사내의 오랜 습관이다)에서 사내를 발견하게 되는데, 그는 벽을 마주하고 앉아 술잔을 기울이고 있다. 사소한 것일 수도 있지만 '벽'이라는 단어는 이 작품 전체를 통틀어 이곳을 제외하곤 오직 한 번만 더 등장한다. 아버지의 외양을 묘사하며 여자는 "허물어진 벽 같은 얼굴"이라 말한다. 이를 통해 사내가 벽을 마주하고 앉아 있는 게 결국 여자(의 무의식)가 아버지를 마주하고 앉아 있는 것과 다름없다는 식으로 생각을 전개하는 것도 무리는 아니다.

사내보다는 덜 중요하고 실제로 덜 등장하지만 동생에 대해서도 흡사한 이야기가 가능하다. 소망 충족이 꿈의 형식이라면, 동생의 현실은 여자의 꿈이다. 원래 북국의 오로라를 동경했던 쪽은 여자다. 그런데 여자는 아버지 곁에 있고, 오로라를 체험하게 되는 것은 동생이다. 그런 동생에 대한 여자의 심정은 이러하다.

여자는 자신의 삶을 도둑맞은 기분에 사로잡혔다. 진짜 삶은 다른 곳에 있는 것 같았다. 그런 상실감은 동생이 일부러 그랬을지 모른다는 무서운 의심에 이르기도 했다. 미친 생각이었다. 동생이 무엇 때문에? 격렬한 의심 끝에는 원하던 삶을 움켜쥐지 못한 게 자신의 나약함 탓이 아니라는 쓸쓸한 위안이 찾아오기도 했다. (22쪽)

이렇게 이 작품의 조연들은 여자의 삶의 궤적에 다양한 형태로 등장하며 그 내면의 드라마를 역동적이고 풍요롭게 만든다. 이 과정에서 아이러니는 다산의 세례를 누린다.

문지기3_ 다시 아버지

앞서 욕설이 난무하는 현장에서 잠시 마음을 가라앉히기 위해 미뤄두었던 내러티브로 다시 돌아가 보자. '여자'가 대학 수업시간에 차마 입 밖에 내지 못했던 시구는 아버지의 임종 후 다시 그녀를 찾아온다.

"아빠, 아빠, 이 개자식, 나는 다 끝났어."
여자는 자신의 인생이 끝장나버린 기분이었다. 아버지가 마지막 숨을 거두면서 여자의 남은 생을 걷어가버리기라도 한 것처럼. (37쪽)

이 시구가 다시 떠오른 이유는 무엇이고, 아버지의 죽음과 더불어 '여자'가 자신의 인생도 끝장나버렸다고 느끼는 이유는 또한 무엇일까? 이에 대해 명료한 언어로 짧게 답하는 것은 불가능하리라. 그러한 태도는 복잡하고 다층적인 내러티브에 대해서 결례를 범하는 일일 것이다. 다만 지금까지 우리의 논의를 통해 암시적인 형태로나마 최소한의 답변은 이루어졌으리라 생각하면서도 질문을 바꿔 우회적인 답변을 다시 한 번 시도하며 논의를 차차 마무리해 보기로 한다.

아버지의 죽음이 여자에게 '재차' 알려준 사실 혹은 진실은 무엇일까?

첫째, 여자는 아버지를 사랑했다.

둘째, 여자는 아버지를 증오했다.

셋째, 여자는 한 번도 자신의 삶을 산 적이 없는데 그것은 아버지 때문이다.

넷째, 여자는 한 번도 자신의 삶을 산 적이 없는데 그것은 아버지 때문이라고 믿고 있는 자신 때문이다.

넷째만 부연해본다. 일반적으로 윤리적 판단과 행위에 대한 내면적 준거의 의미로 사용되는 '양심'이란 말을 하이데거는 다른 맥락으로 사용한다. 우리가 어떤 존재가 되어야 하는가, 비본래적인 나에서 본래적인 나로 돌아가기 위해서는 어떠해야 하는가를 고민하게 하는 하나의 부름을 하이데거는 양심, '양심의 부름'이라 부른다. 그렇다면 여자는 자신의 삶을 어둠으로 이끈 원흉이라 여기던 아버지가 죽었으니 이제 자기만의 '빛'을, 그토록 꿈꾸던 '오로라'를 찾아 떠나게 될까? 만일 그렇다면 '오로라'는 그녀에게 '양심의 부름' 혹은 적어도 그것을 환기하는 기표일 수 있을까? 이 질문을 작품의 마지막 문장과 연동시켜보는 일은 흥미롭다.

여자가 다시 전화를 건 곳은 경찰서였다. (37쪽)

여자가 경찰서로 전화를 건 이유는 무엇일까? 전화를 걸어서는 무엇이라고 말할까? 사내가 자신의 아버지를 죽였으니(죽인 것 같으니) 잡아가라고? 이는 너무나 단순한 생각이다. 이 전화의 목적은 고소보다는 '고해'에 있다. 어떤 고해? 자신의 무의식적 욕망에 대한 고해. 이를테면 오랫동안 깊은 곳에서 은밀히 품어왔던 아버지에 대한 애증, 에로스와 타나토스적 욕망의 불편한 공존, 공격 본능으로서의 죽음 충동과 열반 원칙으로서의 죽음 충동 사이의 모순 같은 것들 말이다.

현존재가 본래성(그런 게 있다면)을 회복하는 일, 객체가 주체성에 다가가는 일이 가능하기 위해서는 무엇보다 자신의 삶을 관장하는 지배적 질서와 그 질서의 후미진 곳에서 꿈틀대며 서식하는 자신의 내밀한 욕망의 간극을 정직하고도 섬세하게 인식할 필요가 있다. 그것이 가능하다면 "아빠, 아빠, 이 개자식"이라는 말을 굳이 할 필요까진 없다(마찬가지 이유로 '오로라'가 꼭 '북국의 오로라'일 필요 역시 없다). 이런 화법에는 치기가 들어있는데, 치기는 투박함의 이웃인 경우가 많다. 이 투박함에서 벗어나 섬세하게 어떤 틀의 바깥을 사유하기 위해서는 '욕망을 양보하지 마라'는 정신분석학의 명제를 실

천하는 일이 요청되는데, 이는 유쾌하기보다는 무척이나 고독하고 으스스한 일이다.

나('I')란 존재가 하이드('H'yde)와 지킬('J'ekyll) 사이에 위치하고 있다는 점[7]을 깨닫게 되는 일은 언제나 섬뜩하고 쓸쓸하기 때문이다. 그러나 이를 무릅쓸 때만 우리는 세상의 법전 바깥에서 그 법전의 오타와 비문과 비논리성을, 나아가 비인간성을 발견함으로써 새로운 문장을 쓰고, 새로운 논리를 세우며, 새로운 인간성을 탐구할 기회를 얻는다. '여자'는, 그리고 '여자'의 내러티브를 목도한 우리는 목하 그 기회의 문 앞에 서 있다. 두드리라, 얼마나 열릴지는 알 수 없는 일이지만 두드리라. 우리가 할 일은 그것뿐이다.

3. 천국의 문을 닫으며

지금까지 주로 '여자'의 내면에 초점을 맞추어 이야기했지만, 모든 좋은 작품이 그러하듯 〈천국의 문〉 역시 수다스런 해석에 자신의 속내를 전부 드러내지 않는 신묘함을 지닌다. 그 신묘함 사이로 언뜻 비치는 이야기 하나만을 덧붙여본다.

여자의 직업은 어린이집 교사이다. 그런데 여자는 생명의 약동을 드러내는 아이들의 공간인 어린이집에서 나는 냄새와 죽음의 그늘이 드리워진 요양병원에서 나는 냄새가 같다고 말한다.

처음 방문했을 때 여자의 주의를 끈 것은 익숙한 냄새였다. 젖내, 지린내, 소독약 냄새가 뒤섞인 야릇하게 비린 냄새. 놀랍게도 어린이집에서 날마다 맡던 냄새였다. 수액주머니나 오줌주머니를 옆구리에 낀 노인들의 거처에서 어린이집 냄새가 나다니. 여자는 의아했다. 둘 중 하나였다. 요양병원에서 생명의 냄새를 맡았거나, 어린이집에서 죽음의 냄새를 맡았거나. 어쩌면 두 냄새가 본디 하나인지도 몰랐다. (20~21쪽)

이로부터 생과 사를 분리된 것이라기보다는 잇닿아 있는 것으로 파악하는 인식을 읽어낼 수도 있으며, 죽음이나 사후세계에 대한 사내의 인식 역시 이러한 관점에서 새롭게 읽을 수 있다(단, 이 경우 경찰서에 전화를 거는 여자의 행위에 대한 설득력 있는 답변을 마련하기가 매우 어려워진다). 이러한 관점에 티베트 불교의 관점을 입히면 '바르도 bardo'에 대한 사유를 담은 소설이라는 해석도 가능하다.

바르도bardo는 한 상황의 완성과 다른 상황의 시작 사이에 걸쳐 있는 '과도기' 또는 '틈'을 뜻하는 티베트어이다. '바르bar'는 '사이'를 뜻하며 '도do'는 '매달린' 또는 '던져진'을 뜻한다.[8]

이 용어를 빌려 말해보면 〈천국의 문〉은 생과 사 사이의 바르도, 죽어감과 죽음 사이의 바르도에서 둘러보는 인간 존재에 대한 사유

---

7) 이니셜들의 위치 자체에 대한 이 흥미로운 지적은 Nicholas Rankin의 것으로, 이는 다시 Alberto Manguel, The City of Words(continuum, 2008)의 50쪽에 나와있다.
8) 소걀 린포체, 《티베트의 지혜》, 오진탁 옮김, 민음사, 2015, 189쪽.

를 담은 작품이라는 말 역시 꼭 과언인 것만은 아니다.

지면 관계상 여기에서 일단 문을 닫아야겠지만, 〈천국의 문〉은 아직 다 열리지도 않았다. 그렇기는커녕 이제 겨우 침을 발라 창호지를 뚫고 신방을 엿보듯 한 정도에 불과하다. 이제 당신의 침이 필요한 순간이다. 〈천국의 문〉은 실존의 서글픈 모순이나 왜곡, 존재의 내면에 출현하는 혼란스런 욕망, 생과 사의 바르도에 대한 쓸쓸한 비의 등을 풍부하게 함축하고 있는 아이러니의 천국이다. 그 천국의 문을 두, 두, 두드리라.

2부

우수상 수상작

김이설

빈집

1975년 충남 예산에서 태어나 명지대학교 문예창작학과를 졸업했다. 2006년《서울신문》에 단편〈열세 살〉로 등단했으며, 소설집으로《아무도 말하지 않는 것들》과 장편소설《나쁜 피》《환영》《선화》등이 있다. 제1회 소나기마을문학상을 수상했다.

*

　새 아파트에서 마지막으로 주문한 물건은 와인잔이었다. 상자를 열자 두 개의 와인잔이 얌전하게 누워 있었다. 조심스럽게 잔을 꺼냈다. 빈 잔인데도 손잡이 부분이 얇고 길어서 위태롭게 느껴졌다. 손잡이 부분을 스템이라 했지. 수정은 재빠르게 인터넷으로 배운 단어들을 중얼거렸다.

　"립, 볼, 스템, 베이스……."

　와인잔에 주둥이, 몸통, 손잡이, 바닥이라고 표현하는 건 역시 어울리지 않았다. 수정은 들고 있던 와인잔의 상태를 훑었다. 별 이상은 없어 보였다. 작은 상자가 총 네 개. 모두 여덟 개의 와인잔을 하나씩 꺼내볼 참이었다. 잔을 위에서 내려다보며 빙그르 돌렸다. 아슬아슬한 움직임이 묘하게 경쾌했다. 불안한 가벼움도 좋았다. 마지막으로 꺼낸 잔의 주둥이에 금이 간 걸 보기 전까지는 그랬다.

　수정은 실금을 발견하자마자 보면 안 될 걸 발견한 사람처럼 바로 원래 자리에 넣었다. 서둘러 상자 뚜껑을 닫았다. 어쩐지 누가 보고 있는 것 같았다. 아니 이미 다 봤다며 혀를 날름거린 것 같았다.

이삿날에는 눈이 왔다. 이삿날에 눈이나 비가 오면 잘 산다고들 했다. 궂은 날씨에 고생하니 잘 살 것이라는 덕담을 얹는 모양이지만 수정은 그 말을 정말 믿고 싶었다. 분양 받은 아파트는 8월부터 입주가 시작됐으나 수정은 12월 중순으로 이사 날짜를 잡았다. 살던 집의 전세 기한에 맞춘 일정이었다.

전날까지도 푸근하던 날씨가 이사 당일이 되자 기온이 뚝 떨어지고 눈까지 내리기 시작했다. 처음으로 하는 포장이사였다. 이번 이사만큼은 사모님 소리를 들으며 손 하나 까딱하지 않기로 작정을 했다. 날씨 때문에 수정이 힘들 건 없었다. 오히려 궂은 날씨는 수정에게 환한 미래에 대한 보증 같았다.

날씨 때문에 고된 건 이삿짐센터 사람들이었다. 남자 세 명과 여자 한 명으로 이뤄진 팀이었다. 약속 시간보다 삼십 분이나 이른 일곱 시 반에 들이닥친 그들은 기계적으로 짐을 싸고, 트럭에 싣고, 새 아파트에 부렸다. 점심도 그들이 알아서 먹었고, 쓸데없는 소리 하나 내뱉지 않았으며, 쓰레기까지 자기네들이 알아서 말끔하게 처리했다.

새 아파트에 짐을 풀고 온 집 안의 물걸레질까지 마친 시간은 오후 네 시 오십 분이었다. 예상 시간보다도 한 시간이나 앞당겨 끝낸 셈이었다. 잔금을 받아들고 나가는 그들이 목소리를 높여 소리쳤다. 새집에서 잘 사세요! 좋은 일 많이 생기세요! 새해 복 많이 받으세요! 그제야 수정은 올 한 해가 일주일밖에 남지 않았다는 걸 깨달았다.

현관문을 닫자 수정은 비로소 혼자가 되었다. 마침 남편에게서 전화가 걸려왔다. 다섯 시인 모양이었다. 수정의 남편은 언제나 다섯 시에 전화를 걸어 저녁을 어떻게 할 것인지 알렸다. 밖에서 먹을지, 집에서 먹을지 알려주는 것은 수정에게 중요한 사항이었다. 남편이 밖에서 먹고 오는 날이면 수정은 저녁을 먹지 않았다. 남들처럼 운동을 다닐 형편이 안 되니 그렇게라도 해야 몸매를 관리할 수 있다고 믿었다. 서른이 넘어가면서 자꾸 살이 붙었다. 간헐적인 금식이라도 해야 마음이 놓였다. 남편은 끝나는 대로 오겠다고 했다.

"저녁은?"

"먹고 갈까?"

"그래주면 내가 편하고."

남편은 선선히 그러겠다고 했다. 어수선한 집에서 저녁을 차리긴 싫었다. 그보다도 수정은 새 아파트의 사용법을 잘 몰랐다. 입주신고를 할 때 설명을 들었지만 방방마다 달린 온갖 버튼, 리모컨, 거실과 주방에 부착된 모니터만으로도 수정은 불편하다 못해 무섭기까지 했다. 수정은 심지어 보일러를 어떻게 틀어야 하는지조차 몰라 집 안은 바깥과 다를 바 없는 냉골이었다. 전화를 끊기 전에 남편이 한 번 더 강조했다.

"혼자 이사하느라 고생했는데, 저녁까지 혼자 먹으라는 뜻 아니야. 당신 힘드니까 저녁 차릴 수고는 덜라는 의미라고. 알지?"

남편 특유의 친절한 설명이 이어졌으나 수정은 다른 데 정신이 팔려 있었다. 통화를 하며 무심히 열어본 신발장 때문이었다. 많지 않은 신발이었으나, 그마저도 기준이나 규칙 없이 짝만 맞춰 대충 욱여넣은 걸 보니 아주 심란했다. 수정은 남편의 전화를 끊자마자

신발을 모조리 꺼내, 남편과 자신의 것으로 나눈 뒤, 종류와 계절과 색깔별로 분류해 넣었다.

어느새 어슴푸레한 어둠이 내려앉고 있었다. 수정은 천천히 집 안을 둘러보았다. 아직 빈 공간이 많았다. 당장 내일부터는 새 가구들이 배송될 예정이었다. 그전에 이삿짐센터 사람들이 붙박이장과 수납장에 마음대로 집어넣은 짐부터 정리를 해야 했다. 그들이 무턱대고 아무렇게나 넣은 건 아니었다. 그들은 이삿짐 상자를 풀 때마다 어디에 넣느냐고 일일이 수정에게 물었다. 그때마다 수정은 일단 적당한 곳에 넣으라고만 대답했다. 어차피 모두 수정의 손을 거쳐야 할 것들이었다. 살림살이를 통째로 옮기는 마당에 그릇 하나하나, 옷가지 하나하나를 지정하며 어디에 넣어라 마라 할 수는 없었다. 모든 물건들을 다 꺼내 재배치, 재배열, 재정리해야 한다는 뜻이었다. 그래서 수정은 기뻤다. 이제부터 정말 자신만 할 수 있는 일이었던 것이다.

수정은 일단 사진부터 찍기 시작했다. 결혼 칠 년 만의 자기 집이었다. 기념할 만한 일이었다. 25층의 18층, 확장형 새 아파트였다. 지하철역까지 가려면 버스로 사십 분은 더 가야 했지만, 은행 대출을 끼고 산 집이었지만, 주변엔 온통 신축 공사장뿐이지만, 그래도 이제껏 살던 곳과는 차원이 달랐다. 새 아파트 명의는 수정이었다. 남편과 합의된 사항이었고, 얼마간은 상징적인 의미일 뿐이었지만, 수정은 명의자가 자신이라는 것을 제법 뜻깊게 여겼다. 수정은 현관부터 거실, 방 세 개, 화장실 두 개, 주방과 수납공간, 대피공간, 실외기실과 세탁실까지 어느 한구석도 빼놓지 않고 사진을 찍었다.

*

올 초, 입주 날짜가 정해지면서부터 수정은 인테리어 잡지와 관련 블로그를 무수히 뒤적였다. 남편은 새 아파트만으로도 충분한 거 아니냐고 되물었다가 수정에게 뭘 몰라도 한참 모르는 사람 취급을 받았다. 수정이 원한 건 그냥 새 아파트가 아니라 완벽한 새 아파트, 완벽한 새집이었다. 잡지나 블로그에서 본 것처럼 완전무결한 상태, 더 이상 손댈 곳이 없는 상태, 완전히 끝맺음을 마친 집을 바랐다. 남편은 여전히 잘 모르겠다는 표정이었다. 수정은 남편을 향해 눈을 동그랗게 뜨고 한 글자씩 또박또박 발음했다. 인, 테, 리, 어!

새 아파트가 완공이 되고, 입주가 시작되면서부터 수정은 매일 왕복 두 시간을 할애해 새 아파트로 퇴근을 했다. 텅 빈 집에서 매캐한 시멘트 냄새를 맡는 것이 좋아서였다. 붙박이장과 수납장을 손으로 쓸어 보아 나무 먼지가 이는 것을 보는 것도 좋았다. 넉 달 뒤의 이사가 너무 길게만 느껴졌다. 곧 세간을 풀고, 새 살림을 들이는 상상만으로도 신이 났다.

이 년마다 어떻게 될지 모르는 전세살이였다. 살림은 최대한 간소한 게 좋았다. 소파도, 책상도, 수납장도 들이지 않고 살아왔다. 집주인에게 괜한 소리 듣는 일조차 만들지 말자며 벽에 시계나 결혼사진 하나 걸어본 적 없었다. 이제는 무엇이든 마음껏 해도 누가 뭐라 하지 않을 곳이었다. 수정은 만끽하고 싶었다. 스스로의 만족은 물론이고, 누구에게 보여도 흠 잡힐 데 없는 집으로 꾸미고 싶었다. 인테리어 잡지에 소개되는 집들처럼 만들고 싶었다.

사실 잡지에서 보게 되는 집들은 현실적으로 보이지 않는 경우가 대부분이었다. 아무리 들여다보아도 대부분의 거실은 늘어져서 텔레비전을 볼만한 곳처럼 보이지 않았다. 어떤 사진이든 밥을 해 먹을 만한 주방처럼, 뒤엉켜 잠을 자는 침실처럼, 심지어 용변을 보는 화장실처럼 보이지 않았다. 아이들 방은 더욱 현실감이 없어 보였다. 마치 전시장의 예술품처럼 경이롭게 느껴졌다. 그래서 아름다워 보였다. 그래서 그런 집을 가지고 싶었다.

그러나 잡지 속의 집들처럼 멋있게 꾸밀 수는 없다는 것도 잘 알았다. 수정은 전문가들의 솜씨를 따라할 재주도 감각도 없었으며, 업체에 맡길 여윳돈도 없었다. 그럼 방법은 한 가지뿐이었다.

수정은 잡지에서 마음에 드는 사진을 골라, 그 사진대로 꾸미기로 했다. 인터넷을 뒤지거나, 발품을 팔면 어떻게든 똑같이 만들어 낼 수 있을 것이라 생각했다. 그런데 그것도 쉬운 일은 아니었다. 좋은 것과 싫은 것의 구분이 명백하지 않았기 때문이었다. 막상 하나만 고르려고 보니 내추럴한 분위기도 좋았고, 모던한 분위기도 괜찮았다. 프로방스풍도 나쁘지 않았고, 스칸디나비아풍도 싫지 않았다. 유니크한 것도 마음에 들고, 심플한 것도 무방했다. 수정에게는 취향이랄 것이 없었던 것이다. 사진의 선택에서부터 난관이었다. 그래도 어떻게든 골라야 했다. 무수한 잡지책에서 고르고 골라 네 장의 사진을 오려냈다. 각각 거실과 침실, 서재, 주방을 찍은 사진이었다.

새 아파트는 직사각형으로 설계된 데다 벽과 기둥 사이의 베이를 늘려 체감 공간이 넓어진 베란다 확장형이었다. 새 아파트치고도 구조가 잘 빠져 특별히 손댈 부분은 없었다. 현관 입구에는 격자형 중문을, 침실 입구에는 철제 프레임 가벽을 놓았다. 새 아파트였으므로 기존의 자재를 최대한 살려야 한다는 글을 기억했다. 그러므로 인테리어 포인트는 컬러나 소품에 두어야 한다. 오랫동안 질리지 않으려면 블랙─화이트가 무난하겠지만, 식상한 조합이라고 했다. 아무리 사진대로 꾸민다 해도 누군가에게 설명을 하게 될지도 몰랐다. 수정은 자기 생각처럼 보이기 위해서는 잡지에서 읽은 내용들을 확실히 외워둬야 했다.

"중문은 짙은 네이비, 밋밋한 원목 침실 도어는 같은 네이비지만 매트한 인테리어 필름을 입혀 특색을 주었고, 주방과 거실 중간에 놓인 식탁은 우드 소재의 노란색 의자로 밝은 기운을 더했다. 눈여겨봐야 할 곳은 천장 조명 박스. 크기가 다른 세 개의 조명 박스를 만들어 평면적인 아파트 구조를 입체적으로 극대화시켜 넓어 보이는 시각적 효과도 얻었다. 소파는 침실 도어와 컬러를 매치시킨 블루, 같은 톤의 거실과 주방의 대형 액자는 스웨덴 직수입품으로……."

수정은 잡지에 실린 글을 소리 내어 읽다가 집 안을 천천히 둘러보았다. 묘사된 아파트 실내와 수정의 새 아파트 풍경은 거의 일치했다. 네이비색 중문, 중문보다 더 어둡고 거칠게 칠한 방문과 샛노란 식탁 의자 세 개, 길이가 제각각 다르게 매달린 주방 조명, 푸른색 소파와 청회색 기하학 무늬 액자, 깔개와 쿠션들까지. 그러나 스웨덴에서 직수입한 액자가 아니었다. 천장 조명 박스를 새로 만들지도 않았다. 방문은 필름을 입힌 게 아니라 시트지로 붙인 것이었다. 수정의 새 아파트는 잡지 사진과 최대한 닮은 것일 뿐이었다. 그래도 수정은 자기 집이 잡지에 소개된 것처럼 만족스러웠다. 틈이 날 때마다 인터넷쇼핑몰을 뒤지고, 남대문과 고속버스터미널을 무수히 돌아다니며 발품을 판 보람이 있었다.

이사를 마친 다음 날부터 새 가구가 들어왔다. 그와 동시에 살림살이들을 재정리해나갔다. 천천히, 차례차례, 사진 속과 똑같은 집으로 만들어갔다. 다만 방 하나만 엄두를 내지 못하고 있었다. 아이 방이었다. 준비해놓은 사진조차 없었다.

아이를 바라고는 있었지만, 들어설 수 있을지 모르는 일이었다. 오랜 피임과 서른여섯이라는 나이 때문에 자신이 없었다. 불임과 난임이 흔한 세상이었다. 맞닥뜨리게 될 모든 결과에 대해 방어책을 마련해둬야 했다. 그보다도, 아이 방으로 꾸몄다가 그동안 이렇게 아이를 바랐던 것이냐는 동정을 받을까 봐, 주변 사람들에게 불쌍한 여자로 취급 받을까 봐 싫었다. 아이 방이란 아이를 가지고 꾸며도 늦지 않을 것이었다. 방 하나를 꾸미는 데 십 개월이면 차고도 넘칠 시간이었다. 그러나 그 방이 텅 비어 있다는 사실이 수정은 불편하고 성가셨다. 빈방 때문에 새 아파트가 완전히 완벽해지지 못했다. 아이든, 빈방이든 수정의 가슴 한복판을 묵직하게 짓누르는 짐인 것만은 확실했다. 남편은 아무렇지 않은 것 같은데 자기 혼자만 시달리는 것 같아 억울하기도 했다.

다들 그렇듯 수정도 알뜰하게 살았다. 유행하는 옷이나 신발 같은 건 쳐다보지도 않았다. 움직이면 다 돈이니, 남들 모두 다니는 피서한 번 제대로 갔다 온 적이 없다. 맞벌이였어도 외식이나 배달음식을 극도로 자제했다. 더울 때는 덥게 살고, 추울 땐 춥게 살았다. 텔레비전을 볼 때는 거실 전등을 켜지 않았고, 변기물도 아끼기 위해 남편과 앞뒤로 화장실을 사용했다. 아마 결혼하고 제일 많이 한 말이 물 내리지 마, 였을 것이다. 방금 전에 눈 남편의 오줌 거품을 볼 때마다 수정은 내 집에서는 이렇게 살지 않겠다고 되뇌곤 했다.

무엇보다도 아이를 가지지 않았다. 아끼고 산다는 사람들도 아이는 낳았다. 아이 없이 살겠다고 작정한 사람들은 경제적인 이유 때문만은 아닌 듯했다. 수정은 온전히 경제적인 이유 때문에 아이를 미뤘다. 준비가 안 된 상황에서는 모두가 불행할 것 같았다. 무엇보다도 아이를 키우면서 이 년마다 사는 곳을 옮겨 다니고 싶지 않았다. 그러다 보니 서른여섯 살이 되었을 뿐이었다.

이사를 하고 바뀐 점 중의 하나는 피임을 안 한다는 것이었다. 아이는 내 집에서 낳고 키우자고 말해 왔기 때문에 그랬을까. 특별히 아이에 대한 의사를 밝히지 않던 남편이었는데, 이사 이후 첫 잠자리에서부터 남편은 콘돔을 사용하지 않았다. 남편의 숨찬 호흡을 온몸으로 받았지만 수정은 아랫도리에 느껴지는 이물감이 불편했다. 남편의 정액이 자신의 몸 안에 있다는 생생한 느낌이 이상할 뿐이었다. 게다가 반나절 이후 누르스름하게 뭉쳐진 정액덩어리가 쑤욱 쏟아졌을 때는 뭐라 설명할 수 없는 이상한 기분에 휩싸였다.

질내 사정 말고도 이사 후의 변화는 몇 가지 더 있었다. 수정과 남편이 각자의 화장실을 사용한다거나 욕조 목욕을 마음껏 하게 된 점, 냉장고에 맥주를 재어 놓고, 기웃거리기만 했던 옷가게에서 직접 옷을 사는 일도 잦아졌다는 것. 무엇보다도 수정이 일을 그만둔 것이었다.

십사 년간의 회사생활이었다. 그것도 한 회사에서만 일한 시절이었다. 사람들이 그런 좋은 직장을 왜 그만두냐고 물으면 아이를 가지려 한다고 대답했지만, 실상은 지겨워서였다. 아이를 키우려면 돈을 더 벌어야 한다는 걸 수정이라고 모르지 않았다. 아이뿐만이 아니라 새 아파트 대출금만 해도 남편에게만 부담을 지게 해서는 안 되는 일이었다. 이유를 막론하고 돈이야 벌수록, 많을수록 좋은 일이 아닌가. 하지만 정말, 그만, 다니고 싶었다. 십사 년 동안 같은 회사를 다니다니, 너나 되니까 그랬다는 수군거리는 소리에서 벗어난 것 같아 수정은 오히려 아주 홀가분했다.

*

계획에 없던 와인잔을 구입하게 된 건 집들이 때문이었다. 수정의 키만 한 해피트리와 녹보수 화분을 사들인 것도, 스냅사진을 꽂을 액자를 산 것도, 커피 캡슐머신이나 핸드메이드 티 매트를 구입한 것도 모두 집들이 때문이었다.

남편은 요즘엔 집들이 같은 거 안 한다고 딱 잘라 말했다. 혹여 누가 뭐라 하면 밖에서 밥이나 한 번 사는 걸로 끝내겠다고 했다. 그건 수정이 바라던 게 아니었다. 수정은 자랑하고 싶었다. 인정받고 싶고, 칭찬받고 싶었다. 뻐기고 싶었던 것이다. 그러려면 집들이를 해야 했다. 물론 속마음을 입 밖으로 꺼내지는 않았다. 남편은 자기의 말에 수긍하지 않는 수정에게 기어이 한 마디를 더 했다. 하고 싶으면 당신이나 하든가.

수정은 십사 년간 다닌 회사 사람들을 떠올렸다. 이 소장님과 박 부장님, 김 과장과 김 대리. 그 사무실에서 수정만 직책이 없었다. 소장님과 부장님은 수정아라고 불렀고, 김 과장과 김 대리는 수정 씨라고 불렀다. 그들에게 새집을 보여줄 이유는 없었다. 자랑이나 있는 척도 관계가 지속될 사람들에게나 가치가 있었다.

요즘 누가 집들이를 하느냐고 했던 남편이 먼저 자기 식구들을 불렀다. 집들이는 아니고, 이사했다고 인사나 드리자는 것이었다.

"그게 집들이지."

"아니라니까 자꾸 그러네. 식사 대접 안 하고 바깥에서 먹는데, 그게 왜 집들이야."

집들이든 아니든, 처음으로 새 아파트를 공개하는 자리였다. 수정은 몹시 흥분됐다. 해가 바뀌고 두 번째 주말이었다. 시부모와 시동생, 손위 시누이와 아이들이 한꺼번에 들이닥쳤다. 시누이 남편은 야간조 출근이어서 못 온다고 했다. 남편 쪽 식구들이 모두 모인 건 지난해 여름, 시아버지가 퇴원하던 날 이후로 근 반년 만이었다. 시아버지는 시어머니의 부축을 받으며 천천히 걸어 들어왔다. 삼 년이 지났는데도 왼쪽이 무너진 모습은 영 익숙해지지 않았다. 새치기하듯 뛰어 들어온 시누이의 아이들이 아무 데나 겉옷을 벗어던지고 조심성 없이 뛰어다녔다. 시아버지를 소파에 앉히자마자 시어머니와 시누이가 집 구경을 시작했다. 둘은 집 안 구석, 구석구석까지 살폈다. 손잡이란 손잡이는 죄다 열어보았다. 한편 수정과 동갑인 시동생은 집 안의 모든 스위치는 다 눌러보고 다닐 기세였다. 그 나이가 되도록 변변한 직업 없이 부모에게 얹혀사는데도 남편 쪽 식구들은 누구 하나 시동생에게 뭐라 하지 않는 눈치였다.

가만히 있는 사람은 거동이 힘든 시아버지뿐이었다. 수정은 시아버지에게 미지근한 보리차를 건넸다. 유리컵을 받아든 오른손이 미세하게 떨렸다. 왼팔과 왼손은 뒤틀려 뒤쪽으로 돌아가 있었다. 왼쪽 다리를 절었고, 왼쪽 얼굴이 일그러져 굳어버렸다. 원래 풍채가 좋고 미남형이었는데 이제 그 기풍은 어디에도 보이지 않았다. 수정을 살뜰히 챙기던 시어른이었지만 지금은 병든 군식구일 뿐이었다. 시아버지가 천천히 팔을 들어올렸다. 아무래도 흘릴 것 같았다. 남은 식구들은 여기저기서 떠들어대느라 보이지 않았다. 보리차를 흘리면 소파가 젖고, 그럼 얼룩이 생길 텐데. 패브릭 소파는 얼룩에 취약하다. 가죽으로 할 걸 그랬지. 그러나 가죽 소파는 거실 분위기를 무겁게 할 수도 있다고 적혀 있지 않나. 수정은 급히 수건을 꺼내왔다. 시아버지의 무릎에 수건을 깔자마자 채 목으로 넘기지 못한 보리차가 주르르 흘렀다. 수정은 안도의 숨을 뱉었다.

그런 일이 있었는지도 모르는 식구들은 재잘거리며 거실로 돌아왔다. 수정이 커피와 쿠키, 과일을 내갔다. 수정이 기대하던 품평회 시간이 된 것이다. 집 넓다, 좋다, 새 아파트라 잘 만들어졌다, 이런 데 살아서 좋겠다. 듣고 싶었던 이야기를 들으면 마냥 기쁠 것 같았는데 어쩐지 집중이 잘 안 되었다. 수정은 건성으로 고개를 끄덕였다. 아이들은 과자 부스러기를 흘리며 돌아다녔고, 창가에 앉은 시동생은 커튼 솔기에서 비어져 나온 실밥을 잡아 뜯었다. 시누이는 다 마신 커피잔을 홀딱 뒤집어 상표를 확인했고, 시어머니는 시아버지에게 딸기를 먹이다가 기어이 소파에 붉은 얼룩을 만들었다. 그래도 괜찮았다. 정작 수정을 힘들게 하는 건 따로 있었다. 아까부터 식탁의자에 걸려 있는 시누이의 카디건이 영 마음에 안 들었던 것이다. 남편이 수정의 옆구리를 쿡 찔렀다.

"누나가 묻잖아."

"사람 안 쓰고 올케가 다 꾸몄어?"

아, 네. 수정은 짧게 대답했다. 벗어놓은 겉옷들을 한데 모아 빈방에 갖다 놨는데 언제 또 저기에 걸어놨는지 모를 일이었다. 샛노란 원목 의자는 새 아파트의 포인트였다. 생기를 부여하는 이미지였다. 그걸 저 우중충한 쥐색 카디건으로 덮어버리다니. 수정은 어떻게든 카디건을 치우고 싶었다. 시누이가 뭔가 더 물어보기 전에 수정은 벌떡 일어나 주방으로 걸어갔다. 카디건을 낚아채듯 집어 들었다.

"형님이 좋아하는 샤브샤브집으로 저녁 예약해뒀어요."

불쑥, 수정은 카디건을 시누이에게 내밀었다. 이제 그만 일어나라는 뜻처럼 보였을 터였다. 모두 머쓱해졌지만 수정은 개의치 않고 다과상을 치웠다. 의자 세 개가 샛노란 어깨를 드러낸 것을 보니 수정은 다시 기분이 좋아졌다. 그때였다. 카디건에 팔을 끼우던 시누이가 물었다.

"근데 집에 사진이 없다?"

남편이 수정을 쳐다봤다.

"너희들 사진 말이야. 아무리 애가 없어도 그렇지, 어떻게 집에 부부 사진 하나가 없니? 요즘은 복도에 사진을 죽 붙여 놓기도 하던데, 그런 건 안 따라했네?"

수정의 얼굴이 달아올랐다. 기어이 아이 이야기를 꺼낸 시누이나,

과장되게 자기 딸의 팔을 꼬집는 시어머니는 안중에 없었다. 새 아파트에 대한 지적을 받았기 때문이었다. 새 아파트를 꾸민 수정에 대한 비난처럼 들렸던 것이다. 시누이의 말마따나 결혼식 사진은 고사하고 연애 시절의 스냅사진 하나 꺼내 놓은 게 없었다. 왜 그걸 놓쳤을까. 어째서 그런 걸 생각하지 못했을까. 수정은 자신이 한심했다. 한심하다 못해 창피했다.

어느새 다들 나갈 차비를 마쳤다. 시어머니가 마지막으로 시아버지의 겉옷을 입히며 중얼거렸다.

"난 칠십 평생 내 이름으로 된 거 하나 없는데, 요즘 것들은 겁도 없이 지 이름으로 턱, 턱. 나야 다 살았으니 됐지만, 당신 아들은 좀 불쌍하네."

수정은 멈칫했다. 결혼할 때 가지고 온 비상금과 칠 년간의 월급을 몽땅 넣은 적금, 친정에서 도움받은 것까지 보태 잔금을 치른 새 아파트였다. 새 아파트로 옮기는 데 한 푼이라도 도와주고 그런 소릴 했다면 모를까, 공동 명의로 하지 않은 걸 지탄 받을 수 있지만 남편 명의가 아닌 것에 대해서는 수정도 꽤나 할 말이 있었다. 하지만 수정은 못 들은 척했다. 새 아파트의 첫 집들이었다. 수정은 좋은 날로 마무리하고 싶었다.

그다음 집들이는 수정의 식구들 차례였다. 그전에 시누이의 지적을 보완하기 위해 다양한 크기의 흰색 액자를 구입했다. 아주 오랜만에 앨범도 뒤적였다. 연애 시절과 신혼여행에서 찍은 사진들을 추려 책상이나 장식장 위에 자연스럽게 올려 두었다. 함께 찍은 사진

뿐만 아니라 각자의 독사진도 골랐다. 사진을 바라보던 수정은 옅은 미소를 지었다. 사진 속의 수정은 머리가 길었고, 입술이 붉었으며, 화려한 색감의 옷을 즐겨 입었다. 무엇보다도 표정이 아주 다양했다. 지금의 수정과는 다른 사람 같았다. 원룸에서, 다가구주택에서, 복도식 아파트에서 살던 그때가, 비록 전셋집이었지만, 그때가 지금보다 더 예뻐 보이는 이유를 수정은 알 수 없었다.

집에 들어선 수정의 식구들도 마찬가지였다. 엉덩이를 붙이기도 전에 집부터 둘러보았다. 집 구조가 잘 빠졌다고, 수납공간이 많아서 좋겠다고, 전망도 좋다면서 새 아파트의 진가를 알아봐주었다. 이제 주인집 눈치 안 봐서 좋겠네? 엄마의 말에 수정은 고개를 끄덕였다. 아버지는 남편을 향해 자네가 고생이 많았다는 말을 몇 번이고 반복했다. 동생만이 아무 말 없이 뒤따라 다니며 연신 핸드폰을 뒤적거렸다. 이따금씩, 언니가 직접 고른 거야? 어디서 샀어? 라고 묻곤 했다.

집 구경을 마친 모두가 거실에 모여 앉았다. 수정의 부모는 다 못본 것이 있다는 듯 연신 두리번거렸고, 동생은 괜히 히죽댔다. 남편의 표정도 밝았다. 수정이 상상하고 바라던 장면이었다. 수정은 빨리 커피 물을 올리고, 동생이 들고 온 케이크 상자를 열었다. 조각 낸 치즈케이크를 접시에 옮겨 담는 수정 옆으로 어느새 동생이 다가왔다. 동생이 픽 웃으며 전화기를 내밀었다. 화면에는 수정이 오려 두고 따라했던 인테리어 잡지 사진이 띄워져 있었다. 수정의 새 아파트가 화면 속으로 들어간 것 같았다.

"어쩐지, 언니 취향 같아 보이진 않았지. 똑같이 하는 게 더 어려웠겠다. 아무튼 고생했네."

수정은 퉁명스럽게 물었다.

"논문은 다 끝냈어?"

"원래 논문은 오래 쓰는 거야."

"그 핑계로 놀지 말고."

"왜 이래. 내가 과외를 몇 개나 하는데. 여기서 노는 사람은 언니 밖에 없어."

그때 수정의 엄마가 불쑥 끼어들었다.

"일 안 하는 여자 표 내지 말고 관리 좀 해. 왜 이렇게 살이 올랐어?"

"내가 뭘 얼마나 쉬었다고 그래."

"사위 얼굴은 꺼칠한데 넌 투실하게 살 오른 거 보니 내가 민망해 서 그렇지. 그러게 왜 일을 그만둬 가지고."

"내가 몇 번을 더 말해야 알아들으실 건데?"

"벌 수 있을 때 벌어야지, 없는 애 핑계까지 대면서 늘어지니까 하는 소리 아냐. 애 들어서고 그만둬도 되는 걸 벌써부터 유난스럽 게……."

동생이 엄마를 잡아끌다시피 거실로 데리고 나갔다. 요즘 엄마들 은 무조건 자기 딸만 위해서 문제라던데 왜 엄마는 자기보다 남편 쪽으로 기울어 있는지 수정은 도대체 알 수가 없었다. 친정엄마라면 하던 일도 그만두라고 해야 하지 않나. 친정에 손을 벌린 수정이 참 아야 했다. 아니, 다른 날도 아니고 새 아파트를 보이는 날이니까 참 아야 했다. 거실에서 엄마의 한숨 소리가 들려왔다. 수정은 커피잔 에 뜨거운 물을 따르던 참이었다.

"당신 왜 그래."

아버지의 목소리가 낮게 깔렸다. 엄마가 기다렸다는 듯이 쏟아 냈다.

"집만 예쁘면 뭐 해. 이 집 삭막한 거 봐. 저 나이 되도록 애가 없으니까 쓸데없는 데 공을 들이잖아. 그렇다고 뭘 키우는 성격도 못 되지. 어떻게 집에 풀 한쪽이 없냐고. 그런 게 애는 무슨……."

아버지가 엄마의 무릎을 손으로 꾸욱 눌렀다. 동생은 얼른 수정을 향해 시선을 돌렸고, 남편은 슬쩍 일어나 서재로 들어갔다. 사람들은 수정이 봐주었으면 하는 것만 보는 건 아니었다. 그 너머의 것이나, 그 이면까지도 마음대로 보고 싶어 했다. 그래도 수정은 찻상을 내갔다. 다들 아무 말 없이 커피를 마시고 케이크를 우물거렸다.

"그만 일어납시다. 너무 오래 있었어."

아버지가 엄마를 재촉했다.

"왜 벌써 가세요. 저녁 같이 드시고 가시죠."

동생은 과외가 있고, 아버지와 엄마는 꼭 가야 할 친척 결혼식이 있다고 했다. 이미 처가 식구들의 일정을 다 알고 있던 남편이었지만 인사만큼은 깍듯했다. 하지만 수정은 빈말이라도 더 있다 가라는 말 한마디 꺼내지 않았다.

식구들을 배웅하고 집으로 올라오는 엘리베이터 안에서 수정은 남편에게 물었다.

"우리도 동물 한번 키워볼까?"

남편은 대답 없이 수정을 한참 쳐다보기만 했다.

친정 식구들이 왔던 그날부터 수정은 애완동물에 관해 알아보기 시작했다. 대세는 고양이였다. 한번 고양이쪽으로 시선이 쏠리자, 고양이를 안 키우는 사람이 없어 보였다. 고양이를 좋아하는 사람들은 모두 평화주의자처럼 보였다. 길고양이를 위해 일부러 사료를 사서 길에 놔두는 사람들이라니. 게다가 그들은 하나같이 다 멋지게 살았다. 그들의 IT 기종, 그들이 먹는 스파게티, 그들이 마시는 커피와 맥주, 그들이 듣는 음악들은 모두 수정이 접해 보지 못한 것들이었다. 고양이를 비롯한 반려동물을 소중히 생각하는 사람들은 모든 생명을 존중하고, 자연과 세계를 사랑하는 사람들로 묘사되었다. 그런 점에서 수정도 고양이를 키우는 사람이 되고 싶었다. 하지만 수정에게는 불가능한 일이었다. 당연히 새 아파트가 더 중요했다. 새 아파트의 모든 새것—바닥과 벽지, 가구 등에 고양이 발톱 자국을 남기고 싶지 않았다. 고양이가 아무리 트렌드라 해도 용납이 되지 않는 일이었다.

결국 수정은 고양이 대신 화분을 샀다. 엄마 말처럼 나무 화분 두 개를 두었다고 새 아파트가 더 이상 삭막하지 않게 보이는지는 자신할 수 없었다. 하지만 실내에서 초록색을 보고 있으니 착한 사람이 된 기분이 들기는 했다.

액자와 화분을 구비했지만, 수정의 친구들을 부른 집들이에서는 커피 캡슐머신이 없느냐는 말을 들었다. 남편 직장 동료들 집들이 때는 여직원이 와인을 선물하는 바람에 와인잔이 필요해졌다.

무언가 계속 사들이는데도 무언가 계속 부족했다. 뭔가 계속 채우는데도 없는 것은 계속 존재했다. 완벽에 도달하는 것은 불가능한 일처럼 여겨졌다. 새 아파트를 누군가에게 계속 자랑하고 싶은 마음은 여전했지만 그랬다가는 수정이 미처 채워 놓지 못한 것을 또 발견하게 될 것 같았다. 결핍을 확인하는 건 괴로운 일이었다. 이제는 더 이상 아무도 초대하지 않기로 결심했다.

*

집들이가 끝나자 수정의 하루는 더욱 단조로워졌다. 남편이 출근하고 나면 곧바로 청소를 시작했다. 34평 새 아파트의 바닥과 수정의 손이 닿을 수 있는 모든 곳에 전부 물걸레질을 하고 나면 온몸이 땀으로 흥건했다. 무릎과 허리도 시큰거렸다. 샤워를 한 후에는 빨래를 돌렸다. 머리를 말리고, 옅은 화장을 한 다음, 가벼운 외출복 차림으로 거실로 나갔다. 매일 반복되는 수정의 오전 일과였다.

소파에 앉아 둘러본 새 아파트는, 흡사 인테리어 잡지책에서 막 오려낸 사진처럼 말끔하고 정갈해 보였다. 수정은 그 순간 행복이라는 단어를 떠올렸다. 행복해서가 아니라, 행복하다는 감정을 느낀다면 바로 이 순간에 느껴야 할 것 같았기 때문이었다. 햇볕이 꽉 찬실내는 따뜻했다. 집 안은 깨끗했다. 그런데도 뭔가 허전했다. 무엇이 더 필요한 걸까. 수정은 라디오를 틀었다. 마침 부드러운 올드 팝송이 흘러나왔다. 노래가 끝날까 봐 급하게 믹스커피를 탔다. 햇빛, 정갈한 실내, 적당한 음악과 커피. 이 정도면 완벽한 그림이 아닐까? 다른 여자들도 이런 순간이면 행복하다고 느끼지 않을까? 수정은 슬며시 눈을 감았다.

잔잔히 흐르던 노래가 끝나고, 광고가 이어졌다. 몇 모금 마시지도 않았는데 커피잔은 진작 비었다. 대리운전, 보험, 대부업체, 기저귀 광고가 집 안을 울렸다. 수정은 눈을 뜨고 허리를 세워 앉았다.

와인잔은 금이 갔고, 액자는 칠이 벗겨졌으며, 캡슐 커피머신은 뭐가 잘못인지 처음부터 작동하지 않았다. 화분의 이파리는 예상했던 것보다 너무 무성해 거실 창을 다 가릴 지경이었다. 더 큰 문제는 누런 잎이 생기더니 급속도로 번지고 있다는 것이었다. 새로 들이는 물건마다 하자가 있는 셈이었다. 수정은 물건이 문제가 아니라 잘못된 물건을 주문한 자기가 잘못이라는 생각이 들기 시작했다. 자기 자신이 문제라는 생각이 들자, 급기야는 새 아파트의 소파에 앉아 있을 자격도 없는 것 같았다. 새 아파트에 자신이 어울리지 않는 것은 아닌가, 자기 때문에 새 아파트의 완벽성이 떨어지는 건 아닌가 하는 의심. 그러자 소파에 앉아 있기가 몹시 불편해지기 시작했다. 완벽했던 새 아파트에 하자가 생긴 것 같았다. 자기 스스로가 하자인 것 같은 기분이 들었던 것이다.

수정은 아무것도 없는 텅 빈 방문을 열어봤다. 아이가 생기면 아이 방으로 꾸미겠다고 손도 대지 않은 곳이었다. 아이가 생겨야 완벽한 가정이 될까. 하지만 아이가 생기면 지금의 새 아파트는 사라질 것이 뻔했다. 알록달록한 원색의 플라스틱이나 실리콘 재질의 장난감들이 넘쳐날 것이다. 스위트 홈이 되기 위해 스위트 하우스는 포기해야 할지도 몰랐다. 어떻게 꾸민 새 아파트인데. 아이 때문에 애써 꾸린 새 아파트를 포기하고 싶지 않았다. 수정은 방문을 닫았다. 지금 당장은 아니다. 조금만 더 새 아파트를 누리자. 이왕 늦은 아이, 조금만 더 늦춰도 된다고 스스로를 설득했다.

막상 방문을 닫고 거실로 나오니, 어디가 수정의 자리인지 알 수 없었다. 소파에 늘어져 앉아 있는 것은 새 아파트에 걸맞지 않은 그림 같았다. 수정이 가장 잘 어울리는 자리가 어디인가 고민했다. 남편 없이 혼자 침실에 있는 것도 이상했다. 서재는 온통 남편의 물건들뿐이었다. 식사시간이 아닌데도 주방에 서성이는 건 어쩐지 작위적이었다. 결국 다시 텅 빈 방으로 들어섰다. 방 한 귀퉁이, 벽에 기대앉아 다리를 쭉 뻗었다. 마음이 편해지고 나른한 졸음이 몰려왔다.

그날부터였을 것이다. 수정은 완벽하게 꾸며진 새 아파트에 방해가 되는 것들에 자꾸 화가 나기 시작했다. 잡지에 실린 사진대로 꾸몄고, 그걸 본 사람들이 부족하다고 지적한 것까지 보완한 집이었다. 자기 스스로조차 새 아파트에 어울리지 않는다 느껴지면 빈방으로 숨어들었다. 완전한 공간에 자기가 흠집이 되는 것 같아 참을 수가 없었던 것이다. 그러자 새 아파트의 완벽한 모습에 방해가 되는 건 주로 남편이 되었다.

남편은 꼭 소파 툴의 위치를 바꿔놓았다. 발을 올려놓고 텔레비전을 보기 위해서였다. 처음에는 편한 자세로 텔레비전을 보는 남편 자체도 실내 풍경과 조화를 이룬 잘 그려진 그림 같았다. 하지만 옮긴 툴은 제자리로 돌아간 적이 없었다. 소파와 직각으로 놓여야 가장 안정감 있게 보이는 툴이었다. 매번 다시 제자리에 돌려놓는 건 수정의 몫이었고, 남편은 한 번도 그래야 한다는 걸 인식하지 못하는 듯했다. 남편은 말해주지 않는 건 먼저 알아채지 못하는 사람이었다. 이해력이 좋고, 친절하며, 착했지만, 요령이 부족한 편이었다. 수정은 눈치가 둔한 남편에게 자꾸 짜증이 났다. 더군다나 새 아파트의 분위기에 전혀 어울리지 않게 사각팬티만 입고 앉아 있을 때는 정말 처참한 기분까지 들었다. 수정이 뭐라도 입고 있으라 하면 남편의 대답은 간명했다.

"누구 올 사람 있어? 내 집인데 뭐 어때. 좀 편하게 있자."

남편 말이 틀린 건 아니었다.

"그나저나 당신은 왜 맨날 밖에 나갈 옷을 입고 있어? 보는 사람 답답하게."

수정은 그저 입을 꾹 다물었다. 어디서부터 설명해야 할지 모를 때는 그 수밖에 없었다.

그날도 남편은 또 사각팬티만 입은 채였다. 틀을 옮겨 다리를 죽 뻗고 앉아 텔레비전을 보고 있었다. 뉴스는 청문회 소식이었다. 새삼스러울 것도 없는 장면인데도 남편은 욕을 하며 신경질을 냈다. 제 화를 못 참은 남편이 결국 채널을 돌려버렸다. 수정은 미간을 찌푸리며 소파 끄트머리로 옮겨 앉았다. 그깟 정치 뉴스에 몰입해 계속 욕을 해대는 남편이 천박해 보였다.

은은한 간접조명, 테이블 위에 쿠키와 홍차를 차려 놓았던 수정은 남편을 물끄러미 쳐다봤다. 그런 것에 관심도 없는 남편은 한 손에 리모컨을 쥐고 채널을 돌리며, 한 손으로는 팬티 속으로 손을 집어넣어 아랫도리를 긁기 시작했다. 수정은 환경이 달라지면 사람도 달라져야 한다고 믿었다. 그런데 남편은 전셋집에 살던 모습과 지겹도록 한결같았다. 말해봤자 또 내 집에선 내 맘대로, 를 운운할 것이 뻔했다. 이렇게 소용없는 사람이었다니. 수정은 벌떡 일어나 침실로 들어갔다. 수정의 뒷모습을 바라보던 남편이 슬그머니 일어나더니, 수정을 따라 침실로 들어갔다.

수정은 변기에 앉아 시간이 흐르길 기다렸다. 이렇게 앉아 있으면 남편의 정액이 빨리 흘러내려올 것만 같았다. 욕실 너머로 남편의 코 고는 소리가 들렸다. 우아할 수 없다면 차라리 나쁜 사람이었으면 나았을 텐데. 수정은 아이를 미루자고 남편을 설득할 근거가 없었다. 수정이 받아들이는 새 아파트에 관한 정서를 남편에게 설명할 방법을 도저히 찾지 못했기 때문이었다. 수정은 그냥 묵묵히 남편의 정액을 받아들였다.

거실로 나가니 소파 툴은 삐딱하게 놓여 있고, 그 위에는 텔레비전 리모컨이 뒤집어진 채 놓여 있었다. 또 참아야 하나. 수정은 툴을 원래 자리에 두고, 리모컨을 집어 들었다. 불을 끄고 거실 창문 앞으로 다가갔다. 신도시는 멀리 외곽도로의 불빛 외에는 온통 어둠뿐이었고, 18층 아래의 아파트단지 안에만 하얀 불빛이 희미하게 흔들렸다. 수정은 창문을 열었다. 훅, 바람이 불어왔다. 수정은 창밖으로 힘껏 리모컨을 집어던졌다. 바람 때문인지 아주 시원했다.

며칠 뒤, 남편이 만취해 귀가했던 날도 그랬다. 회사와 거리가 먼 새 아파트였으므로 늘 저녁을 먹고 들어왔고, 그러다 보니 술자리도 잦아졌다. 술을 마셔도 적당히 마시기로 했던 수정과의 약속을 또 어긴 날이었다. 옷도 못 벗고 침대 위로 널브러진 남편에게서 누린 곱창구이 냄새가 진동을 했다. 잠든 남편의 옷을 벗기고 나니 진이 다 빠졌다. 곱창 누린내는 침실은 물론이고 거실, 심지어 수정의 몸에서도 맡아졌다. 수정은 탈취제를 뿌리기 시작했다. 처음에는 남편의 옷과 신발, 침실의 커튼 정도에만 조심스럽게 뿌렸다. 냄새는 가시지 않았다. 수정은 남편이 움직였던 동선을 따라 현관과 화장실과 거실에도 뿌렸다. 그런데도 냄새는 여전했다. 수정은 온 집 안에 마구잡이로 뿌렸다. 자기 몸에도 뿌려댔다. 도저히 참아지질 않았다. 급기야는 입을 벌리고 자는 남편의 입 안에까지 실컷 뿌렸다. 그제야 겨우 냄새가 가신 것 같았다. 얼마나 취했는지 남편은 꿈쩍도 하지 않았다.

최악은 오디오 시스템을 설치하겠다고 앤티크풍의 스피커를 들여온 날이었다. 수정과 상의도 없었다. 거실 인테리어와 전혀 어울리지도 않았다. 수정은 기함을 했다. 이미 외형적으로 완성된 새 아파트의 거실이었다. 남편의 스피커는 수정이 완성해 놓은 그림에 불필요한 덧칠을 해 망쳐 놓은 꼴이었다. 수정은 더 이상 참을 수 없었다.

사람들은 모두 수정에게 강요했다. 아이를 빨리 가질 필요는 없으니 같이 벌어라, 그래도 남자의 사회생활을 더 우선에 둬라, 내 집이 생기고 나서 마음대로 해도 늦지 않다, 그러니 참아라. 참으라고 해서 잘 참았다. 그러다 살 때라고 해서 빚을 내서 집도 샀다. 내 집을 샀으니 내 마음대로 하겠다는데, 이제 와서 그럴 수도 없는 것이었다.

텔레비전 옆으로 툭 불거진, 생뚱맞은 분위기의 스피커를 보면서 수정은 남편의 무신경함에 분노가 일었다. 자신에게 상의하지 않았다는 사실보다, 이렇게 감각이 없다는 사실에 더 치가 떨렸다. 새 아파트의 거실 분위기를 한 번만 생각했다면 이런 색깔과 이런 디자인을 고르지는 않았을 것이다. 얘기 좀 해. 수정의 목소리가 떨렸다. 남편의 설명은 간단했다. 오래전부터 가지고 싶었던 꿈이라고 했다.

남편은 당당했다.

"당신이 갖고 싶었던 것을 당신 혼자 사들인 거랑 똑같은 거야. 그런 의미에선 이건 공평한 소비였다고 받아들여줬으면 좋겠는데."

가구와 인테리어 소품이 수정의 개인 물품일 수 없었다. 그런데도 남편은 수정이 사들인 수정의 물건들로 생각한다는 것이었다. 그러나 공평이라는 단어 때문에 수정은 남편의 말에 반박하지도 못했다. 그렇다고 화가 참아지는 것도 아니었다. 그날 밤 수정은 남편의 노트북에 오렌지주스를 부어버렸다. 그런 짓이라도 하지 않으면 바깥으로 뛰쳐나가 엉뚱한 사람들에게 해코지라도 하게 될 것만 같았던 것이다.

거실에 앤티크 스피커가 설치된 이후, 수정은 집에 있을 때면 대부분의 시간을 빈방에서 보냈다. 이제 새 아파트의 주방도, 침실도, 거실도 온전히 수정의 공간이 아닌 것 같았다. 수정의 손길에 따라 색감이 바뀌고, 느낌이 달라지고, 의미가 달라지던 공간이, 이제는 세팅이 완료된 전시장처럼 누구의 손길도 필요치 않은 곳이 되어버린 지 오래였다. 게다 오디오가 풀세트로 설치된 거실은 이미 남편이 장악한 공간이었다.

*

남편이 출근을 하자마자 수정은 오디오 전원부터 껐다. 왕왕거리던 음악 소리가 사라지자 그제야 살 것 같았다. 창문을 열어 환기를 시작했다. 외곽도로를 따라 파헤쳐진 아파트 공사장에 부연 흙먼지가 피어오르고 있었다. 이제는 익숙한 잿빛 풍경이었다. 아침은 남편이 바라던 대로 토스트와 수제 요거트, 커피로 간단히 해결했다. 설거지 그릇이 많지는 않았다.

얼마 전, 남편은 로봇청소기를 사주었다. 고가의 오디오 시스템을 들인 것이 미안하다며, 수정을 위한 무언가를 선물하고 싶어 했다. 집안일을 좀 덜고, 자기 시간을 가지라는 의미로 골랐다고 했다. 하지만 수정은 전혀 기쁘지 않았다.

수정은 늘 쓰던 유선 청소기를 꺼냈다. 우웨엥— 시끄러운 소리와 함께 온 집 안 바닥의 먼지를 신나게 빨아들이는 청소기를 보자 수정은 괜히 들떴다. 매일 조금씩 따뜻해지는 봄기운 때문인지도 몰랐다. 청소기를 다 돌린 후에는 부직포 걸레질을 하고, 그다음은 물걸레질을 했다. 마지막으로 창틀과 문틀, 현관을 닦았다. 전신운동을 한 것처럼 온몸이 땀으로 젖었다. 수정의 가장 큰 즐거움은 새 아파트를 그대로 유지하는 데 있었다. 청소마저 직접 하지 않았다면, 수정은 새 아파트에서 자기의 존재 가치를 잃어버렸을 것이었다.

샤워를 한 다음 머리를 잘 말리고, 가볍게 화장을 했다. 면 원피스에 카디건을 입고, 양말을 신은 다음, 거실로 나섰다. 시간은 아주 오래전부터 그대로 멈춘 것 같았다. 수정은 집 안을 한 바퀴 둘러본 다음, 소파를 쓰다듬었다. 그러고는 새 아파트에 방해가 되지 않도록 조심스럽게 빈방으로 들어갔다.

---

*인테리어에 관련된 내용은 《리빙센스》(2015년 1월호, 〈우리집은 33평입니다〉)를 참고, 부분 차용했음을 밝힙니다.

김탁환
앵두의 시간

1968년 경남 진해에서 태어나 서울대학교 국문학과를 졸업하고 동 대학원 국문학과 박사과정을
수료했다. 1994년 계간문예지 《상상》에 평론 〈동아시아 소설의 힘〉을 발표하며 평론가로 데뷔하
였고, 1996년 장편 《열두 마리 고래의 사랑이야기》를 출간하면서 소설가로서 창작 활동을 시작했
다. 장편소설로 《조선마술사》 《목격자들》 《조선누아르》 《혁명》 《뱅크》와 산문집 《아비 그리울 때
보라》 《읽어가겠다》 《쉐이크》 등이 있다.

1

치숙癡叔은 쓰는 인간이었다.

읽는 인간이었고 무엇보다도 보는 인간이었다.

행복한 여행자가 갖출 세 가지 미덕이기도 했다.

셋 중 하나 혹은 둘만 취했다면 치숙은 미치지 않았을 것이다. 그는 끼니를 잇듯 번갈아 셋을 오갔다. 앵두의 시간이라고도 불렀다.

치숙과 함께 발광하는 빛깔! 내게 봄은 온전히 붉다. 봄을 여는 진달래의 하늘거리는 붉음이 아니라 봄을 닫는 앵두의 쏟아지는 붉음. 일곱 살 기억의 첫 5월에도, 여섯 살 다섯 살 네 살 세 살 두 살 한 살 거슬러 어머니 배 속에서 꼼지락대던 5월에도 나는 봄과 붉게 놀았다. 교과서에선 5월을 어찌 정의하는지 모르지만, 내게 5월은 마산 진해 창원의 일가친척이 외할아버지의 앵두농장—감나무와 밤나무도 앵두나무만큼이나 많았지만 우리는 그곳을 '앵두농장'이라고 불렀다—으로 모이는 달이다.

농장은 창원과 진영을 잇는 국도변 야산 중턱에 있었다. 행정구역으론 창원군에 속했지만 시내버스가 다니진 않았다. 아득한 소풍이라고 양팔을 한껏 벌려 친구들에게 자랑할 만큼 멀게 느껴졌다. 시외버스를 타는 것도 신기했고, 언덕바지 정류장에 내리자마자 만나는 검문소 헌병도 멋졌다. 거수경례를 따라하느라 시간을 끌면 어른들이 혀를 차댔다.

"어서 가자. 앵두 다 떨어지겠다!"

어머니와 이모들은 산길로 접어들 때 아이들 손부터 꽉 쥐었다. 우리는 엉덩이를 빼고 어깨를 뒤틀며 벗어나려 했지만 그미들 손아귀는 수갑처럼 단단했다. 트럭 한 대가 겨우 통과하는 비포장 오르막길엔 메뚜기며 토끼며 노루가 심심치 않게 나왔다. 어른들을 멈추게 하고 외사촌 누나와 여동생들 목청을 시험하는 놈은 언제나 뱀이었다. 곤충이나 들짐승들은 인기척만 나도 잽싸게 숲으로 달아났지만, 똬리를 튼 뱀은 하나같이 고요했다. 뱀은 우리를 우리는 뱀을 노려보았다. 재채기라도 나오려 하면 손바닥을 겹쳐 입을 틀어막았다. 그림자의 잔잔한 흐름이 바람의 세기를 알려주었다. 나뭇잎이 머리 위에서도 발밑에서도 내 맘처럼 동시에 떨렸다. 뱀이 스스로 길을 벗어날 때까지 기다렸다. 어른들은 그 뱀이 앵두농장을 지켜준다고 믿었다.

어머니는 농장에 닿을 때까지 손을 놓지 않았다. 나는 문 앞에 이르러서야 손바닥을 콧잔등에 대고 찐득한 땀 냄새를 맡았다. 어머니의 것이기도 했고 내 것이기도 했다.

일곱 살 5월만은 달랐다. 오르막이 끝나지도 않았는데 아버지가 등을 떠민 탓이다. 어머니는 없었다. 나보다 두 살 어린 동생의 미열을 다스리려 병원에 함께 간 것이다. 내딛지 않은 길로 아버지의 그림자가 길게 드리웠다. 고개 돌려 눈을 맞췄다. 정말 가도 돼요?

"날래 가보라우. 날래."

아버지 고향은 김소월의 시 〈진달래꽃〉에 등장하는 평안북도 영변이었다. 몹시 화가 나거나 혹은 무척 즐거울 때 평안도 사투리가 튀어나왔다. '날래'란 단어는 지금도 마음에 든다. 혀끝으로 그 단어를 밀면 날개를 달고 훨훨 날아오르는 기분이랄까.

그림자를 잰걸음으로 밟고 뛰어올라갔다. 웃음소리가 뒤통수를 당겼고 바람이 목덜미를 쓰다듬었다. 돌아보거나 멈추면 안 된다는 생각에 더 힘껏 달렸다. 웃음이 점점 옅어지다가 사라지자 덜컥 무서워졌다. 두리번거렸다. 나뭇가지가 흔들렸고 새들이 울었고 또 나뭇가지가 흔들렸다. 어른들과 함께 걸을 땐 들리지 않던 늦봄의 소리들이 한꺼번에 몰려들었다. 성경과 동화책과 외할머니의 이야기에서 끄집어낸 몽당귀신과 혹부리 도깨비들을 야산의 잠음에 갖다 댔다. 묘하게 뒤엉킨 소리들이 번갈아 나를 잡아먹으려 덤볐다. 나무 작대기를 주워들었다. 갈라진 끝이 시커멓게 썩어 여린 풀에 살짝만 닿아도 부서질 듯했다. 지구를 구하는 만화 속 영웅들의 보검은 보이지 않았다. 오줌을 지리지 않으려고 두 다리를 꼬았다.

어른들 웃음이 계곡물처럼 흘러와 등에 닿았다. 작대기마저 던지고 오르막을 다시 뛰었다. 나만 홀로 올려 보낸 아버지에게 눈물을 보이긴 죽기보다 싫었다. 담대한 맏아들이고 싶었다. 붕붕거리는 봄의 소리가 다시 따라왔다. 실눈만 겨우 뜬 채 달리다가 돌부리에 채여 뒹굴었다. 팔꿈치와 무릎에 생채기가 나고 피가 흘렀다. 오뚝이처럼 곧바로 일어나 달렸다. 거친 발소리와 엇박자의 숨소리가 타원을 그리며 점점 크게 울렸다. 일곱 살 소년을 몰아세우지 않고 오히려 감싸며 위로했다. 훗날 문장의 리듬에 자신이 없을 땐 그 봄의 소리에서부터 출발했다. 눈으로만 훑으며 지나치지 않고, 온몸을 움직여 소리를 만들자고 스스로를 채찍질했다. 내 귀로 내 목소리를 듣는 시간을 그때부터 아꼈다.

산길이 창울함을 넘어 험악해졌다. 웃자란 풀들이 발목과 무릎을 쓸었다. 구비를 도니 핀란드 의자바위가 나왔다. 친척 중 그 먼 북구 유럽까지 다녀온 이는 없었다. 치숙이 핀란드 왕자의 순애보를 읽고, 너럭바위 하나를 핀란드 의자로 둔갑시킨 것이다. 5월의 앵두농장으로 오는 이들은 모두 알았다, 바위에 앉아 숨을 고른 뒤 단숨에 마지막 비탈을 넘어야 한다는 것을.

일곱 살 나도 핀란드 의자바위를 보자마자 모로 누워 쉬고 싶었다. 웃음소리가 뒤따랐기에 마른침을 삼키곤 지나쳤다. 허공에서의 만남을 즐기는 나뭇가지들 덕분에 아침인데도 어둑어둑했다. 서늘함이 꽃잎처럼 떨어졌다. 나만 먼저 보낸 아버지가 미웠다. 어머니와 맞잡은 손에서 나던 땀 냄새가 그리웠다. 고개를 숙인 채 발만 보며 뛰었다.

맞바람이 이마를 밀며 마중 나왔다. 목덜미와 옆구리와 사타구니로 파고드는 바람살이 매웠다. 비로소 고개를 들었고 소리를 내질렀다. 봄 산이 온통 타오르듯 붉었다. 백 그루 앵두나무에 영근 수만 개의 앵두들이 나를 반겨 흔들렸다. 손도 발도 땀도 숨소리까지 붉게 물드는 기분이었다. 첫 나무에 닿자마자 팔을 뻗어 앵두를 움켜쥐었다. 양손을 번갈아 입으로 가져갔다. 갈증과 두려움이 한순간에 사라졌다. 이 세상에 앵두보다 맛있는 과일은 없었다.

"꼼짝 마!"

따던 오른손도, 입에 넣던 왼손도, 불룩해진 양 볼도 한꺼번에 멈췄다. 곧 다시 앵두를 땄고 볼에 넣었고 우적우적 씹다가 씨도 뱉지 않고 꿀꺽 삼켰다.

"이런 날도둑놈을 봤나. 누가 따 먹어도 된다고 허락했어?"

앵두를 쥔 채 돌아섰다. 방금 질문을 던진, 밀짚모자를 쓴 사내가 단숨에 내 허리춤을 잡고 들어 올리더니 배꼽에 힘껏 바람을 불어 입방귀를 꼈다. 치숙이었다. 나는 혀뿌리가 보일 만큼 깔깔깔 웃어 댔다. 기쁨의 눈물이 그의 뺨에 톡톡 떨어졌다. 갑자기 속이 울렁댔다. 출렁이는 땅으로 앵두나무가 비스듬히 누웠다. 식도를 되올라온 앵두가 시큼한 냄새와 함께 치숙의 환한 미소로 쏟아졌다.

한 알 또 한 알. 가슴으로 앵두가 떨어졌다.

눈을 뜨곤 가슴에 앉은 앵두를 집어 들었다. 푸른 하늘 아래 앵두들이 점점이 빛났다. 치숙의 얼굴에 앵두를 토한 뒤 정신을 잃고 쓰러진 것이다. 고개를 돌려 왼쪽 그리고 오른쪽을 살폈다. 어른들은 사다리에 올라 앵두를 땄고, 외사촌들은 허리에 두른 작은 대광주리에 앵두를 담느라 바빴다. 치숙은 등을 진 채 내게 그늘을 허락한 나무에서 앵두를 거두는 중이었다.

"깨어났니?"

누군가 말을 걸어왔다. 치숙의 목소리보다 맑았다.

"누구야, 넌?"

"네 가슴에 앵두를 한 알 또 한 알 떨어뜨린 이."

"네가 한 짓이라고?"

"맞아. 백 그루 앵두나무 중에서 가장 늙은 내가 오늘 온 사람 중에서 제일 꼬맹이인 네게 말을 걸었어. 이상하니?"

치숙은 앵두나무마다 이름을 지어 불렀다. 이름표를 달지 않고도 백 가지 이름이 술술 나왔다. 그늘에 평상을 놓은 나무의 이름은 '아기'였다. 그래야 병충해 없이 오래 산다고 했다.

"그럼 할아버지 나무네……요."

"편하게 해. 사람들은 나이를 따져 말을 높인다 내린다 어지럽더라. 나무들끼린 친구처럼 이야길 주고받지. 나무가 말을 걸어 놀랐니?"

"조금! 아니 엄청 신기해. 나무랑은 처음 얘기해 봐. 사람이랑 자주 얘기해?"

"난 저 청년하고만 이야길 나눠. 우린 포옹을 즐기지. 꼭 끌어안고 상대의 마음을 읽는단다. 아득한 과거부터 먼 미래까지 하고 싶었던 일들과 하기 싫은 일들을 주고받지. 나무에게 말을 붙이는 사람을 만나기란 무척 어려워."

"아, 치숙!"

"치숙?"

"막내 외삼촌이야. 별명이래. 내가 대답할 줄 어찌 알았어?"

"긴가민가했지. 저 청년 그러니까 치숙이 내가 만든 그늘의 평상에 너를 뉘더니 이렇게 부탁하더라고. '혹시 숨을 쉬지 않는 것 같으면 살짝 흔들어 깨워!' 그래서 앵두를 한 알 또 한 알 떨어뜨렸던 거야. 나무랑 이야기하는 게 처음이라면서 꽤 잘하네. 대부분은 그냥 스치는 바람 소리쯤으로 여기지."

"가끔 궁금했어. 나무랑 이야기하면 어떤 기분일까. 돌과 인사를 나누면 어떤 기분일까."

"어떤 기분이야?"

"친구랑 얘기할 때와 같아."

"이야기를 주고받는 건 다 똑같아. 사람과 사람이든 사람과 나무든 나무와 나무든. 한데 왜 기절한 거니?"

"몰라. 앵두나무를 보니 반가웠어. 막 소리 지르며 달려가선 앵두를 따 먹었지. 목이 말랐거든. 치숙을 만나니 또 무척 반가웠어. 웃음을 못 참겠더라. 이상하게 눈물도 났어. 그리곤 기억이 안 나."

"너무 반가우면 울지."

"정말?"

"나도 그런 적 있어. 사람이나 나무나 똑같아."

"나무도 기절해?"

"사람처럼 쓰러지진 않지만 선 채로 정신을 잃지. 새들이 와서 발톱으로 가지를 살짝 쥐면 그때 깨."

발톱과 앵두가 기절한 이를 깨우는 도구란 걸 처음 알았다.

"웃다가 눈물은 처음 흘렸어."

"다음부턴 반가워도 소리만 질러. 달려와서 치숙에게 안겼다간 또 기절할지도 몰라. 오늘은 내가 만든 그늘에서 편히 한숨 잤지만, 항상 이런 근사한 그늘이 드리우진 않아. 푹 잤어? 좀 더 눈 붙여도 좋아. 햇볕이 네 얼굴에 닿지 않게 가지를 모아줄게."

"그만 일어날래. 앵두 따러 왔지 잠자러 온 게 아냐. 깨워줘서 고마워. 그늘도 고맙고."

둥치를 손바닥으로 어루만진 뒤 기지개를 켜며 하품을 쏟았다. 치숙이 뒤돌아서선 곁으로 와 앉았다. 나는 앵두 두 알을 내밀며 말했다.

"아기가 깨워줬어요. 선물도 줬고요."

치숙이 머리에 두른 수건으로 내 얼굴부터 훔쳤다. 앵두나무를 곁눈질하며 물었다.

"저 충고쟁이가 뭐래?"

"반가워도 뛰지 말래요. 울다가 쓰러진다고."

"모처럼 옳은 얘길 했네. 뛰지도 말고 고함도 줄여. 다음부턴 앵두가 열린 걸 처음 봤을 때만 소리치도록 해."

한 해에 딱 한 번만 고함을 지르란 이야기다. 이미 오늘 고함을 질렀으니 내년 봄까지 기다려야 한다. 가슴이 답답해왔다.

"앵두가 떨어지고 다시 열리는 사이에 친구를 만나면요? 고함치며 반기면 벌서나요?"

치숙이 내 눈을 뚫어져라 내려다봤다. 붉은 앵둣물이 군데군데 밴 바지 뒷주머니에서 수첩을 꺼냈다. 아무것도 적지 않은 면을 펼치고 볼펜을 쥔 뒤 설명했다.

"그땐 소리치지 말고, 요렇게 수첩을 꺼내 끼적이면 된다."

"전…… 아직 글자를 몰라요."

어른들은 일곱 살 소년을 종종 과대평가한다. 오늘은 아버지에 이어 치숙까지.

"글을 적으란 게 아냐. 반가운 네 맘을 담아두란 소리지."

글자를 몰라도 수첩에 뭔가를 끼적일 수 있음을 처음 알았다. 고개를 끄덕였다.

"끼적여보겠다면 이 수첩을 주마."

"앞에 많이 끼적였잖아요?"

치숙은 절반도 넘게 쓴 수첩을 찢었다. 자신이 채운 부분만 접어 뒷주머니에 넣곤 나머지를 내밀었다.

"대신 약속해라. 다 채워 보여주겠다고."

"약속해요!"

"이 앵두나무를 증인으로!"

"앵두나무를 증인으로!"

치숙이 내민 손 위에 내 손을 포갰다.

내가 끼적인 첫 수첩이었다.

그 후로도 많은 수첩을 사서 썼다. 적어도 백 개는 넘을 텐데, 지금 내가 간직한 수첩은 아홉 개가 전부다. 나머지 수첩들은 어디로 가버렸을까. 농담처럼 수첩에 발이 달렸다고도 했다. 문득 적어둔 글이나 스케치를 확인하려고 찾으면 없었다. 열에 아홉은 되돌아오지 않았다. 작고 가벼운 탓에, 작업실의 눈에 띄지 않는 여기저기에 처박혔으리란 추측도 위로가 되지 못했다. 작업실을 뒤지다가 수첩을 발견한 적은 없었다. 수첩만 모아두는 상자까지 마련했지만 수첩들의 행방불명은 줄어들지 않았다. 무리를 떠나 죽을 곳을 찾아가는 늙은 코끼리에 관한 다큐멘터리를 본 날, 차라리 이렇게 믿기로 했다. 내 곁에서 할 일을 마친 수첩이 스스로 수첩들의 무덤으로 떠났다고. 그 무덤엔 곳곳을 오가며 힘겨운 시간을 견딘 이 세상의 모든 수첩들이 모인다고. 단 한 줄의 문장도 받아들이지 않고 영원히 쉬는 중이라고.

2

　잠이 많은 아이였다. 밤에 숙면을 취해도 점심식사만 마치면 꾸벅꾸벅 졸았다. 국민학교 입학 전에는 아버지와 나란히 누워 30분 남짓 오수를 즐겼다. 우리 가족은 아버지가 취직한 창원 기계공단의 회사 사택에 살았다. 아버지는 작업복을 입은 채 점심을 급히 먹은 뒤 높은 목침을 베고 코를 골며 잠들었다. 동생은 마을을 돌아다니느라 점심을 거르는 날이 많았지만, 나는 아버지가 모로 눕기를 기다렸다가 그 등을 바라보며 따라 누웠다.

　농장에서도 낮잠을 즐겼다. 앵두나무 아래에서 잠든 적은 없었다. 평상은 넓고 그늘은 넉넉했지만, 나무들끼리 주고받는 왁자지껄한 이야기 탓에 오던 잠도 달아났던 것이다.

　나무들이 움직이지 못한다는 교과서의 설명은 거짓이다. 뿌리를 통해 땅 속을 누빌 뿐만 아니라 줄기와 가지를 벌려 하늘을 훑는다. 눈을 틔우고 잎사귀를 드리우며 열매를 키운다. 나란히 선 나무라 해도 보고 듣고 느끼는 것은 제각각이다. 벌레도 오고 다람쥐도 뱀도 오고 새도 온다. 누가 먼저랄 것도 없이 계속 움직이며 이야기한다. 내가 목청을 가다듬으면 말을 멈추고 기다릴 줄도 안다. 흐르는 이야기는 막지 않는 것이 나무들의 오랜 관행이다.

내가 이야기를 꺼내지 못해 울상을 짓자, 아기로 불리는 가장 늙은 나무가 위로했다.

"이야기가 자석이란 건 아니?"

"엔N극과 에스s극이 이야기에도 있단 소리야?"

"좋은 이야긴 좋은 이야기를 끌어내. 나쁜 이야긴 그 다음 이야기가 나오지 못하도록 밀어서 막지. 내가 먼저 시작할게. 듣다가 네 몸과 맘을 부르르 떨게 만드는 이야기가 떠오르면 그땐 주저 말고 우리에게 들려줘. 알겠지?"

"알았어."

나무들에게서 들은 이야기를 국민학교 친구들에게 자랑하곤 했다. 대부분은 거짓부렁이라며 놀렸지만 몇몇은 재미있다며 하나만 더!를 외쳤다. 그중 기억에 남는 친구가 손휘동이다. 국민학교에 입학하여 5학년까지 휘동과 나는 5년 내내 창틀에 마주보고 앉아선 유리창을 닦았다. 휘동은 내가 퍼 나른 나무들의 이야기에 손뼉을 짝짝 치며 즐거워했다.

"신기하네. 그걸 다 앵두나무가 들려줬다고? 나도 들을 수 있을까? 앵두농장에 꼭 한 번 데리고 가줘."

그러겠다고 응낙했지만 휘동과 함께 간 적은 없었다. 나무들의 대화가 휘동에게까지 들릴지는 장담하기 어려웠다. 저 바람 소리가 나무들이 건네는 이야기라고? 장난쳐? 이런 식의 비난과 함께 친구를 잃긴 싫었다.

나무 그늘 드리운 평상이 아니라 치숙의 골방이 내 단골 잠자리였다. 낮에도 백열전구를 켜지 않으면 토굴처럼 어두운 방, 창문 없는 방, 퀴퀴한 이불이 항상 깔린 방, 사방 벽을 둘러 책들이 쌓인 방, 공기마저 잠들 준비를 마친 방, 서는 것보단 앉는 게 편하고 앉았다 간 스르르 눕게 되는 방, 텔레비전이 없는 방, 서서 들어가도 기어 들어간다는 표현이 어울리는 방, 고개 숙여 내 손과 가슴을 책처럼 들여다보는 방이 나는 좋았다.

점심식사를 마친 어른들이 다시 앵두나무로 향하면 나는 슬그머니 골방으로 걸음을 옮겼다. 처음엔 이모들이 골방에만 있지 말고 개들과 산등성이라도 뛰어다니라고 했지만, 나중엔 내가 보이지 않으면 골방에 기어 들어갔으려니 여기고 찾지도 않았다.

골방 여닫이문을 단번에 열진 않았다. 주먹 하나 끼울 만큼 살짝 당기곤 염탐하는 척후병처럼 코를 넣었다. 깊게 숨을 들이마셨다. 골방에 거주하는 책들의 환영 인사일까. 향기를 내뿜듯 책 먼지가 풀풀 날렸다. 그 방의 주인은 책이고 치숙은 잠시 머물며 시중드는 하인이라고, 그때나 지금이나 나는 믿는다.

책들과 앉은뱅이책상 그리고 이불의 위치를 어림짐작한 다음, 등 뒤로 문을 닫고 몸을 낮춘 채 네발짐승처럼 들어갔다. 캄캄해도 백열전구를 켜진 않았다. 베개와 이불에 코를 박고 킁킁 냄새를 맡았다. 내가 농장에 오지 않는 동안 치숙은 여기 누워 무슨 생각을 했을까. 어느 봄엔 담뱃내가 지독했고 어느 봄엔 술내가 진동했다. 어느 봄엔 짭조름한 갯내가 났는데, 눈물 냄새였는지도 모른다.

골방엔 시계도 없었다. 치숙은 무릇 책이란 시간을 잊고 읽어야 한다고 강조했다. 한숨 잔 후 오후 4시에 눈을 떴다. 4시 15분이나 3시 50분이 아니고 4시 정각임을 시계도 없는데 어찌 아느냐고 따지는 이도 있겠지만, 정확히 4시에 눈이 뜨였다. 일어나서 스위치를 켜면 앉은뱅이책상 옆 벽에 달린 백열전구에 발갛게 불이 들어왔다. 이불 속으로 다시 들어가 양손으로 턱을 괴곤 엎드렸다. 그 자세로 전구 속 꼬불꼬불한 필라멘트를 쳐다보면 두 뺨과 마음이 함께 예열되는 기분이었다.

마침내 본격적인 골방 탐험이 시작되었다.

아랫배를 밀며 나아가 책상부터 살폈다. 빈 원고지 두 뭉치가 모서리에 딱 맞춰 놓였다. 많아야 서너 권의 책이 그 옆을 지켰다. 가끔 영어 책이나 일어 책들이 올라오기도 했다. 원고지는 채워진 적이 없었다. 내가 탐험을 멈춘 고교 3학년 때까지 치숙은 단 한 글자도 적지 않았다. 원고지는 계절마다 새것으로 꼬박꼬박 바뀌었다. 누렇게 색이 바랜 빈 원고지들은 어떻게 했을까. 개죽 끓일 때 불쏘시개로라도 썼을까.

책상을 벗어나면 골방을 한 바퀴 엉금엉금 돌았다. 책들은 일곱 권에서 열 권 사이로 층층이 쌓여 나를 기다렸다. 그야말로 책탑冊塔이었다. 어떤 책탑은 최상층 제목만 읽은 후 지나쳤고, 어떤 책탑은 통째로 꺼내 도입부를 읽어보기도 했다. 어렵거나 지루하면 휙휙 건너뛰었다. 치숙이 그은 밑줄은 도돌이표였다. 이마에 주름을 잡고 심각한 얼굴로 그 문장들만 곱씹었다.

2단 세로로 빽빽하게 들어찬 장편소설은 흥미로워도 따라 읽기 힘들었다. 힘든 만큼 매혹적이었다. 톨스토이의《전쟁과 평화》나 니코스 카잔차키스의《그리스도 최후의 유혹》, 펄벅의《대지》같은 작품은 늪이었다. 끝이 보이지 않는, 들어가면 영영 나오지 못할 것 같은, 대충대충 넘겨도 오늘 해가 질 때까진 절대로 끝까지 읽지 못하는, 다음에 오면 다시 처음부터 읽어야 하는 무시무시한 이야기들!

두툼한 장편소설 책탑을 겨우 지나면 문예지 책탑이 나를 반겼다. 《사상계》나 《창작과 비평》, 《문학과 지성》 같은 책탑도 종종 만졌지만, 내가 가장 많이 꺼내 읽은 책탑은 《현대문학》이라는 탑과 《문예중앙》이라는 탑이었다. 서너 시간 집중하면 단편소설이나 시 혹은 에세이를 제법 많이 읽을 수 있었다.

문예지에서 빼놓지 않고 즐긴 부분은 소위 말하는 토막글이다. 시는 여백이 있어도 남기고 건너갔지만, 애매하게 한두 줄만 걸치고 산문이 끝날 땐 그 아래를 테두리 치고 짧은 글로 채웠다. 길어야 원고지 두 장을 넘지 않았지만 다루는 글감은 참으로 다양했다. 헤밍웨이와 앙드레 말로와 카프카와 까뮈의 여성편력부터 다다이즘과 인상파 같은 예술사조, 베스트셀러에 대한 간단한 소개와 감상, 작품의 공간적 배경이 된 외국 도시에 관한 설명 등 끝이 없었다. 다른 글은 지은이 이름이 제목과 함께 나왔지만 토막글은 달랐다. 아예 이름이 없거나 있다 해도 글이 끝나는 구석의 꺾쇠 표시 안에 '수'나 '민'처럼 외자로 겨우 담겼다. 나중에 알았지만 그 외자는 문예지 편집자의 이름 중 한 글자였다. 성과 이름을 모두 공개할 만큼 정성 들여 쓴 글이 아니란 뜻이기도 했다.

외국 소설가들의 여성편력이나 창작 습관을 이야기하다가 내가 그것을 치숙의 골방 문예지 토막글에서 읽었다는 사실을 깨닫고 요즘도 혼자 몰래 웃곤 한다. 모호한 시나 심오한 소설보단 즐길 거리 위주로 앞뒤가 맞아떨어지는 토막글이 낮잠에서 깬 소년에게 더 강한 인상을 남긴 것일까.

훗날 내가 잠시 비평가로 활동할 때 골방에서 이름을 익힌 작가들과 이야기 나누는 시간도 좋았지만, 토막글을 채운 편집자를 만났을 때의 감격에 비할 바는 아니다. 지금은 편집자를 그만 두고 출판사를 차린 그는, 내가 토막글들을 하나씩 꺼내놓으며 마지막에 적힌 '수'가 당신 이름의 끝 글자와 같다고 지적하자, 놀랍고 반가워하며 내 잔에 연거푸 술을 따른 후 혼잣말처럼 뇌까렸다.

"어떻게 그것까지 기억할까……. 정말 아무도 모를 건데…… 아무것도 아닌데…… 그냥 채워야 해서 채운 잡문에 불과한데……."

누구에게는 마지못해 한 일이 누구에게는 평생의 양식이 되기도 한다.

또 하나 골방 하면 떠오르는 물건은 벽에 걸린 액자들이다. 마분지 한 장 크기의 제법 큰 액자엔 내가 쓴 시나 산문이 담겼다. 국민학교 4학년 때부터 학교 대표로 곧잘 글짓기 대회에 나갔다. 대부분은 상을 받지 못했고 운이 좋았던 몇몇 대회에선 2등상도 타고 3등상도 탔다. 치숙은 거래를 제안했다. 글짓기 대회에서 연습한 초고를 한 편 넘기면 추리소설을 한 권씩 사주겠다는 것이다. 거래는 성사되었고, 그렇게 나는 코난 도일과 애거사 크리스티의 추리소설을 읽었다. 나중에 확인하니 영어 직역 정본이 아니라 일본어 중역 축약본이었다.

치숙은 내 초고를 액자에 끼워 앉은뱅이책상 뒷벽에 걸어뒀다. 글 내용에 관해선 왈가왈부하지 않았다. 글씨도 엉망이고, 죽죽 그은 문단이나 검은 공처럼 칠한 단어도 많았다. 추리소설을 품에 안은 날엔 다시 깨끗하게 옮겨 적어 드릴까요? 묻기도 했다. 그는 그냥 이 초고들이 좋다고 했다. 왜 좋으냐고 또 물었더니, 너도 이미 알고 있 잖아?라는 표정을 지어 보였다.

"꿈틀대니까, 좋지."

골방 벽에 서툰 내 글 아홉 개가 상장처럼 걸렸다. 앉은뱅이책상 에 앉아 있다가 고개를 돌려 그것들을 보면 부끄럽기도 하고 신기 하기도 했다.

그날도 5월에 속했을 것이다. 책상에 엎드려 잠들었다가 발가락 이 간지러워 깼다. 턱까지 흐른 침을 손등으로 훔친 뒤 허리를 젖히 곤 발을 살폈다. 일렬로 늘어선 글자들이 새끼발가락을 타고 올라와 서 엄지발가락으로 내려가는 중이었다. 고개를 돌려 벽에 걸린 액자 를 쳐다보았다. 완전한 백지는 아니었지만 군데군데 글자들이 많이 줄었다. 비로소 치숙이 좋아하는 꿈틀거림이 무엇인지 알았다. 어머 니는 골방에 개미들이 많으니 낮잠을 자려면 대청마루로 나오라 했 다. 그것들은 분명 개미가 아니라 내가 추리소설과 바꾼 초고의 글 자였다.

해질 무렵엔 아버지가 운전하는 회사 트럭을 타고 농장을 내려가 야 했다. 산길은 좁고 돌도 군데군데 많았지만 단 한 번도 시동이 꺼 지거나 바퀴가 헛돌지 않았다. 성격 급한 아버지는 벌써 운전석에 앉아 경적을 울렸다. 치숙은 내가 골방을 곧장 벗어나는 것을 허락 하지 않았다. 문 옆에 어린 조카를 세워둔 채 우선 눈으로 책탑들을 훑은 다음, 무릎을 꿇고 이리저리 돌아다니며 책들을 검지로 짚어 내렸다. 물론 나는 뒤적인 책들을 원래 자리에 두려고 노력했다. 그러나 마음을 빼앗는 책들을 만나면 쌓아둔 순서가 바뀌거나 이 책탑에서 저 책탑으로 책이 옮겨가기도 했다. 그는 내가 만진 책탑을 귀신같이 알아냈고 일일이 확인하여 제자리에 놓았다. 점검이 모두 끝난 뒤에야 내 머리를 쓰다듬으며 물었다.

"신나게 놀았니?"

쌓여 있는 책을 끄집어내고, 겉장을 만지고, 껑충껑충 건너뛰며 살피고, 단어 하나 문장 하나로부터 떠오른 풍경들을 여백에 그리거나 적고, 품에 안고 자장가를 부르거나 베고 누워 잠들 때 비로소 책과 속 깊은 친구가 된다는 것을 치숙에게 배웠다. 나를 태운 트럭이 사라지고 밤이 되면 그가 놀 차례였다. 어젯밤을 이어, 어젯밤의 어젯밤을 이어 책탑을 무너뜨리고 다시 쌓으면서 밤에서 밤으로 통하는 문장들과 홀로 신나게.

1980년 5월의 골방을 잊지 못한다. 전라남도 광주에선 엄청난 비극이 벌어졌지만, 경상남도 창원의 앵두농장 골방까지 소식이 미치진 못했다. 치숙이 광주의 참사를 자세히 들은 것은 반년이 지난 늦가을 고교 동창들과의 술자리에서였다.

오후 4시, 내가 골방에서 깨어났을 때 치숙은 앉은뱅이책상을 등지고 앉아 있었다. 머리맡엔 아코디언이 놓였다. 그해 3월 나는 창원 웅남국민학교에서 마산 봉덕국민학교로 전학을 갔고 합주부에 들었다. 마침 아코디언 주자가 필요했는데, 5년 동안 피아노를 배운 덕분에 오디션에 쉽게 붙은 것이다. 합주부 연습을 마친 첫날 폐결핵에 걸렸다. 다행히 전염성은 아니라서 휴학하진 않았다. 의사는 두 가지를 명령했다. 숨이 찰 만큼 뛰지 말 것, 피곤할 정도로 공부하지 말 것. 점심시간과 방과 후에 친구들과 축구를 못하는 것은 원통했지만, 문제집을 풀지 않고 이야기책을 맘껏 읽는 것은 좋았다. 어머니는 축구공 대신 아코디언을 사주었다. 팔을 저어 공기를 넣는 것이 귀찮았지만 곧 익숙해졌다.

아코디언은 참 슬픈 악기였다. 체육시간에 아이들이 옷을 갈아입고 운동장으로 나가면, 나는 옷과 소지품을 지키며 빈 교실에 덩그러니 남았다. 그때 조용조용 아코디언을 연습했다. 괴팍하기로 소문난 선생이 옆 반에서 수업할 땐 바람도 넣지 않고 묵묵히 건반만 짚었다. 소리가 없어도 눈물을 글썽이게 만드는 악기였다. 우울할 땐 아코디언을 들지 않았다. 악기에서 흘러나오는 바람의 흐느낌을 감당하기 벅찼다.

친척들이 앵두를 따는 동안 어머닌 내게 나무 아래에서 쉬며 아코디언으로 노래나 몇 곡 연주해 달라고 했다. 외사촌들처럼 나무를 오르내리지 못하고 아코디언이나 땡땡 대긴 싫었다. 신청곡들을 물리치고, 알알이 익은 앵두도 따 먹지 않고, 골방으로 들어가서 낮잠을 청했다. 그리고 눈을 떴을 때 치숙이 기다렸다는 듯이 권했다.

"한 곡 쳐봐, 책탑들을 위해."

연습 중인 몇 곡이 떠올랐지만 거절했다.

"싫어요."

"왜 싫은데?"

책상 위 단 한 글자도 담기지 않은 원고지를 쳐다보며 반문했다.

"쓰기 싫을 때도 있잖아요?"

치숙이 내 시선을 따라 원고지를 봤다. 얕은 한숨과 함께 말머리를 돌렸다.

"딴 거라도 해봐."

아코디언을 연주하기 싫었다기보다는 책탑을 내 맘대로 누비지 못한 아쉬움이 컸다. 골방엔 혼자 머물러야 이 책 저 책 맘껏 빼고 쌓고 넘기고 만질 수 있다. 낮잠보다 먼저 책탑을 돌아다녔어야 했다.

"딴 거?"

"연주가 싫으면 이야기라도 하나 하든가."

눅눅한 분위기를 닮은 제법 긴 이야기가 떠올랐다.

"보름 전이었어요. 근교에서 연주를 마치고 돌아오는 길이었죠. 각자 맡은 악기를 들고 시외버스에 올랐습니다. 바이올린이나 플루트는 케이스에 넣어 어깨에 걸면 간단하지만, 베이스나 큰북은 옮기기가 쉽지 않았어요. 아코디언 역시 무게가 꽤 나갔습니다. 바닥에 내려놓고 싶은 마음이 굴뚝같았지만 흠이라도 날까 싶어 어깨에 멘 채 품었습니다. 덜컹대는 버스에서 아코디언을 들고 버티니 어깨도 결리고 허리에도 힘이 잔뜩 들어갔어요. 그렇게 서너 정거장을 지날 즈음 제 앞좌석의 할머니가 내리셨습니다. 냉큼 빈 자리를 차지한 뒤 허벅지에 아코디언을 올려놓았지요. 그런데 뒤에 섰던, 바이올린을 든 여학생이 자꾸 저를 쳐다보는 겁니다. 자리를 양보하란 걸까요. 하지만 아코디언을 다시 들고 일어서는 것도 쉽지 않았습니다. 목적지인 학교까진 한 시간도 더 가야 했지요. 갑자기 옅은 미소를 지으며 제게 묻더군요. '같이 앉아 가도 될까요?' 조금 멍했습니다. 같이 앉아 가잔 뜻을 모르겠더라고요. 나란히 앉아 가기엔 좌석이 좁았습니다. 그미가 입귀를 올려 웃으며 아코디언을 쓰윽 쓰다듬더군요. 그제야 속마음을 알아차렸습니다. 재빨리 아코디언을 무릎 밑으로 내려 넣었습니다. 아코디언이 떠난 허벅지 위로 그미가 냉큼 올라앉았지요. 그미의 등이 제 배에 닿았고, 두 갈래 땋아 묶은 머리카락이 눈을 찌르더군요. 합주부 단원들의 놀란 표정이 떠오릅니다. 저는 시선을 내린 채 숨도 편히 쉬지 못했지만, 그미는 주위에 둘러선 바이올린 주자들과 즐겁게 이야기꽃을 피우더군요. 남학생 허벅지에 앉는 것쯤은 아무 일도 아니라는 듯이. 한 시간 뒤 학교 앞에 도착하자, 그미는 나비처럼 가볍게 일어나더니 먼저 내렸습니다. 저도 뒤따라 일어서다가 허벅지와 종아리가 동시에 저려 주저앉고 말았답니다. 그 밤엔 잠이 오지 않았습니다. 내일 연습 시간에 그미를 만나면 무슨 말을 건넬까 걱정이 되더군요. 제가 말을 걸기 전에 그미가 오늘처럼 미소 지을지 모른다는 기대도 품었고요. 화답하는 뜻에서 감미로운 곡을 하나 아코디언으로 연주할 마음도 먹었습니다. 그런데 다음 날 연습실에서 그미는 제게 눈길조차 주지 않았습니다. 모르는 사이처럼 말이죠. 어떻게 그럴 수가 있나요? 여자들은 다 그런가요? 이제 제가 아코디언을 연주하기 싫은 이유를 아시겠지요? 그러니 절 그냥 내버려두세요."

치숙은 다리를 접어 세운 뒤 깍지 낀 손으로 무릎을 감쌌다. 방아깨비처럼 상체를 까닥거렸다.

"내가 얼마나 공부를 잘했는지 아니?"

어머니도 이모들도 치숙은 진정한 천재였다고 강조했다. 진해에서 중학교를 졸업한 학생 중 한 해에 겨우 한두 명만 마산의 명문 고등학교로 진학했다는 것이다. 그의 성적은 마산에 가서도 전교에서 세 손가락 안에 들었다. 고교 2학년 때 신장염만 앓지 않았다면, 서울대는 따놓은 당상이었다는 아쉬움이 이어졌다. 지금 천재가 아니라 그때 천재였던 사내.

"5년을 꼬박 병실에서 지냈지. 너한테만 하는 얘긴데, 5년이나 투병한 건 신장이 아파서가 아냐."

"그럼요?"

"실망 때문이지."

실망이 병마보다 위험한가.

"친구들은 좋은 대학에 붙어 상경했는데, 나만 좁은 병실에 남겨진 거야. 2년쯤 지나니 될 대로 되란 맘이 들더라. 약을 제대로 안 먹고 몰래 술을 마셨어. 병이 더 악화되더라고. 겨우 목숨을 건지고 나니 5년이 훌쩍 지나갔더라. 대학을 졸업한 뒤 취직한 녀석도 있고, 장가간다고 청첩장도 날아오고, 고시에 붙어 신문에 이름이 난 놈도 등장했지. 나? 나는 그냥 병자였어. 실망하여 신세 조진 놈……."

치숙은 말끝을 흐리며 내 얼굴을 거울 보듯 살폈다.

"많이 답답하지?"

"아뇨"

"네 맘 다 알아. 물론 신장이 아픈 거하고 폐가 아픈 건 달라. 최소한 1년은 학교 친구들하곤 다르게 조심하며 지내야 한다며? 그래도 넌 나처럼 병원에 입원하진 않았으니 불행 중 다행이지. 아니 차라리 불행도 아니라고 여겨버려라. 이 기회에 읽고 싶은 책 실컷 읽고 맘 편히 지내. 괜히 공부한답시고 의사 말 어기면 1년이 2년 되고

2년이 5년 된다. 1년은 없는 셈 치고 넘길 수 있지만 5년은 너무 길어. 지금 1년이 몰고 온 행운들을 깨달을 날이 올 거야. 두고 봐."

두고 보긴 싫어서 물었다

"행운들? 어떤 건데요?"

치숙은 7년 후 내가 다시 듣게 되는 문장을 읊조렸다.

"사랑하는 이를 기다릴 때든 글을 쓸 때든 조급하지 않을 거다."

"기다린다고요, 사랑하는 이를?"

"너도 언젠간 연애를 할 거 아니냐? 남자들은 대부분 조급하게 굴지. 하지만 어렸을 때 병마와 싸운 이는 달라. 차분히 기다리는 법을 알거든. 너도 폐결핵에 걸린 뒤부터 기다리는 일이 잦아졌지 않니?"

그랬다. 체육시간에 교실에 남아 혼자 옷과 소지품을 지키고 있노라면 빨리 시간이 흘러 친구들이 돌아오기만을 기다렸다. 어머니는 9시 저녁 뉴스가 시작되자마자 내 방 불부터 껐다. 읽던 책을 창에 비춰도 글자가 보이지 않았다. 다음 날 해가 뜰 때까지 그 다음 페이지에 담긴 이야기를 상상하며 기다렸다.

"비밀 하나 가르쳐줄까? 여자친구를 더 예뻐 보이게 만드는 방법 알아?"

"그런 방법도 있어요?"

"네가 더 오래 기다리면 돼. 기다리면 기다릴수록 아름답게 보인단다. 누군가를 기다리는 인내심을 키우는 덴 병보다 나은 게 없어."

치숙은 행운을 하나 더 들려줬다.

"폐병을 앓으면서도 훌륭한 작품을 쓴 작가들 이야기 들어봤어?"

"아뇨."

무릎걸음으로 방을 가로지르더니 책탑에서 익숙하게 책 세 권을 꺼내 왔다.

"김유정 단편집이다."

"《봄봄》읽었어요."

"참 맛깔나게 쓰지?"

남은 두 권이 궁금했다.

"이상의 시집과 소설이다.《오감도》와《날개》."

치숙이 눈을 맞췄다. 혹시 이것들도 봤어? 거짓말로 둘러대긴 어려웠다.

"《오감도》는 무슨 말인지 모르겠더라고요.《날개》는 재민 있는데 우중충해서 중간쯤 읽다가 덮었고."

치숙은 골방을 단 한 번도 잠그고 다닌 적이 없었으며, 책들을 모두 내게 개방했다. 책을 읽고 안 읽고는 전적으로 내 자유였다. 어머니가 골방에서 무엇을 읽었느냐고 물을 땐 동화책 몇 권과《이솝우화》혹은 어린이를 위해 축약된《그리스 로마 신화》라고 답했다. 믿지 않는 눈치면《신약성서》중 〈고린도전서〉를 외웠다. '믿음 소망 사랑 이 세 가지는 항상 있을 것인데 그중의 제일은 사랑이다'라는 구절을 어머니는 언제나 좋아했다.

"김유정과 이상이 5월의 앵두나무 그늘에서 대화를 나눈 거 알아?"

"그랬어요?"

"나도 아기한테 들었지. 나무들 사이에선 유명한 이야기래. 너도 나무들과 종종 이야기를 나눌 테니 명심해둬. 녀석들은 말이야 계절은 정확히 기억하는데, 그 계절이 몇 년도인진 몰라. 어떤 식이냐 하면, 이 나무는 저 나무가 나보다 키가 절반쯤 작았을 때라고 하고, 저 나무는 이 나무가 나보다 세 배나 새들이 자주 찾아왔을 때라고 하고, 그 옆 나무는 잎이 나랑 비슷하게 열렸을 때라고 하고, 건너편 나무는 내가 한 번 뿌리를 감으면 옆 나무가 두 번 뿌리를 감겨오던 즐거운 때라고 해. 나무들은 숫자를 몰라. 자기만의 경험을 숫자로 바꿔 강조하는 고약한 짐승은 인간뿐이야. 나무가 이상한 게 아니라 인간이 덜 떨어진 게지.

하여튼 폐병이 깊어지자 둘 다 도시를 떠나 시골로 요양을 갔어. 5월 하순 앵두나무 그늘에 한가롭게 나란히 앉아 이야기를 주거니 받거니 했대. 탁주 대신 찬물을 한 바가지씩 마셨다는구나. 김유정이 두 살 위였지만 둘은 친구로 지냈어. 이상이 물었지.

'요즘은 소설 안 쓰는가?'

'사무칠 때면 공책을 펼치곤 한다네.'

'무엇에 사무치는가? 서울에 두고 온 님이라도 있나?'

'내 마음의 풍광일세. 가득 차오른 이 바람과 빛을 문장으로 옮겨 보지도 못하고 사라질까 싶어 사무친다네. 자네는 어떠한가?'

'소설을 잠시 미루고 시로 옮겼는데, 지금은 수필을 쓴다네.'

'왜 소설을 미루나? 소설 쓰는 재미가 각별하다 자랑한 적이 어디 한두 번인가?'

'소설로 기어 들어가면 너무 안온해서 그렇다네.'

'안온하다?'

'소설에다가 아무리 많은 피를 토해도, 피비린내가 문장 밖으로 흘러나가진 않으니까. 나란 인간이 사라지더라도 이 세상은 별일 없이 잘 돌아가리란 느낌이 드네. 안온한테 기분은 무척 더럽지.'

'내가 먼저 죽을 게야. 사무쳐 하더라고 전해주게.'

'웬걸. 늘 내가 앞서왔으니 이번에도! 소설 속에서 편히 지낸다고 전해주게.'

'앞서거니 뒤서거니 가겠지?'

'그렇겠지.'

'오늘 우리가 나눈 이 이야긴 자네가 쓰겠나?'

'우리 둘 다 쓰지 말았으면 하네. 자네와 나만 아는 이야기도 하나쯤은 있어야 하지 않겠나? 써서 남기질 않으면 사라진 인간에 대한 아쉬움도 없는 법이라네.'

'그건 생텍쥐페리라는 불국佛國 비행사의 체험담과 비슷하군.'

'우리처럼 그늘을 좋아하는 작가지.'

'편지를 배낭에 가득 싣고 프랑스에서 남방으로 떠난 우편기가 사하라사막 근처에서 종종 불시착을 했다더군. 구조대가 망가진 우편기를 찾아내도 조종사까지 살리기 어려운 경우가 많았대. 불시착을 시도하다가 죽거나, 다행히 목숨을 건지더라도 강도를 만나 살해당하거나, 구조대를 기다리다 못해 사막으로 나섰다가 영영 돌아오지 않기도 한다더군. 구조대는 우편기에서 편지 배낭만 챙겨 이륙해. 조종사는 사라졌어도 배낭 속 편지는 수신인에게 배달되어야 하니까.'

'그리움 탓이라네.'

'그리움?'

'그리움을 견디지 못한 사람들이 편지를 쓰지 않았다면 조종사가 우편기를 몰 이유도 없겠지. 조종사가 사막 한가운데서 쓸쓸히 죽어 가지도 않았을 테고. 그러니 앵두나무 그늘의 한가로움까지 글로 남겨 친구나 독자들이 우리를 그리워하도록 만들진 말자고.'

'찬성일세. 나도 그리움으로 누군가를 죽이고 싶진 않네.'

이상이 먼저 앵두 한 움큼을 땄어. 김유정도 따라했고. 이상이 앵두를 씹어 삼키며 동의를 구했지.

'우린 이걸로 충분하지 않은가? 아직은 폐로 많은 공기를 들이마실 수 있고, 또 입 안에서 알알이 터지는 앵두를 맛볼 수 있으니 말일세.'

그리고 두 병자 겸 글쟁이는 앵두를 배불리 먹었다는군."

폐결핵에 걸린 이도 적지 않고 앵두나무 그늘에 앉아본 이도 적지 않겠지만, 폐결핵에 걸린 채 앵두나무 그늘에서 그리움을 논한 뒤 앵두를 따 먹는 이는 드물다.

"책은 언제 내요?"

기습당한 병사처럼 치숙의 눈이 커졌다.

"이상이나 김유정만큼 아팠잖아요? 앵두나무 그늘에 앉은 날은 그들보다 수백 배는 많고요. 이제 작품을 책으로 묶을 날만 남았네요."

내 볼을 꼬집었다. 아프다며 소리 지르고 싶었지만 참았다.

"책을 냈으면 좋겠어?"

"아니면 왜 그렇게 매일 나무 그늘에서 써요?"

골방의 원고진 왜 단 한 글자도 채우지 않는 건가요? 이어서 묻고 싫었지만 그것도 참았다.

"글을 쓴다고 꼭 책을 내는 건 아니란다."

즐거워 보이기도 했고 쓸쓸해 보이기도 했다. 어렸을 때 몸이 아픈 사람이 적지 않지만 그들이 모두 작품을 남기는 것은 아니다. 그렇다고 그날 내가 던진 질문이 억지스러웠을까. 치숙은 내게 두 작가를 소개하기 훨씬 전부터, 아마도 신장병에 걸린 고등학교 2학년부터 김유정과 이상을 마음에 담아두었으리라. 그들처럼 쓰고 싶었는지도, 그들처럼 죽고 싶었는지도, 그들처럼 책을 남긴 후 죽고 싶었는지도.

김유정과 이상이 뛰어난 작품을 남겼다는 사실엔 이견이 없다. 훗날 대학도서관에서 문헌을 뒤져봤지만 두 사람의 앵두나무 정담에 관한 기록은 없었다. 치숙이 병든 조카를 격려하기 위해 이야기 한 편을 지어 읊조린 것이다. 그는 그날 내게 김유정과 이상이 앵두를 맛있게 먹었다고만 했을 뿐 젊은 나이에 세상을 하직했다고 밝히진 않았다. 1937년 같은 해 숨을 거둘 때 김유정은 서른 살 이상은 스물여덟 살에 불과했다.

결핵은 1년 만에 나았다. 중학교에 진학해선 한동안 죽을 둥 살 둥 모르고 공만 찼다. 김유정과 이상의 소설을 국어시간에 배웠다. 20세기 전반기에 태어났더라면 나 역시 두 사람처럼 청년기를 넘기지 못했으리란 추측을 가끔 했다. 추측 때문에 우울했던 것인지, 우울함의 끝에 추측이 찾아든 것인지 헷갈렸다.

3

쓰고 읽고 보는 인간인 치숙은 그 셋을 위해 따로 공간을 마련했다.

앵두나무 아래 평상에서 앉거나 엎드려 글을 썼다. 영감이 떠오르면 다른 곳에서도 수첩을 꺼내들었지만 글쓰기에 집중한 곳은 그 평상이었다. 봄비가 한두 방울씩 떨어지는 오후였다. 치숙은 비가 오는 것도 잊고 글을 쓰느라 바빴다. 나는 슬그머니 다가가선 골방 앉은뱅이책상이 아니라 이곳에서 글을 쓰는 이유를 물었다.

"오만해지지 않으려고 그런다."

"오만해지다뇨?"

"자, 봐라. 저 산과 나무와 풀들! 참으로 아름답지 않니? 골방에서 벽만 보고 글을 쓰면 내 문장이 최고란 착각이 들어. 하지만 여기 이렇게 앉으면 주위를 돌아보기만 해도 내 글이 얼마나 부족한지 깨닫지. 너도 골방 구석에 처박혀 글 쓸 생각 말고, 조물주의 솜씨가 훤하게 보이는 밖으로 나와."

골방에선 사방 벽을 두른 책을 읽었다. 책탑의 높이는 일곱 권에서 열 권 사이로 일정했다. 매달 마산으로 나와 서점에서 한두 권의 신간을 구입하는 점을 감안한다면 치숙은 매달 한두 권을 골방 밖으로 가져나갔다. 따로 보관할 곳이 없으니 묻거나 태웠으리라.

무엇인가를 보려고 마련한 공간은 평상도 골방도 아닌 나무집이었다. 나무로 만든 집이자 나무 위의 집. 치숙은 그곳을 '검은 돛배'라고 불렀다. 앵두나무가 늘어선 중턱보다 50미터쯤 위, 그러니까 산봉우리 가까운 비탈은 밤나무 숲이었다. 가장 우람한 나무는 15미터를 훌쩍 넘겼다. 치숙은 그 나무 꼭대기에 집을 지었다.

내가 태어난 1968년 가을부터 다음 해 여름까지 일 년을 꼬박 몰두했다고 한다. 치숙은 가지 사이에 대충 걸친 집이 아니라 나무와 한 몸인 집을 원했다. 줄기나 가지를 자르지 않으려고 판자에 구멍을 뚫었다. 바닥과 천장을 기둥처럼 이은 줄기에 기대 앉아 꾸벅꾸벅 조는 것이 그가 누리는 가장 달콤한 즐거움이었다. 집 안에서도 사방이 보이도록 네 면을 텄다. 모서리 기둥을 따라 씌운 직사각형 나무판을 날개처럼 들리도록 만들었다. 새들이 가끔 날아들어 발꿈치를 쪼거나 무릎에 앉았다가 갔다. 비나 눈이 올 때만 나무판을 내려 막았다. 비를 맞고 싶을 때는 그마저도 열어뒀다. 여름밤엔 모기들을 쫓기 위해 빈 통조림 깡통에 모깃불을 피웠다. 연기가 숲으로 스몄다.

이 집이 '검은 돛배'라고 불리는 것은 특이한 지붕 때문이다. 치숙은 배를 본 따 평평한 지붕을 만들곤 갑판으로 삼았다. 이름은 검은 돛배지만 돛을 올리진 않았다. 집을 만드느라 사용한 목재는 옹이진 부분만 검은빛을 띠었고 대부분은 갈색이었다. 이물에 깃대를 높이 꽂았으나 깃발이 펄럭인 적은 없었다. 새들이 피곤한 다리를 쉬러 내려왔다가 가끔 날갯짓을 한 것이 전부다. 치숙은 갑판 위에서 대부분의 시간을 보냈다. 밤나무 아래에서 누군가 부르면 그의 머리가 갑판 밖으로 삐죽이 나왔다.

검은 돛배까지 가려면 밧줄을 타야 했다. 사다리를 만들라는 권유를 받았지만 밧줄을 고집했다. 혼자만 검은 돛배에 머물고 싶어서였는지도 몰랐다. 관대한 치숙이지만, 어린 조카들이 검은 돛배에 타는 것만은 허락하지 않았다. 흔들리는 밧줄을 잡고 10미터 넘게 오르는 것을 허락할 어른은 없었다. 어머니와 이모들은 밤나무 숲 근처에 얼씬거리지 말라고까지 했다. 아이들에겐 어른들 말을 듣지 않을 특권이 있다. 나와 외사촌들은 어른들 몰래 밧줄에 매달려보기도 했다. 일 미터도 못 오르고 미끄러졌다. 검은 돛배를 구경시켜 달라고 졸랐지만 그는 사람 좋게 웃기만 했다.

"올라가 봤자 볼 것도 없어. 헛힘 쓰지 말고 능선이나 뛰어갔다와."

치숙의 말은 거짓이었다. 소설가의 자질이 얼마나 능수능란하게 거짓말을 하는가에 달렸다면 그보다 타고난 재능을 지닌 이는 없으리라. 치명적인 비밀을 숨겨두었을 것만 같은 사람, 그가 바로 치숙이었다. 솔직히 질투가 났다. 검은 돛배엔 지상에서 보기 힘든 것들로 가득 차 있었다. 그는 이 좋은 볼거리를 내가 고등학교 2학년이될 때까지, 아버지가 고혈압으로 쓰러져 숨을 거둘 때까지 감췄다.

장례식을 마치고 보름 뒤, 치숙은 나를 앵두농장으로 불렀다. 4월초순의 오후였다. 국민학교 때는 봄여름가을겨울 가리지 않고 앵두농장을 드나들었지만, 폐병이 낫고 중학교로 진학한 후에는 5월 말앵두가 열릴 때만 농장으로 갔다. 그는 마산 시내 서점에 왔다가 우리 집에 잠깐씩 들렀다. 내가 학교에 머무는 시간이었다. 해가 지기전에 농장에 닿아야 한다며 냉수 한 잔 청해 마시고 서둘러 떠났다. 앵두나무 그들에 나란히 앉아 농담할 기회도 거의 사라졌다.

봄바람치곤 나뭇가지가 흔들릴 정도로 바람살이 셌다. 약속은

1시였는데 30분 일찍 핀란드 의자바위에 닿았다. 골방으로 갈까 하다가 앵두나무를 따라 걷기로 했다. 5월 주렁주렁 매달린 앵두만 봐온 탓에 만개한 앵두꽃이 낯설었다. 저토록 하얀 꽃이 붉은 열매로 50여 일 만에 바뀐다는 사실이 기적 같았다. 밑동에 옹기가 지거나 가지가 꺾인 나무 앞에선 잠시 멈춰 섰다. 시커멓게 움푹 들어간 부분을 손가락과 손바닥으로 쓸며 고통의 시간을 상상했다. 치숙이 정성을 다해 돌봤지만 아픈 녀석은 아프고 다치는 녀석은 다쳤다. 백 그루 중에서 죽어 넘어진 나무는 아직 없었다. 치숙의 자존심이었다.

치숙은 앵두나무 그늘도 아니고 골방도 아닌, 검은 돛배를 품은 밤나무 숲으로 나를 이끌었다.

"올라와볼 테냐?"

"네?"

치숙은 답을 기다리지 않고 군데군데 매듭을 묶은 밧줄에 긴팔원숭이처럼 매달렸다. 두 발목을 가위 모양으로 어긋나게 걸어 힘들이지 않고 쑥쑥 오르기 시작했다. 이런 날이 오기를 고대했었다. 하지만 과연 검은 돛배에 이를 수 있을까. 5미터쯤 올라간 그가 발놀림을 멈추고 내려다봤다. 그 눈은 묻고 있었다. 자신 없어?

밧줄을 쥐고 눈을 감았다. 단번에 밧줄을 오르는 내 모습을 상상했다. 치숙의 능숙한 몸놀림을 그 위에 얹었다. 눈을 뜨곤 신발과 양말을 벗었다. 그는 미끄러운 장화를 신고도 가볍게 매달렸지만 나는 발바닥의 실금 하나라도 더 밧줄에 붙여야 했다. 껑충 뛰어 양손으로 밧줄을 쥔 뒤 두 발을 뗐다. 그리고 방금 그가 한 것처럼 매듭에 두 발을 어긋나게 걸었다.

밧줄에 매달린 두 사내의 모습을 구경이라도 온 걸까. 바람이 몰아쳤고 뭉게구름들이 검은 돛배의 하늘로 모여들었다. 밧줄이 전후좌우 불규칙하게 흔들렸다. 손과 발과 엉덩이와 머리와 등과 어깨와 코와 눈이 따로 놀았다. 치숙은 그 와중에도 오르고 또 올랐다. 나는 빙빙 도는 밧줄에 매달려 버티기도 힘들었다. 이윽고 그가 검은 돛배 안으로 사라졌다. 순식간에 바람이 잦아들었고 맴을 돌던 밧줄도 멈췄다. 다시 눈을 감고 상상했다. 팔을 올려 뻗어 잡고 개구리처럼 다리를 밀었다가 당긴다. 한 번에 한 매듭씩!

상상은 상상이고 현실은 현실이었다. 열일곱까지 나뒹군 횟수를 셌고 그 후론 셈하는 것조차 힘들었다. 손바닥과 발목의 살갗이 벗겨지고 피가 흘렀다. 밧줄에 상처가 닿자 칼에 베인 듯 아렸다. 내 몸이 땅에 부딪치는 소리와 터져 나온 비명을 들었겠지만, 치숙은 없는 사람처럼 굴었다.

그는 생각한 대로 말하고 말한 대로 행동하는 사람이었다. 나는 밧줄 하나도 못 오르는, 생각과 몸이 따로 노는 고등학생에 불과했다. 그래도 여기서 포기하긴 싫었다. 오기가 생겼다.

열여덟 번째로 밧줄에 매달렸을 때 갑자기 눈물이 흘렀다. 아버지가 숨을 거뒀고 어머니는 몸져누웠다. 미성년자인 나는 졸지에 상주喪主로 장례를 마쳤다. 그리고 지금 밧줄에 매달리고 매달리고 또 매달리는 중이었다. 평생 이렇게 혼자 매달릴지도 몰랐다. 나를 지킬 사람은 나뿐이었다.

두 시간 만에 겨우 검은 돛배에 승선했다. 나무집은 텅 비었다. 앉은뱅이책상 하나 책 한 권 없는 완전히 빈 공간이었다. 정수리로 음악이 흘러내렸다. 밧줄을 당겨 검은 돛배의 갑판으로 올라섰다.

치숙은 산 아래를 바라보며 앉아 있었다. 앵두농장이 들어선 산보다 두 배는 더 높은 산이 철길을 아울러 병풍처럼 솟았다. 산과 산 사이 곧게 뻗은 4차선 도로로 차들이 속도를 높여 달렸다. 화물을 가득 실은 대형 트럭들이 마산 수출자유지역과 창원 기계공단으로 24시간 내내 오갔다.

치숙 곁엔 소주 두 병과 사각전지를 감은 라디오가 놓였다. 내가 밧줄과 씨름하는 동안 한 병을 비우고 나머지 반 병 정도 이미 마셨다. 그는 라디오를 분신처럼 지니고 다녔다. 일제 소니 라디오라고 자랑했지만 성능은 별로였다. 안테나를 길게 뽑고 한참을 이리저리 휘저어야 겨우 소리가 들렸다. 내가 잡은 주파수에선 잡음이 잔뜩 섞였지만 그는 쓱쓱 몇 번만 돌려도 맑은 음악이 흘러나왔다. 나란히 앉았다.

치숙은 평생 라디오로만 음악을 들었다. LP나 CD를 위해 따로 기기를 구입하지 않았다. 퍼스널 컴퓨터도 쓰지 않았기에 그가 음악을 듣는 방법은 오직 라디오뿐이었다. 나무에 오르고 지게를 지고 밭을 일구고 그늘에서 단상을 끼적이는 낮이나 골방에서 책을 읽는 밤에도 항상 라디오를 은은하게 틀어놓았다. 들려도 들리는 것이 아니고 안 들려도 안 들리는 것이 아닌, 공기와 물과 흙과 나무에 어울리는, 공기가 되고 물이 되고 흙이 되고 나무가 되는 소리였다. 그는 DJ의 수다를 싫어했다. 음악채널 하나를 고정시켜 두고 10년을 꼬박 들은 적도 있었다.

시인 나짐 히크메트 역시 라디오를 아꼈다. 터키 감옥에 수감된 그는 수천 킬로미터 떨어진 소련 모스크바에서 연주되는 쇼스타코비치의 교향곡을 라디오를 통해 들었다. 자신이 갇힌 감옥이 아니라 감옥 밖 라디오가 전하는 세상을 '여기'라고 적었다. 치숙도 비슷한 이야기를 한 적이 있다.

"라디오가 없었다면 농장은 창살 없는 감옥이지. 앵두나무에 붙어사는 벌레와 내 꼴이 다른 게 없으니까. 하지만 라디오에서 흘러나오는 음악에 빠져들면 몸과 맘이 순식간에 둥둥실 떠오르지. 고저와 장단을 따라 지구를 돌고 머나먼 우주로 날아간다고. 농장이 여기가 아니라 음악과 함께 돌아다닌 그곳이 꼭 여기 같다니까."

그날 나는 치숙이 소설뿐만 아니라 시도 쓰고 있을 것이라고 믿었다.

내게 소주병부터 밀었다. 병째 들고 한 모금 마셨다. 밧줄과 두 시간을 다투느라 입술까지 바싹 말랐다. 목을 축일 수만 있다면 물이든 술이든 상관없었다. 입과 목과 가슴이 뜨거워졌다. 여가수의 목소리가 높고 길게 흘러나왔다. 가사를 몰라도 칭칭 감기는 음색이 천 년 동안 고인 눈물처럼 진했다. 치숙이 내게서 병을 빼앗아 끝까지 비운 뒤 말했다.

"파두Pado 알아?"

"파두?"

"숙명이란 뜻이지. 노래 제목이 아니라 장르 이름을 숙명이라고 짓다니, 포르투갈 사람들도 지독한 고통의 기억이 많나 봐. 파두를 들을 때마다 그런 생각이 들더라. 우리에게 아리랑은 뭘까?"

나는 답을 하는 대신 벌떡 일어났다. 앞산 솔숲에서 날아오른 꿩의 눈에 선글라스 같은 색안경이 씌워졌던 것이다. 잘못 봤을까. 한 마리가 더 그보다 위로 날아올랐다. 분명히 선글라스 쓴 꿩이었다.

"짜식들, 아직 살아 있었네."

고개 돌려 치숙을 보았다.

"저 꿩들을 아세요?"

"알다마다. 내 것이니까."

"내 것?"

꿩이 어찌 치숙의 것이란 말인가.

그때 갑자기 꿩 한 마리가 갑판으로 날아들었다. 내 가슴을 두 발로 할퀸 뒤 빈 술병을 덮쳤다. 나는 엉덩방아를 찧으며 쓰러졌다. 꿩은 날아가지 않고 고개를 빳빳하게 든 채 노려보았다. 녀석도 선글라스를 쓰긴 마찬가지였다. 눈싸움이라도 벌일 기세였다. 내게 무척 불리한 대결이었다. 녀석은 눈을 가렸고 나는 밤을 새우며 장례를 치르느라 눈에 핏발이 가득했다. 너무 당당하게 노려보니 좀도둑이라도 된 기분이었다. 치숙은 나와 꿩의 대결이 흥미로운지 끼어들지 않고 구경만 했다. 가까이에서 보니 꿩이 쓴 것은 안경이 분명했다. 가슴이 아렸다. 녀석의 발톱에 가슴을 뜯긴 것이다. 점퍼를 걸치지 않았다면 살갗까지 다쳤으리라.

라디오에서 곡명이 바뀌며 시끄러운 북소리가 터져 나왔다. 놀란 꿩이 갑판 아래로 사라졌다.

"저것들은 다 뭐예요?"

치숙은 벌러덩 누워 웃음을 터뜨렸다. 갑판을 손바닥으로 퉁퉁 때리며 한참을 킬킬거렸다. 나는 꿩 두 마리의 궤적을 그리며 가슴을 꾹꾹 눌렀다. 라디오에선 어느새 파두가 흘렀다. 곁에 나란히 눕자 그가 이야기를 시작했다. 그 이야기는 다음 날 낮잠에서 고스란히 꿈으로도 나왔다.

"2년 내리 흉작이었지. 나무들만 쳐다보다간 굶어죽겠단 생각이 들더라. 돈이 넉넉하다면 젖소를 키워보는 것도 좋겠지만 당장 거금을 마련하긴 어려웠지. 그때 저 아랫동네에 사는 허풍쟁이 김가를 만났어. 같이 술을 한잔했지. 김가가 권하더라고. 꿩을 한 번 길러보라고 말이야. 김가가 5년 전부터 꿩을 키운단 소린 들었지. 요즘 꿩고기를 찾는 사람이 늘어 돈을 제법 만진다더군.

매형에게 꿩 살 돈을 꿨지. 사육장은 내가 직접 만들었어. 김가가 반값에 준다며 새끼 꿩 쉰 마리를 팔았고. 어느 정도 자신은 있었어. 어렸을 때부터 닭을 늘 키워왔으니까. 그런데 꿩이랑 닭은 완전히 다르더라고. 야생의 습성이 남아서 조금만 불편한 구석이 있으면 자기들끼리 치고받고 싸웠지. 싸우다가 죽은 꿩이 열 마리가 넘어.

덩치가 커지니 싸우는 횟수도 늘고 상처도 깊어지더군. 그 즈음 놈들에게 색안경을 씌웠어. 그래, 방금 네가 본 선글라스처럼 생긴 색안경. 그걸 써야 운동량이 줄어들어 살이 빨리 찌고 육질도 좋아진다더군. 또 서로를 자극하여 싸우는 일도 줄어들고 말이야. 김가가 색안경 파는 집을 소개하겠다고 했지만 내가 그냥 다 만들었어. 철사를 구부려서 안경 모양을 내고 색이 들어간 반투명 비닐을 둥글게 잘라 양쪽 눈알에 붙이면 끝이니까. 문제는 그 색안경을 꿩들에게 씌우는 것이었지. 놈들이 잽싸게 달아나거나 발톱을 세우고 공격해오는 바람에 팔이랑 목에 꽤 많은 상처가 났어. 어찌어찌 색안경을 겨우 다 씌웠더니, 날뛰며 싸우는 횟수가 정말 확 줄더라고. 한시름 놨지.

그런데 시청에서 사람이 나왔어. 귀찮다고 전기요금도 받으러 오지 않았었는데 말씀이야. 통지문 하나를 주더군. 앵두농장이 개발제한구역인데 허가도 받지 않고 함부로 꿩 사육장을 지었으니 일주일 안에 허물고 원상복귀 시키라고. 벌금이 그 아래 적혀 있었어. 꿩을 전부 팔아도 부족한 거금이었지.

어떻게 소식을 들었는지, 다음 날 김가가 올라와선 내 사정이 딱하니 꿩을 사겠다 하더라고. 그런데 제값을 다 내긴 어렵고 4할만 받으래. 멱살을 잡고 싸웠지. 네놈이 시청에 몰래 일러바친 것 아니냐고 고래고래 고함을 질렀어. 물증은 없지만 욕심쟁이 김가라면 천벌 받을 그딴 짓을 하고도 남아.

김가를 보내고 하도 열불이 나서 소주를 마셨지. 바로 이 자리에서 세 병인가 네 병을 계속 들이부었어. 그러곤 기억이 군데군데 끊겨. 밧줄을 탄 기억이 없는데 어느 순간 보니 땅에 내려와 있더라고. 사육장으로 가서 낫을 들었지. 꿩을 다 죽이고 나도 죽자 이런 생각이었나 봐. 그런데 꿩들이 푸드득 달아나니까 날쌘 놈들을 따라다니며 낫을 휘두르기도 힘들었어. 애꿎은 철망에게 화풀이를 했지. 낫으로 철망을 내리쳤던 거야. 철망에 낫이 걸리자 그걸 빼낸다고 또 낑낑거렸어. 어른 하나가 빠져나갈 큼지막한 구멍이 생겼지. 낫을 내던지고 앵두나무 평상까지 와선 쓰러져 잠들었어.

다음 날 꿩 울음에 눈을 떴지. 아주 가까이에서 들렸으니까. 내 머리 위 가지에 한 마리가 앉았더라고. 색안경을 멋지게 척 하니 쓰고 말이야. 놀라서 일어나려는데, 놈이 날아오르며 찍 하고 똥을 쌌어. 그동안 당한 걸 복수라도 하듯 내 얼굴에 정통으로 떨어졌지. 대충 씻고 사육장에 달려가니 한 마리도 남아 있지 않더군. 전부 철망을 빠져나간 거야.

나흘 꼬박 빈 사육장을 허물었지. 다신 꿩 같은 건 키우지 않겠다고 이를 갈면서. 네 아버지, 그러니까 매형이 돌아가시기 엿새 전 일이야. 그날부터 가끔 꿩들이 저렇게 날아올라. 훨훨 자유롭게 날아가도록 할 생각이었다면 색안경이라도 벗겨주는 건데……. 눈에 시커먼 걸 씌워놨으니 멀리 날지도 못하고 산 주위만 맴도는 거지. 오래가진 못할 거야. 저러다 족제비나 삵에게 잡혀 먹히겠지. 그게 저놈들 팔자요 운명이야. 그렇지, 파두라고. 어쨌든 녀석들이 사육장 안에 있든 밖에 있든 색안경을 쓴 저놈들 주인은 바로 나야. 나라고."

황혼을 건너뛰어 밤이 깊을 때까지 잤다. 장례를 치르느라 등을 바닥에 대고 편히 누울 여유가 없었던 것이다. 치숙이 건넨 소주까지 마시고 나니 졸음이 몰려들어 팔다리와 가슴과 배를 사정없이 눌렀다. 부자父子가 함께 농장을 거닐기도 했지만, 이제 나는 허공에 아버지는 지하에 있었다. 잠들면 다 마찬가지일까. 깨지 않는 길고 긴 잠에 빠지면 허공도 지하 같고 지하도 허공 같을까.

쿡쿡.

바닥을 찧는 소리에 눈을 떴다. 꿩이 또 온 걸까. 다시 눈을 감았다가 떴다. 라디오의 음악은 멎었고, 밤하늘 별들이 나를 향해 쏟아질 듯 가득했다. 별과 나 사이엔 아무것도 없었다. 마산에서도 더러 밤하늘을 살폈지만 검은 돛배에서처럼 많지도 않았고 빛나지도 않았다.

쿡 쿡쿡.

다시 들렸다. 고개를 돌렸다. 치숙이 꿇어앉은 채 하늘과 갑판을 번갈아 쳐다보았다. 턱과 어깨가 절도 있게 꺾였다. 이 세상에서 가장 먼 곳을 살피는 눈망울이었다. 오른손에는 송곳이 들렸다. 별의 위치와 밝기를 확인하곤 송곳으로 갑판을 파는 데 열중했다. 방금 만든 홈이 마음에 들지 않는 걸까. 고개를 저은 뒤 오랫동안 밤하늘에 한숨을 섞었다. 나는 조용히 곁으로 갔다.

"뭐하세요?"

"별 옮기는 중."

"옮긴다고요, 별을?"

갑판을 디딘 손바닥이 까끌까끌했다. 거기도 작은 홈이 나 있었다. 고물 쪽 절반이 크고 작은 홈으로 가득했다. 긴 밤 어두운 갑판에서 책도 읽지 않고 글도 쓰지 않고 무얼 할까 궁금했는데, 별빛에 기대어 갑판으로 별을 이주시켜온 것이다. 치숙이 하늘을 우러른 채 말했다.

"밤하늘은 단 하루도 똑같지 않아. 매일매일 유일무이한 방식으로 반짝이지. 누가 지었는지 모르지만 천문학天文學이란 말, 정말 근사해. 하늘의 문학, 똑같은 인생과 똑같은 소설이 없듯 똑같은 밤하늘도 없어."

"매일 별을 옮기셨습니까?"

"매일? 그랬다면 벌써 갑판을 채웠겠지. 욕심 부리진 않아. 어찌 저 많은 별을 모두 갑판에 새기겠어? 기억하고 싶은 밤이 있으면 송곳을 들곤 해. 계절에 서너 번 새길까말까지. 보기보단 별을 새기는 일이 힘들어. 위치와 밝기를 구분하기도 쉽지 않고, 하늘과 갑판을 번갈아 보면 빙빙 어지럽기도 하고. 음악이나 들으며 곤한 잠을 청하는 편이 백 배 낫지. 하지만 어떤 밤엔 별이라도 곁에 두지 않고는 견딜 수 없을 만큼 외롭더라고. 그럴 때 송곳을 잠시 놀리는 거야. 군데군데 새겨둔 별들을 보노라면 그 외로움들이 떠올라. 누군가를 안다는 건 그 사람의 외로움을 안다는 것이야. 그리고 그 외로움을 어디로 옮겼는지 안다는 것이고. 시간이 지나도 영원히 사라지지 않는 찰나가 있어. 내가 판 홈은 그 찰나를 담은 마음의 별자리라고나 할까."

기억하고 싶은 밤은 울고 싶은 밤이 아닐까. 송곳으로 판 홈들은 치숙이 원하는 별들의 모음이자 그 별에 이르지 못한 자가 흘린 눈물의 샘일 것이다. 빛이 내려와 어둠이 되는 곳, 그래서 이 집의 이름이 검은 돛배이리라. 추측을 확인하기 위해 물었다.

"오늘 별을 옮긴 이유 뭔가요?"

"네 아버진 내게 특별한 분이셨어. 친형제보다 더 나를 잘 이해하셨지. 앵두나무와 함께 늙어가겠다는 바람을 지지해주셨고. 한 번 새겨볼래?"

"아버지의 별은 벌써 옮겼잖아요?"

치숙이 눈으로만 웃었다.

"아버지의 별이 딱 하나뿐이라고 생각해? 난 내 방식대로 별을 골라 옮긴 거고, 넌 네 방식대로 해. 만국공통어처럼 통하는 별자리 따윈 관심 없어. 한 작품에 무수한 해석이 가능하듯 별 하나에도 다양한 의미를 매달 수 있다고. 지금 오른손에 송곳을 든 나는 내 별판의 신이고, 또 너는 네 별판의 신이야. 어때?"

치숙이 다시 권했다. 나는 송곳을 쥔 채 밤하늘을 훑었다. 목침처럼 뭉친 별무리가 눈에 들어왔다. 아버지와 나란히 잠들었던 오후가 떠올랐다. 나는 그 별들을 옮기기로 했다. 어림짐작으로 직사각형을 그린 뒤 송곳을 대고 눌렀다. 눈물이 차올라왔다. 힘껏 더 힘껏 별들을 그러모았다.

4

앵두농장에서 밤을 보낸 적은 드물었다. 야산 중턱이라 해가 빨리 기울었다. 치숙은 오후 4시면 하산을 종용했다. 밤이라고 해봤자 골방에서 책을 읽거나 검은 돛배에서 별을 바라는 것이 전부이지만, 치숙은 그 시간을 다른 이와 나누는 데 인색했다.

1987년 2월 중순, 고집을 부려 농장에서 치숙과 함께 하룻밤을 보냈다. '함께'라고 적었지만 맞는 말이기도 하고 틀린 말이기도 하다. 우리는 분명 농장에 머물렀지만, 그는 나를 골방에 남겨둔 채 사라진 것이다. 십중팔구 검은 돛배로 갔으리라. 곁에 누가 있으면 불편해서 잠들지 못한다고도 했다. 내가 대학과 대학원을 다니느라 서울에 머문 8년 동안 그는 연애를 하고 결혼도 했다. 함께 잠들지 못하는 습관에서 외숙모는 예외였던가 보다.

검은 돛배로 갈까 잠시 생각했지만 그만두었다. 내가 갑판에 오르면 치숙은 다른 곳으로 피할 것이다. 농장의 2월은 추웠지만 하룻밤 숨을 곳은 많았다. 앵두에 관한 시를 몇 줄 썼다. 완성시키진 못했다. 벽에는 국민학교 시절 내가 쓴 글들이 여전히 액자로 걸려 있었다. 무엇이든 시작하고 어떻게든 되겠지 하며 열심히 걷던 흔적이었다. 지금은 끝맺음이 두려워 시작부터 주저하는 글이 점점 늘었다.

새벽에 골방으로 돌아온 치숙이 백열전구를 켰다. 4시를 갓 넘겼다.

"오늘 상경한다며?"

눈을 부비며 이불을 걷고 앉았다. 대학에서 보낸 안내문에 따르면 지방 학생을 위한 기숙사로 오늘 오후 3시까지 들어가야 했다. 살아생전 아버지는 치숙과 가끔 내 진로를 의논했다. 경영대나 법대가 아버지의 바람이었지만 치숙은 내 뜻을 존중하라고 권했다. 재작년 봄 갑판에 별을 새긴 후 나는 국어국문학과에 가기로 마음을 굳혔다. 쓰는 인간으로 살리라 예감했지만, 시에 깃들지 에세이를 즐길지 비평에 마음을 빼앗길지 혹은 논문에 몰두할지 몰랐다. 소설만은 전혀 머릿속에 없었다. 소설은 치숙처럼 끈질기게 나날을 채우는 자들에게만 허락된 둔중하고 고결한 글쓰기라고 여겼다. 그에 비해 나는 한없이 가볍고 얇았다.

4시 30분에는 골방을 나서서 하산한 후 첫 시외버스에 올라 마산 집에 도착하여 짐을 들고 터미널로 가서 고속버스를 타고 서울 강남터미널에 내려 지하철을 이용하여 학교 뒷문 근처 역에 도착한

다음 마을버스로 기숙사까지 가야 했다. 따라오겠다는 어머니를 막았다. 치숙과 상경 전에 하룻밤을 보내겠다는 것부터 고집의 시작이었다.

치숙이 책탑 두 군데에서 책 한 권씩을 뽑아왔다. 어깨 너머로 가늠했다. 문학이론서를 쌓아두는 곳이기에 손길이 닿지 않던 책탑이었다.

"두루두루 도움이 될 게다."

입학 선물인 셈이다. 한 권은《발터 벤야민의 문예이론》이고 또 한 권은《게오르그 루카치》였다. 나는 이 이론서들 대신 앙드레 말로가 쓴《피카소와의 대화》라든가 릴케가 지은《말테의 수기》를 얻었으면 했다. 피카소의 그림과 릴케의 시를 그 겨울 좋아했던 것이다. 바꿔달란 말을 꺼내기 멋쩍어 두 책을 가방에 챙겼다. 치숙은 핀란드 의자바위까지만 배웅을 나가겠다고 했다. 나는 골방을 나서며 물었다.

"왜 일어일문학과에 가셨어요?"

5년 동안 신장병을 앓은 후 마산의 사립대학에 입학했다. 치숙이 고른 과는 일어일문학과였다. 골방에는 일본 소설도 많았지만, 도스토예프스키, 톨스토이, 푸시킨, 고리키로 대표되는 러시아 소설과 까뮈, 사르트르, 앙드레 말로, 생텍쥐페리, 발자크, 졸라로 대표되는 프랑스 소설이 더 많았다. 치숙은 그 책들을 번역본뿐만 아니라 원서로도 읽었다. 노어사전과 불어사전이 앉은뱅이책상 짧은 다리 옆에 놓였다. 일어사전은 없었다.

치숙이 마루에 걸터앉아 신발을 신다 말고 올려다보았다. 나는 골방에서 읽은 일본 소설가들의 이름을 낱말 풀듯 짚었다. 가와바타 야스나리, 아베 고보, 오에 겐자부로…….

"엔도 슈사쿠 때문이라고 하면 지나칠까."

엔도 슈사쿠의 소설은 골방에 단 한 권도 없었다. 치숙이 덧붙였다.

"너무 끔찍해서…… 슈사쿠 책만 모아 불질러버렸어. 방에 두면 싫어도 자꾸 읽게 되고, 읽다보면 그어버리고 싶더라고."

치숙의 손목으로 눈이 갔다. 지금까지 그는 칼로 손목을 세 번 그었다. 죽음에 이르려는 의지와 삶에 깃든 미련이 주저흔으로 따라다녔다.

"《침묵》정돈 읽어둬도 좋겠지. 더 이상은……. 늦겠다. 서둘러 가거라."

손을 내미는 대신 한 문장을 덧붙였다.

"행복한 여행자였으면 싶다."

그땐 내게 건넨 충고라고 여겼는데, 치숙 자신을 향한 다짐이기도 했을 것 같다.

서울 강남고속버스터미널 서점에 들렀지만 엔도 슈사쿠의 소설은 없었다. 기숙사에 짐을 풀었고 며칠 뒤 입학식을 했다. 대학생활의 시작이었다.

개강하고 겨우 닷새 만에 치숙이 추천한 소설을 떠올렸다. 금요일 오후였다. 학생들이 마스크를 쓰고 스크럼을 짠 채 교문으로 내려갔다. 신입생인 나는 대운동장 언덕에 서서 지켜보았다. 남영동 대공분실에 끌려가서 물고문으로 목숨을 잃은 학생에 대해 탁 하고 치니 억 하고 죽었다며 대충 넘어가려는 정부에 맞선 행진이었다. 구호나 노래보다 그 침묵이 뜨겁게 나를 흔들었다.

《침묵》을 구해 읽지는 않았다. 앵두농장도 엔도 슈사쿠도 1987년 대학에 입학한 내겐 너무 먼 이야기였다. 멀리 있는 것들이 더 소중하다는 이치를 그 봄엔 몰랐다. 다른 세상으로 옮겨왔다고 믿었다.

3월의 행진은 4월에도 계속되었다. 수업을 빠졌고 중간시험을 거부했다. 소설 한 줄 못 썼지만 문장을 지어내느라 분주했다. 아침부터 저녁까지 대자보를 채우고 성명서를 베꼈다.

치숙이 기숙사에서 기다린다는 소식을 들은 것은 교문까지 침묵 행진을 마친 금요일 해질 무렵이었다. 5월 중순을 지났으니 앵두농장에서 붉음이 쏟아지기 직전이었다. 수확 준비로 바쁜 치숙이 서울까지, 그것도 나를 만나러 찾아온 것이 믿기지 않았다. 기숙사 방문을 열었다. 그는 양팔을 책상에 얹고 엉덩이를 뺀 채 서 있었다. 고개 돌리지 않고 물었다.

"책은?"

치숙의 골방 책탑에 비할 정도는 아니지만, 스무 권 가까운 책을 책상에 쌓아두고 읽었다. 그런데 경찰이 기숙사까지 뒤진다는 소문이 도는 바람에 급히 어제 치운 것이다. 탐독하던 책엔 금서로 분류된 1980년 광주에 관한 수기와 사진집도 들어 있었다. 자초지종을 설명하려는 순간 짧은 질문이 또 날아들었다.

"글은?"

두 질문이 너무 날카로웠던 탓일까. 나는 설명 대신 반박으로 방향을 바꿨다.

"책 읽고 글 쓰는 게 전부가 아닙니다."

"아니면?"

"따지려고 오신 겁니까?"

"집으로 통지가 왔다, 네가 중간시험을 한 과목도 치르지 않았다고. 나도 오고 싶어서 온 게 아니야."

어머니가 치숙의 등을 떠민 것이다. 학사 경고는 각오했지만 학교에서 학부모에게 직접 연락을 취할 줄은 몰랐다.

"시험을 치고 안 치고는 제 자유입니다."

"작품에 몰두하느라 그랬다면 당연히 네 자유지. 하지만 책도 안 읽고 글도 안 쓰면서 시험에 들어가지 않은 건 자유가 아니야. 게으름이지. 최소한의 노력도 쏟지 않다니, 실망스럽구나."

"글은 나중에 써도 늦지 않습니다."

"아니! 늦어. 중요한 작가들은 삶의 고비에서 늘 먼저 썼다. 상황을 핑계로 삼고 처지에 양보한 놈치고 제대로 된 글을 남긴 적이 없어."

"쓰는 게 무조건 최선은 아닙니다. 쓰지 않고도…… 쓰지 않아야 할 때도 많습니다."

치숙이 나를 노려보았다. 어색한 침묵이 흘렀다.

"들떴구나."

"그런 적 없습니다."

"겨우 석 달 만에 골방을 잃었군."

"여기가 제 골방입니다."

"사랑하는 이를 기다릴 때든 글을 쓸 때든 조급해선 안 된다고 하지 않았어?"

"조급한 사람일수록 익지도 않은 글을 끼적이죠."

앵두농장에서였다면 멀리 풍광을 내려다보며 치숙의 마음을 잠깐이라도 헤아렸을 것이다. 이곳에선 눈앞의 상대에게 밀리지 않는 법부터 배웠다.

"타락했어."

"말씀이 지나치십니다."

"나는 매일 앵두나무 백 그루를 돌봐. 미세한 차이까지 찾아낸다고. 넌 온전히 네 몸과 맘을 들여다보는 게냐? 다람쥐 쳇바퀴처럼 돌아가고 있는 건 아니고? 오늘의 먹구름이 어제의 햇살과 어찌 이어지고, 내일의 장대비와는 또 어찌 다투는지……."

말허리를 잘랐다.

"충고 필요 없습니다. 돌아가세요."

"네가 무시할 건 이 세상에 단 하나도 없어."

"무시하지 않습니다."

"지금 나를 무시하고 있잖아?"

"아니에요."

"아니란 걸 설명해봐라, 그럼."

치숙이 움직이지 않았으므로 내가 기숙사를 나왔다. 교문으로 내려갔지만 정리 집회까지 마친 뒤였다. 교문 앞 학생주점으로 걸어가선 행진을 함께한 이들을 찾아 술을 마셨다.

서운했다. 이 봄 내내 문학 작품을 가까이하지 않고 글을 쓰지 못한 것은 맞다. 하지만 그보다 중요한 일이 매일매일 턱밑까지 쌓였다. 써야 할 때가 있고 살아내야 할 때가 있다. 치숙이라면 스무 살의 열망을 이해해주리라 믿었던 것이다. 그러나 그는 내 삶을 타락으로 규정했다. 치숙을 세상물정 모르는 촌부로 취급해선 안 된다는 것을 누구보다도 내가 더 잘 안다. 그는 앵두농장에서 자기만의 방식으로 보편을 고민하며 본질을 향한 질문을 만들어왔으니까.

그 밤 나는 비겁했다. 예전의 나라면 서운하더라도 치숙의 눈을 보며 말했을 것이다. 급히 마신 술 몇 잔에 취기가 오르자 기숙사로 돌아가고 싶지 않았다. 단둘이 앉아 읽고 쓰는 삶을 이야기할 자신이 없었다. 나는 치숙을 앵두농장에서만 만났다. 그가 농장을 떠나 내가 있는 서울특별시로 온 것 자체가 어색하고 불편했다.

다음 날 아침 기숙사로 돌아갔다. 치숙은 귀향하고 없었다. 빈 책상 위엔 검은 비닐봉지만 덩그러니 놓여 있었다. 매듭을 풀고 열었다. 앵두였다. 올해 첫 수확을 내게 가져온 것이다. 한 움큼 쥐었다. 으깬 앵두에서 붉은 물이 흘렀다. 손목을 타고 내려 빈 책상으로 떨어졌다. 핏물 같았다.

5

이렇게 앵두의 시간에 관한 습작 네 편을 망설이다가 치숙에게 건넸다. 첫 원고에 적힌 메모에 의하면 1995년 12월 27일의 일이다.

나는 이 습작들을 영영 잃어버렸다고 생각했었다. 치숙에게 돌려 받아 소설 원고만 보관하는 종이상자에 넣어둔 기억이 또렷하다. 진해에서 장교 복무를 마치고 서울로 올라간 1998년 6월, 종이상자를 통째로 분실한 것이다. 다른 원고는 파일을 확인하여 되살렸지만, 원고지에 연필로 쓴 네 편은 찾을 길이 없었다.

별도 옮겨 눈물로 새기는 영혼이 치숙이란 사실을 간과했다. 한 가지 가능성을 빠트린 것이다. 다시 내게 돌아온 소설들은 그가 정성껏 베낀 것이다. 활달한 그의 필체가 물증이다. 원본은 사라지고 필사본만 남은 셈이다. 앵두의 시간 연작에서 나는 단지 일인칭 화자話者였고 이야기의 주인공은 치숙이니, 따로 간직하고 싶다는 생각이 들었을 법도 하다.

세 편은 그럭저럭 단편소설의 꼴을 갖췄지만 마지막 편은 분량도 적고 이야기를 하다 만 느낌이 들었다. 대학 시절을 본격적으로 다루려면 다른 방식의 글쓰기가 필요하다 여기고 중단한 걸까. 내가 쓴 원고인데도 왜 하필 여기서 멈췄는지 가물가물했다.

치숙은 필사를 하며 문장에 밑줄을 긋기도 하고 단어에 동그라미를 치기도 했다. 곁에 있었다면 밑줄 그은 이유를 물었으리라. 다른 맥락에서 그가 던진 반문이 떠오른다.

"넌 소설가가 하는 말을 믿니?"

단호한 답을 스스로 내렸다.

"난 안 믿어. 어차피 픽션, 거짓을 만드는 인간들이야. 진실을 위한 거짓이라고들 하지만, 그건 오래 다듬었을 경우에만 해당돼. 생각나는 대로 지껄인다면 소설가의 말이라고 진실이 담기진 않아. 누군가와 대화를 나눌 때, 특히 공식적으로 그 자리가 기록에 남을 듯

하면, 자신을 과시하며 허풍을 떨거나 허언증 환자처럼 구는 소설가도 많아. 말을 믿지 말고 글만 믿어!"

일곱 살부터 기억을 더듬어 봐도 앵두농장에서 치숙의 글을 읽은 적이 없다. 그는 멀찍이 앉아서 수첩이나 공책에 쉼 없이 뭔가를 끼적였지만, 그것들을 타인의 손이 닿는 곳에 두지 않았다. 이야기를 말하고 말하고 또 말했을 뿐이다.

치숙의 감식안은 뛰어났다. 1970년대 초에 대학교를 다닌 일군의 소설가와 시인과 비평가가 읽고 쓰고 논한 작품들을 그 역시 섭렵했다.

소설가로 등단한 후 선배 작가를 뵙는 것은 큰 기쁨이었다. 처음 인사하는 자리에서도 재회한 듯 나 혼자 반가웠다. 컴컴한 천장에 그려봤던 황야의 이리 같은 느낌은 적었다. 골방에서 문예지를 어루만지던 소년이 자라 이야기꾼이 되었으니, 그들도 젊음이나 방랑보다는 절제나 성숙이란 단어가 어울리는 나이에 이른 것이다. 함께 밥을 먹기도 하고 차를 마시기도 하고 가까운 여행지에서 한 방을 쓰며 술을 마시다가 잠들기도 했다. 가끔 나는 골방 문예지 책탑에서 읽었던 그들의 작품을 추억했다. 여러 사정으로 문예지에만 발표하고 소설집에 싣지 못한 작품까지 기억해줘 고맙다는 인사를 받기도 했다. 나는 문득 깨달았다. 그들의 글은 읽었지만 치숙의 글은 읽은 것이 없구나.

나는 기다렸는지도 모른다. 빛나는 감성으로 스무 살 이쪽저쪽에 등단하는 작가도 있지만, 삶의 힘겨움을 버티며 여러 직업을 전전하면서도 글쓰기를 포기하지 않고 이어가다가 늦은 나이에 세상으로 나오는 작가도 있는 법이다. 환갑을 넘긴 후에야 제대로 글을 썼노라 하는 노작가의 회고에서 치숙의 미래를 가늠하기도 했다.

3년 전, 치숙은 직장암으로 항문제거 수술을 받았다. 병원으로 문병 가려 했지만 퇴원 후 만나자는 답이 돌아왔다. 한 달을 기다렸다가 창원의 아파트단지 '피안'에서 마주 앉았다. 둘이서만 이야기를 나눈 것은 기숙사에서 언쟁을 벌인 후 24년 만이었다. 그는 품이 넓고 무릎까지 덮이는 펑퍼짐한 티셔츠를 걸치듯 입었다. 가슴과 배와 엉덩이가 옷 속에 숨은 꼴이었다. 옆구리에 따로 대변이 나오는 주머니를 찼을 것이다.

"이제 글쓰기도 틀렸는가 보다. 문학이란 모름지기 배설인데 말씀이야."

농담마저 무거웠다. 24년이면…… 잠시 말을 멈추고 기억을 더듬을 만큼 긴 시간이다. 24년 동안 내게도 치숙에게도 많은 변화가 있었다.

나는 청춘을 통과하며 몇 명의 여자를 만났다. 그미들을 아름답게 만들고 싶을 때 치숙의 충고를 떠올리곤 했다. 항상 먼저 가서 더 오래 기다렸다. 그의 주장처럼 기다리면 기다릴수록 여자친구가 아름답게 보였다. 그러나 그는 아름다움이 자라는 만큼 이별의 고통이 커진다는 사실을 내게 가르쳐주지 않았다. 치숙을 원망하진 않는다. 고통은 각자 감당할 몫이니까.

인생의 짐을 치숙은 치숙대로 나는 나대로 지며 시간이 흘렀다. 그와 나를 엮어주던 이들이 세상을 떠났을 때 우리는 스치듯 만났다. 아버지의 죽음은 이미 습작에서 밝혔고, 앵두농장에서 치숙과 함께 지낸 외할머니와 외할아버지도 세상을 떠났다. 그리고 외숙모의 노력으로 이 아파트를 장만했다. 그는 농장과 아파트를 오가며 지냈다. 주중엔 앵두농장에 머무르고 주말엔 아파트에서 지냈다. 아파트 베란다에 서서 먼 산을 바라보며 두고 온 앵두나무 걱정만 했다. 차안을 걱정하는 피안의 사람처럼. 그러다가 덜컥 암에 걸린 것이다.

어머니나 이모들의 회상에 따르면 치숙은 오랫동안 치질로 고생했다. 중고등학교 시절엔 특히 심했는데 신장병을 앓은 후 앵두농장에 올라가면서 치질이 사라졌다는 것이다. 5년쯤 전부터 다시 치질 때문에 의자를 멀리 하고 엎드려 지냈다. 그때 이미 암세포가 퍼지기 시작했을 것이다.

치숙은 눈물 대신 웃음으로 조문객을 맞곤 했다. 외할머니 영정 아래에선 구슬픈 곡哭과 귀기 어린 사설을 섞어 노래하듯 박자를 탔다.

"땅꾼처럼, 개들 먹일 죽통 들고 산비탈을 빨치산처럼 오르던 꼬부랑 울 엄마가 죽었네. 아주 죽어버렸네. 불쌍타 울 엄마. 차라리 잘 죽었다 울 엄마!"

외할아버지를 추억하면서도 치숙은 홀로 오래 웃었다.

"울 아버지 참 멋쟁이시지. 1937년도에 도일하여 처음 커피 맛을 본 후 평생 하루에 석 잔, 하루 세 끼 밥 먹듯 커피를 드셨다고. 돌아가시기 전날 밤에도 커피 한 잔을 깔끔하게 비우셨지. 아침에 일어나보니 울 아버지 옷장에서 양복을 꺼내 입고 넥타이까지 매곤 가셨더라고. 심야 커피를 드실 땐 분명히 잠옷 차림이었는데 말이야.

저승사자가 가까이 온 걸 느끼셨나 봐. 홀로 옷장 열고 양복과 와이셔츠 꺼내시곤 황토색 넥타이 골라 매셨겠지. 양복 미리 곱게 차려입고 돌아가신 어른 있으면 말씀해보세요. 심야 커피 맛나게 설탕 두 스푼 넣어 홀홀 드시고 푹 잠드시듯 가신 어른 있으면 말씀해보세요. 울 아버진 끝까지 멋지셨어요.

하지만 아버지! 왜 나한텐 그리 매정하게 구셨습니까? 아버진 맛난 커피 마시고 왜 나한텐 커피 한 잔 마실 천 원 한 장 주지 않으셨습니까? 이 나무에 올라가라 저 나무에 올라가라 지팡으로 가리키기만 하셨습니까? 빈말이라도 농장을 떠나 서울이든 부산이든 놀러 갔다 오라고 말씀하지 않으셨습니까? 일본에서 장사로 거금을 벌고 해방과 함께 귀국하여 번듯한 사업을 하던 아버지가 어찌하여 몰락하였고 누가 배신하였는지 왜 내겐 알려주지 않으셨습니까? 밤마다 애꿎은 술만 들이키셨습니까? 이제 그 복장 터지는 사연을 아무도 모르지 않습니까? 묵묵히 사라지는 게 아버지답다 여기셨습니까? 정말 그렇네요. 아버지답습니다. 하지만 아버지만 아버지답게 살다 죽으면 그만입니까? 아버지가 멋쟁인 건 인정한다니까요. 하지만 나는 뭡니까, 나는? 앵두나무에 빌붙어 봄여름가을겨울을 보내는 나는 대체 뭐란 말입니까? 적어도 이 물음엔 답을 주고 가셨어야지요. 그래야 앵두나무들을 만나면 이야기를 해줄 것 아닙니까. 아버지의 죽음을, 아버지의 슬픔을, 아버지의 충고를! 부질없는 것이 인생이라지만 정말 부질없네요. 쓸모없는 것이 인생이라지만 정말 쓸모없네요. 악순환입니다. 그죠?"

치숙은 장례식이 끝난 뒤 검은 돛배에 올라 외할머니와 외할아버지의 별을 갑판에 옮겼을 것이다.

"네 글들은 찾아 읽고 있다. 블로그도 열심히 하더구나. 글맛이 나쁘지 않는데 에세이를 좀 더 많이 쓰지 그래?"

치숙이 인터넷을 들여다본다? 내 블로그에 와서 게시글을 읽는다고? 낯설었다. 디지털 문명을 멀리하고 앵두나무와 벗하며 고물 라디오만 들어온 생이 아닌가.

"당분간은 하산하셔서 몸을 챙기시지요."

외숙모를 비롯한 일가친척 모두의 바람이었다. 그것이 단지 바람이라는 것은 치숙이 앵두농장을 포기하지 않으리란 뜻이기도 하다.

"일꾼을 두엇 두긴 했지만 그치들에게 농장을 맡길 순 없지. 내가 뒷마무리를 해야 일이 돌아가니까."

"그래도 큰 수술을 하셨는데……."

"내 몸은 내가 챙길 테니 너는 네 글이나 열심히 써. 오랜만에 왔으니 이거나 가져가도록 해."

책상 서랍을 열고 서류봉투를 꺼내 내밀었다. 두툼했다. 봉투를 들여다볼 수 없도록 풀로 입구를 봉하고 가위표까지 쳤다. 고개를 들어 내용물을 눈으로 물었다. 치숙이 시선을 내려 방바닥을 손으로 쓸며 머뭇머뭇 답했다.

"그동안 끼적인 건데…… 변변찮긴 하지만…… 책의 꼴을 갖출 만한가 검토해줘. 읽어줄 사람이 그래도 너밖에 없네."

가슴이 뜨거워졌다. 드디어 앵두나무 그늘에서 평생 쓴 치숙의 글을 읽는다는 기대와 자신에게 가장 소중한 것을 내게 보일 만큼 약해졌구나 하는 걱정이 동시에 찾아들었다. 어쨌든 죽음은 아직 멀리 있었고 원고는 바로 내 품에 들어왔다.

기차를 타고 서울역에 내려 곧장 파주 작업실로 왔다. 기차간에서 서류봉투를 열 수도 있었지만 덜컹대며 원고를 읽긴 싫었다. 고요한 작업실에서 커피를 내린 후 바흐 무반주 첼로곡을 배경음악으로 깔고 손을 깨끗이 씻은 뒤 원고를 꺼낼 작정이었다.

소설가로 하루하루를 버티면서, 자주는 아니지만 가끔 앵두농장을 떠올리곤 했다. 돌이켜 보면 치숙은 내게 자신의 원고를 보일 기회가 많았다. 어머니와 이모들에게 전해 듣기로 그는 여전히 앵두나무 그늘에서 하염없이 글을 쓰고 있었다. 세 살 버릇 여든까지 간단다. 그게 그미들의 전언이었다. 발병 소식을 들었을 때 치숙이 평생 써온 글들을 없애버릴지도 모른다는 생각이 들었다. 미발표 원고는 영원한 침묵을 방해하는 번잡하고 시끄러운 존재일 수도 있었다.

커피 한 모금을 마시곤 책상에 앉아 컴퓨터를 켰다. 창원으로 내려가기 전 넣어뒀던 첼로곡 3번이 흘러나왔다. 편지개봉용 칼로 조심스럽게 가위표의 가운데를 횡으로 잘랐다. 새로 산 야구글러브를 끼듯 봉투로 손을 밀어 넣었다.

원고는 A4용지에 말끔하게 정서되었다. 목차를 따로 두진 않았지만 엄선한 느낌이 들었다. 하단 중앙에 매긴 쪽 번호가 '302'까지 나갔다. 앵두농장에서 치숙이 지은 글의 총량을 잠시 상상했다. 때론 가늠조차 어려운 작업도 있다.

글자는 크지도 작지도 않았다. 페이지당 스물다섯 줄이었으며, 여백으로 남기고 넘어갈 곳은 체크 표시를 길게 해두었다. 분량과 주제와 형식이 제각각인 에세이 모음이었다. 소설이 아니라는 점이 의

아했다. 골방 책탑 중 절반 이상이 소설이었고, 치숙이 어린 내게 들려준 작가들도 열에 아홉은 소설가였다. 거인의 어깨에 올라타서 세상을 보라는 말이 잠시 유행했을 때 나는 내가 소설가를 천직으로 받아들인 것도 그의 어깨 덕분이라고 여겼다. 치숙이 즐긴, 드라마틱한 전개보다 주인공의 고뇌에 천착하는 에세이풍 소설들을 떠올려보았다. 에세이를 훌륭하게 쓰는 시인치고 시가 나쁜 경우는 없다고도 했다.

　치숙은 원고 첫 장에 제목을 큼지막하게 적었다.

　'우리는 어디에서 왔고, 무엇이며, 어디로 가는가?'

　쉼표와 물음표를 빼도 열아홉 자나 되는 긴 제목이다. 타이티섬에서 열정적인 작업을 이어간 고갱의 작품 제목이기도 했다. 톨스토이의《인간은 무엇으로 사는가》와 맞먹는 생의 화두였다.

　이 제목을 보는 순간 불길했다. 나라면 다른 제목을 찾았을 것이다. 치숙이 고른 제목은 쓰는 이에게도 읽는 이에게도 지나치게 큰 부담이었다. 게다가 질문이 셋이나 되지 않는가. 셋을 이어서 풀겠다는 것은 인생에 관한 모든 질문에 답하겠다는 욕심에 다름 아니다. 오랫동안 다양한 책을 내며 경험을 쌓은 저자라도 주저할 텐데, 첫 책을 준비하는 이에겐 힘겨울 수밖에 없다. 거대한 성공이거나 참혹한 실패, 중간을 허용하지 않고 극단으로만 치닫는 제목이었다.

　여섯 시간을 집중해서 읽고 십 분 쉬었다가 다시 여섯 시간을 내리 읽었다. 동이 텄다. 원고를 두 번 읽은 후 양주를 꺼냈다. 잔을 가득 채워 단숨에 들이켰다. 침대 겸용 가죽소파의 등 받침대를 젖히고 누웠다. 무반주 첼로곡은 오래전에 멈췄다. 팔을 접어 두 눈을 가렸다. 피곤했다. 육체를 괴롭힐수록 영혼은 맑아졌다. 이 자학 역시 치숙에게 배웠다.

치숙의 원고는 좋지 않았다. 솔직히 말해 나빴다.

에세이들은 광활하고 신선했다. 동서양 신화나 철학에서부터 과학계의 최신 쟁점들, 인류의 미래에 관한 성찰까지 두루 담겼다. 30년 넘게 고민한 풍광이 펼쳐졌다.

그러나 거기까지였다. 머리는 거대한데 척추는 휘고 손발은 지나치게 짧다고나 할까. 문제를 충분히 설명하지도 않고, 선언과 직관으로 서둘러 마무리 짓는 부분이 많았다. 철학의 문제에 신화의 답이, 신화의 문제에 소설의 답이, 생물학의 문제에 천문학의 답이 달렸다. 난삽하고 체계가 없었다. 문장은 늘어지고, 긴 문장에 서너 가지 고민과 서너 가지 비판과 서너 가지 전망이 뒤섞였다. 주어는 봄인데 형용사는 여름이고 동사는 가을이며 물음표나 느낌표 혹은 마침표는 겨울을 찍었다.

어떻게 할 것인가.

소설가로 등단한 후 원고를 검토해달라는 부탁을 더러 받았다. 학교나 강연회 등을 통해 직접 원고를 가져오기도 했고, 출판사 편집자들이 의견을 구한 적도 있었다. 타인의 원고를 읽고 품평하는 일은 되도록 피했다. 어쩔 수 없이 검토하는 경우라면 최대한 간명하게 의견을 냈다. 부분 수정보다는 다시 쓰는 쪽을 권한 적이 많았다. 처음으로 돌아가서 책 한 권 분량을 쓰기란 쉬운 일이 아니다. 그러나 여기 조금 저기 조금 고쳐 누더기를 만드는 것보다는 백 배 낫다. 경험담이기도 하다.

치숙의 원고는 다르다. 어찌 그에게 처음부터 시작하라고 권할 수 있겠는가. 이건 이삼 년 바짝 집중한 장편소설이 아니다. 한 인간이 평생을 바쳐 뽑아낸 글모음이다. 다른 원고를 써서 보여 달라는 요구 자체가 모욕이다.

머리가 복잡했다. 이 원고는 수정이 불가능했다. 개작의 가능성을 논할 정도로 가볍고 유연하다면 이렇듯 낙담하진 않았으리라. 치숙의 에세이는 하나하나가 바위였다. 수십 개의 바위가 한꺼번에 굴러 내려와 길을 막은 꼴이었다. 문장을 바꾸고 문단을 들어낸다고 체계가 잡히거나 가지런해질 글이 아니다. 손을 댈수록 새로운 바위가 굴러 와서 겨우 만든 틈조차 지울 것이다. 무거워도 너무 무거웠다.

묵직한 원고를 좋아하는 출판사 대표와 편집자들의 면면을 떠올려보았다. 그중 한둘에게 원고를 보이고 의견을 구할 수는 있다. 진지한 문제의식에 주목한다 해도 그들은 더욱 심각한 표정으로 미안함을 감추려 들 것이다. 중요한 것은 무거운 질문에 딱 들어맞는 무거운 답이다. 치숙의 질문은 바위였지만 답은 늪에 가까웠다. 무겁든 가볍든 일단 삼키고 보는 거대한 사유의 늪.

원고 검토를 부탁하는 대신, 처음부터 이 원고의 부족함을 설명하고 치숙과 나의 특별한 관계를 강조하며 출판을 권하는 방법도 있다. 이 경우 출판 비용 대부분을 내가 부담해야 하고 치숙에게는 자비출판이란 사실을 숨겨야 한다. 선의의 거짓말을 하는 문제가 끝까지 남는 것이다. 실력도 없는 것들이 이 책 저 책 자비출판 하여 서점 진열대를 더럽힌다는 그의 비판이 귀에 쟁쟁거렸다.

열흘 뒤 창원으로 다시 내려갔다.

항문 주위 통증은 말끔히 사라졌지만, 아직 앵두농장에서 일을 시작하진 않았다. 적응 기간이 필요했다. 눈이 멀어버린 보르헤스가 책과 다시 사귀듯 치숙도 앵두농장을 처음 방문한 사람처럼 돌아다녀야 하리라. 단숨에 걷던 길도 끊어 쉴 자리를 마련하고, 나무에 올라 가지를 치거나 열매를 따는 일은 그만둬야 했다. 담당의는 농장 일과 같은 야외 육체노동을 그만두라고 권했지만 치숙은 콧방귀를 꼈다. 당장 그를 앵두농장에서 떼어놓기란 불가능하다고 여긴 외숙모는 차선책을 택했다. 금지 음식 목록을 맨손체조 안내판과 함께 방마다 붙였다.

나는 이미 답을 준비했다. 그 답은 그가 치숙이라는 사실을 고려한 것이면서 그와 나의 관계를 전혀 염두에 두지 않았다는 평가를 받을 만한 것이었다. 누구나 납득하는 답이란 의외로 드물다. 하나의 답은 둘로 넷으로 때론 무지개 빛깔로 갈라져 후일담을 만든다.

치숙이란 사실을 고려했다는 말은 치숙이라면 벌써 이 원고에 대한 자평自評을 끝냈으리란 추측이다. 책과 더불어 평생을 보내지 않았는가. 개죽을 끓일 때 불쏘시개로 쓴 책도 있었고 골방에 고이 모셔두고 열 번 스무 번 읽은 책도 있었다. 작품을 평하는 그의 시선은 나보다 열 배는 엄격하고 혹독했다. 내가 발표한 소설에 대한 품평도 예외는 아니었다. 구구절절 평을 주진 않았지만 스치듯 던지는 몇 마디로도 그가 이미 내 신작을 읽었고 그 작품의 핵심과 약점을 파악했음을 알 수 있었다. 남들이 무엇이라고 수군대든 나는 그가 평생 읽어온 그 책들에게 예의를 다하고 싶었다. 독후의 결론부터 먼저 꺼내놓았다.

"출간은 어렵겠습니다."

이럴 땐 질질 끌수록 힘든 법이다. 치숙이 고개를 들어 내 얼굴을 무심히 봤다. 감정이 전혀 실리지 않은 표정이었다. 원고가 담긴 서류봉투를 향해 말끝을 흐렸다.

"변변찮다고 내가 그랬잖아……."

"써두신 걸 다 보여주십시오. 쓰는 눈과 고르는 눈은 다르니까요."

"편집자 노릇을 하겠다고? 관둬라. 너는 소설가지 편집자가 아니야. 역사추리소설 시리즈를 낼 때도 추리를 아는 편집자가 없어서 애를 먹어놓곤……."

"그래도 이 정도 방대한 주젤 다룬 사람이 흔치 않으니 원고들을 두루 보고 다시 고른다면……."

치숙이 말을 끊었다.

"방대한 거야, 앵두나무 그늘에 30여 년 앉았노라면 저절로 쌓이는 게지."

"그런 말씀 마세요. 계속 쓰셨잖습니까? 절대로, 저절로 여기까지 올 순 없습니다."

수수께끼를 내듯 낯선 질문을 툭 던졌다.

"아직도 모르겠니?"

"뭘 말입니까?"

치숙이 갑작스런 질문을 던질 땐 끌려가지 않고 반문하며 시간을 버는 것이 최선이다. 서류봉투로 시선을 내렸다. 이 원고는 어찌될까. 쓸데없는 짓을 했다며 장작불에 던져버리지나 않을까. 치숙이라면 그리 하고도 남았다.

"책 없이 스러진 작가들이 얼마나 많은 줄 알아? 내가 이 나이에 책 한 권 내려고 네게 그걸 줬겠어? 서울의 출판사는 아니라 해도 내가 원고만 건네면 출간하겠다는 이 지역 출판사가 서너 군데는 돼."

허세가 아니었다. 치숙의 동창 중엔 대학교 교재를 주로 내면서 간간히 시집이나 소설 혹은 에세이집을 내는 출판사 대표들도 있었다. 그들에게 치숙은 세속의 욕심을 티끌처럼 여기고 평생 문학에 매진하는 전설 아닌 전설이었다.

"……."

그럼 왜 제게 원고를 주셨습니까?라고 묻지 않자, 치숙이 봉투를 자기 앞으로 끌어당긴 후 이야기를 이었다.

"너한테 도움이 되라고 줬지."

"도움이라고요?"

이번에는 묻지 않을 수 없었다. '우리는 어디에서 왔고, 무엇이며, 어디로 가는가?'라는 질문 아래 묶인 치숙의 에세이들이 내게 무슨 도움이 된단 말인가.

"헛돌고 있지 않아? 네가 조선시대에 밝은 건 대학원에서 조선 후기 소설을 전공했기 때문이야. 그 이상도 그 이하도 아니라고. 주객을 바꾸지 마. 조선시대를 쓰려고 소설가가 된 게 아니잖아? 물론 인간에 대한 고민을 푸는 장으로 과거의 어느 시기를 고를 순 있겠지. 조선시대도 좋고 고려시대도 좋고 삼국시대든 고조선이든 상관하지 않아. 하지만 그 역은 곤란해. 조선시대가 그렇게 중요했다면 소설이 아니라 연구를 했어야지. 문헌을 뒤지고 논문을 썼다면 그래도 몇 걸음 정돈 학계에 기여를 했을 거야."

"주객을 바꾼 적 없어요. 저는 역사소설가가 아니라 그냥 소설갑니다."

"그랬지. 10년 전이었나? 역사소설가가 아니고 소설가라고 정정을 요구했단 기사도 읽었어. 하지만 지금은 어때? 이름 앞에 역사소설가란 다섯 글자가 놓여도 받아들일 수밖에 없다고 한 사람이 누구였더라?"

"그건 한 인간을 탐구하는 것도 중요하지만 한 왕조를 소설로 살피는 것 역시 중요하다는 뜻에서 한 말입니다. 시오노 나나미도《로마인 이야기》에서……."

"《로마인 이야기》는 소설이 아니야. 또 로마를 제대로 다루지도 않았고.《플루타르크 영웅전》이라도 꺼내 내밀 테냐?《플루타르크 영웅전》이 설령 소설이라고 해도 네가 준비하는 '조선' 시리즈와는 달라.《플루타르크 영웅전》은 어디까지나 인간이 지닌 본질적인 특징을 로마와 그리스의 인물 중에서 찾아 짝을 지은 것이야. 가장 악한 이, 가장 영리한 이, 장사를 가장 잘하는 이, 행정에 가장 밝은 이. 이런 식으로 말이지. 하지만 네 구상은 인간 본질로부터 출발하지 않았어."

"소설가인 제가 어찌 연역을 택하겠습니까? 저는 제 문장으로 살아낸 것만 믿습니다. 영원한 귀납의 서사, 그게 소설입니다. '조선' 시리즈도 결국 인간 본질에 닿을 겁니다."

"죄를 자복하는 셈인가? 파고들 지점을 분명히 하고 예리하게 나아가도 닿을까 말까 한 게 소설이야. 결국, 나중에, 궁극적으론…… 이 따위 단어를 소설 앞에 붙이는 건 변명에 지나지 않아. 정신 똑바로 차리고 스스로에게 따져 물으란 말이다. '인간은 어디에서 왔고, 무엇이며, 어디로 가는가?' 간절한 질문만이 하찮은 이야기를 경건한 소설로 끌어올리는 법이라고."

치숙과의 대화는 언제나 들끓었다. 매혹적인 경험이면서 후폭풍의 상처 또한 깊었다.

"질문만 근사하게 던진다고 글이 나오는 게 아닙니다. 거기에 닿기까지 시간과 돈과 노력을 쏟아 부어야 해요."

"비웃는 거냐?"

"질문을 미리 확정할 순 없단 겁니다. 질문을 만들어가는 것이, 어쩌면 질문 자체가 소설일지 모른다고 얼마나 많은 작가들이 주장했습니까?"

"그딴 망언을 믿는 게냐? 질문을 만들어가다니? 무슨 질문을 던지는지도 모르는데, 글을 쓰다 보면 저절로 치명적인 질문이 만들어진다고? 이게 어디 애드벌룬을 띄우는 일이더냐? 소설은 굴 파기다. 화두를 쥐곤 답을 찾아 파고파고 또 파 들어가는 일이지. 나는 30년을 넘게 팠는데, 넌 겨우 10년 남짓 굴을 파는가 싶더니 어느새 애드벌룬이나 띄울 궁리를 하더구나. 쓰기 시작하면 책상은 사라진다는 말도 못 들었어? 넌 책상에만 집착하는 꼴이야. 중요한 건 진짜를 쓰는 거다."

"저도 진짜를 쓰고 있습니다."

"네가 나보다 문장을 단정하게 쓴다는 건 인정하마. 나보다 머리를 열 번쯤 더 돌려 구성을 빈틈없이 꽉 짜는 것도 맞아. 하지만 그건 기술이다. 기능공의 차원에서 네가 나보다 낫단 소리야. 모름지기 소설은 그런 게 아니다."

"소설을 보여주세요. 소설은 단 한 편도 없고 에세이들만 건넨 이
유가 뭔가요? 치숙의 소설은 꼭꼭 감춘 채 제 소설만 비판하는 건
부당합니다."

불화살을 날리듯 내 눈을 똑바로 노렸다.

"소설이 아니라고? 넌 대체 어떤 걸 소설이라고 여기는 게냐? 정
말 한심하구나. 가거라. 더 이상 얘기하기도 싫다."

견강부회란 네 글자가 지나갔다.

"그 에세이들을 소설이라 우기시는 겁니까? 그러지 마시고 30년
동안 쓴 걸 다 주세요. 제게 숨길 게 뭔가요?"

에세이가 소설로 섞여들기도 하지만, 치숙의 원고는 이야기가 전
혀 없는 생각의 뭉치였다. 치숙이 끝까지 받아쳤다.

"배설할 똥구멍도 없는 병신에게 뭘 더 바래?"

6

자학의 밤으로부터 3년이 지났다. 나는 치숙에게 가지 않았고 치
숙도 내게 연락하지 않았다. 어머니와 이모를 통해 그의 암이 재발
했단 소식을 들었다. 간과 위를 지나 폐에서도 암세포가 발견된 것
이다. 항암 치료 때문에 힘들어한다는 이야기도 들렸다. 그래도 나
는 내려가지 않고 일부러 외면했다. 새로 시작한, 소설로 쓰는 '조
선' 시리즈에 매달렸다.

2014년 4월 중순의 아침, 어머니가 비보를 전했다. 치숙의 폐암이 악화되어 석 달을 넘기지 못한다는 것이다. 죽기 전에 내려와서 얼굴이라도 마지막으로 보고 가라며 끝내 울음을 쏟았다. 미리 잡힌 오전 강연을 서둘러 마치고 KTX에 몸을 실었다.

"들어올 필요 없다. 나가자."

치숙은 아파트 현관에서 나를 돌려세웠다. 벙거지 모자를 쓴 채 복도로 나와 엘리베이터 버튼을 눌렀다. 항암 치료를 받느라 머리가 모두 빠진 것이다. 해가 지고 있었다.

엘리베이터에서도 서먹서먹한 침묵이 이어졌다. 시한부 환자 앞에선 모든 것이 이해되고 용서된다고들 하지만, 그것도 사람에 따라 다르다. 치숙은 좋은 게 좋다는 식으로 살지 않았다. 일손이 부족하면 일당을 주고 앵두농장으로 일꾼을 데려왔다. 그들은 대부분 앞에선 열심히 일하는 척하고 뒤에선 게으름을 피우며 쉬었다. 치숙은 언제나 정성을 다했다. 외할아버지가 출타 중일 때도 나무에 매달려 가지를 치느라 바빴다. 어린 마음에 끼어들었다.

"쉬엄쉬엄해요. 아무도 안 보는데."

치숙이 손을 들어 앵두나무를 가리켰다.

"저 친구가 있잖아?"

"나무들이 뭘 봐요, 눈도 없는데?"

"눈으로만 본다고 생각하니?"

"네?"

치숙이 자신의 왼 가슴을 손바닥으로 눌렀다.

"진짜는 이걸로 보는 거야."

자기 기준을 두고 평생을 산 사람이었다. 이런 치숙에게 내가 먼저 적당히 사과할 순 없었다. 3년 전엔 미안했습니다, 라고 머리를 숙이는 순간, 그는 육하원칙에 따라 사과의 진정성은 물론 깊이와 넓이까지 따질 것이다. 말없이 기다리는 편이 낫다.

엄청나게 야위었다. 45킬로그램쯤 될까. 예전 몸무게에서 20킬로그램은 빠진 듯했다. 어머니는 내게 당부했다. 치숙이 외출을 원해도 막으라고. 병원에서 퇴원한 지 닷새밖에 지나지 않았다고. 농장을 누비며 평생을 보낸 그는 좁은 병실을 못 견뎌했다. 틈만 나면 복도로 나와 돌아다녔다. 삐뚤어진 액자를 바로 세우고 휴지를 줍고 뛰어다니는 아이들을 불러 세워 따끔하게 혼을 냈다. 이렇게 겨우 지루하고 답답한 항암의 시간을 보낸 것이다.

누이들의 충고를 잔소리로 치부했다. 신장병에 걸린 고교 2학년 때부터 그미들은 막내 동생을 눈에 보이는 곳에만 두려 했다. 산이나 강 혹은 시내 구경이라도 나가려 하면 손사래를 치며 말렸던 것이다. 나도 어머니와 이모들 등쌀을 아는지라 나가자는 치숙의 요구를 덤덤하게 받아들였다. 외숙모는 어렵게 시작한 할인마트에 머물렀다. 집에는 치숙 외에 아무도 없었던 것이다. 어머니와 이모들은 순번을 정해 돌아가며 곁을 지키려고 했지만, 그는 이 핑계 저 핑계를 대고 그미들을 막았다. 오늘은 나와 같이 저녁을 먹을 예정이니 다른 도움은 필요 없다고 했다.

"운전 솜씨 좀 볼까?"

산책 삼아 아파트 근처 식당에서 저녁을 해결하리라 여겼다. 치숙에겐 이미 다른 계획이 있었다. 자동차 열쇠를 던진 뒤 조수석에 먼저 않았다. 나는 시동을 걸며 물었다.

"어디까지……?"

"이 망할 피안부터 빠져나가기나 해."

뒷목을 긁으며 눈살을 찌푸렸다. 아파트단지는 병실과 비교할 수 없을 만큼 컸지만, 치숙에겐 오십 보 백 보였다. 빙벽처럼 늘어선 아파트단지를 벗어나 대로로 나오자, 그의 표정이 비로소 편안해졌다. 기계공업단지가 앉은 창원은 계획도시답게 도로들이 넓고 곧게 쭉쭉 뻗었다. 그는 부탁부터 했다.

"날 좀 도와줘야겠다. 한 달 전이었다면 나 혼자 했겠지만 아무래도 무리라……. 너밖에 없구나. 마지막 선물이라 치고 도와줘."

도움을 청하는 형식이었으나 강요에 가까웠다. 치숙이 도와달란 말을 꺼낸 것은 이 저녁이 처음이었다.

"저녁식사라도……."

"'대범한 밥상'은 다녀와서 먹자."

시한부 선고를 받은 이의 마지막 나날을 담담하게 그린 박완서의 단편을 치숙도 읽은 것이다. 어머니와 이모들 그리고 외숙모는 의사의 시한부 선고를 그에게 숨겼다. 그러나 그미들의 시선과 말투에서 그는 이미 자신의 짧은 미래를 예감했다. 시한부를 그린 책과 영화와 그림 혹은 이야기들을 모으고 있을까. 나도 대범하게 마음을 정했다.

"좋습니다. 어디로 갈까요? 갈림길입니다."

선택하지 않고 정해진 길로 가고 싶었다.

"앵두농장."

"거긴 왜요? 곧 해가 집니다."

벌써 도로의 차들이 빛을 뿜으며 지나쳤다.

"더 지나면 가고 싶어도 못 가."

맞는 말이긴 했다. 어머니는 종종 전화를 걸어와선 심각하게 여러 번 앵두농장을 걱정했다. 치숙의 암이 발견된 후 3년 내리 앵두가 제대로 열리지 않는다는 것이다. 첫해는 병충해 탓이라 여기고 꼬박꼬박 약도 치고 관리도 철저히 했다. 그러나 내리 두 해 더 낭패를 보았다. 빛이 탁하고 열매가 적을 뿐만 아니라 바늘로 쿡 찌른 것처럼 썩어 들어갔다. 외숙모는 농장을 팔고 싶어 했지만, 치숙은 내 눈에 흙이 들어가기 전에는 어림없다며 단칼에 잘랐다. 나는 용기를 냈다.

"파시죠, 이제 거기?"

치숙은 어둠이 깔린 정면을 바라보며 말이 없었다.

"얼마나 아끼시는지 압니다. 하지만 이젠 지킬 사람도 없지 않습니까? 게다가 3년이나 흉작이라니……."

내 말을 잘랐다.

"사고팔 게 따로 있지. 아무리 자본주의라도 그리는 못해. 앵두나무들은 내 친구야. 그들의 진심을 정말 모르겠어?"

"나무에게 무슨 진심이 있습니까?"

"보고도 못 믿는 한심한…… 욱!"

치숙이 양손으로 입을 막으며 허리를 숙였다. 나는 급히 차를 갓길에 세웠다. 문을 열고 뛰쳐나간 그는 무릎을 꿇고 양손을 땅바닥에 댄 채 토하기 시작했다. 소리는 요란했지만 쏟아지는 것은 허연

물뿐이었다. 다가가려 하자 그가 손을 휘저었다.

"거기…… 있어."

주머니 두 개가 치숙의 무릎 아래에서 흔들렸다. 하나는 대변주머니였고 또 하나는 지난달 수술 후 새로 단 소변주머니였다. 직장을 공격했던 암세포가 요도까지 막아 결국 소변까지 강제로 배출하는 수술을 한 것이다. 복대를 차고 배에서 떨어지지 않게 꼭 붙이고 다녔는데, 구토증이 심해 급히 내리면서 둘 다 흘러내린 것이다. 그의 말을 따르지 않고 가까이 갔다.

"움직이지 마세요. 제가 해볼게요."

소변주머니를 쥐곤 돌려 꼬인 줄을 풀었다. 찰랑이는 액체의 온기가 손바닥으로 전해졌다. 치숙이 항복하듯 양손을 들고 혼잣말을 했다.

"다 끊어버려야 하는데…… 이것들이 대체 뭐라고…… 주렁주렁."

"포도도 주렁주렁, 앵두도 주렁주렁이죠."

치숙이 콧김을 내며 웃었다.

"맞네. 주렁주렁 인생."

"저도 그래요. 늘 이 단어 저 문장이 주렁주렁 달려 있거든요. 허리를 조금만 돌려보세요."

"이렇게?"

치숙이 몸통 운동을 하듯 허리를 움직였다.

"스톱! 잠깐만 그대로 계세요."

대변주머니를 쥐었다. 역시 따뜻하고 물컹했다. 치숙의 몸을 거쳐

나온, 아직 내장이 살아 움직인다는 증거였다. 문학을 배설로 규정한 것이 자기비하만은 아니란 생각이 들었다. 등 뒤로 밀린 주머니를 끌러 위치를 바로잡았다.

"됐어. 이제, 내가 할게."

마지막은 보이기 싫은 눈치였다.

"천천히 하세요."

나는 운전석으로 가서 기다렸다. 치숙은 어둠 속에서 대변주머니와 소변주머니를 정리하여 두른 후 조수석에 올랐다. 괜찮습니까? 묻고 싶었지만 참았다. 묻는다고 순순히 답할 그도 아니었다. 어떤 물음엔 너무나 많은 답이 있다. 단 하나의 정답이 없기도 했다. 다시 차를 몰았다.

침묵이 흘렀다. 치숙은 손을 뻗어 플레이 버튼을 눌렀다. 넣어둔 CD에서 교향곡이 흘러나왔다. 귀에 익었지만 금방 작곡가와 곡명이 떠오르진 않았다. 그는 눈을 감고 의자를 젖힌 뒤 곧 잠이 들었다. 약을 먹고 토하고 지치면 잠드는 나날의 반복이었다. 토할 때 토하더라도 음식을 충분히 먹어야 하는데, 입맛이 없다며 밥술을 뜨는 둥 마는 둥 했다. 흘러나오는 교향곡은 묘한 분위기를 자아냈다. 강렬하진 않았지만 선율이 부드럽게 반복하며 내 몸을 감쌌다. 비슷한 듯 변하면서 멀리 달아나지도 않고 또 너무 가까이 붙지도 않은 채 속삭이는 밀어.

차라리 잘 됐다 싶었다. 앵두농장까진 차를 몰고 올라간다 해도 흙길을 걸어야 했다. 산길을 견디려면 잠시라도 눈을 붙여 기력을 회복할 필요가 있었다. 아쉬워서일까. 평생을 몸 바쳐 일한 곳이니,

밤에라도 잠깐 보고 싶은 것이겠지. 앵두농장에 대한 애착을 알기에, 어머니나 외숙모는 치숙의 농장 출입을 만류했다. 썩어가는 앵두나무를 보면 제 몸 아픈 것도 잊고 달려들어 일하려 들 것이기 때문이다. 그러나 살날이 겨우 석 달밖에 남지 않았다지 않는가.

자동차가 외곽도로를 벗어나 비포장 산길로 접어들자마자 치숙이 눈을 번쩍 떴다. 잔뜩 찡그린 채 주변을 살폈다. 농장으로 가는 길임을 확인한 뒤 물었다.

"괜찮겠어?"

세상이 변해도 이 길만은 그대로였다. 힘 좋은 트럭도 겨우 오르는, 경사가 가파르고 돌이 많아 웬만한 경력자도 운전하기 힘들었다. 괜찮겠냐는 물음은 자신 없으면 운전대를 넘기라는 뜻이다. 환자에게 운전을 맡길 순 없었다.

"걱정 말고 쉬세요."

나무에 들이받거나 진창에 빠진다 해도 핸들을 놓지 않을 것이다. 본격적인 오르막이 시작되었다. 핀란드 의자바위 옆에서 바퀴가 헛돌 땐 등에서 식은땀이 흘렀다. 치숙의 걱정하는 시선을 알면서도 외면했다. 겨우 오르막을 넘자 개 짖는 소리가 맹렬하게 들려왔다.

"세워!"

브레이크를 밟은 후 안도의 한숨을 내쉬었다. 치숙이 문을 열고 천천히 나갔다. 어둠 속에서 개 다섯 마리가 달려왔다. 앞발을 들고 안겼다. 그가 강아지 때부터 키운 녀석들이다. 밤이면 늘 이렇게 풀어놓고 농장을 지키게 했다.

"어이쿠!"

달려드는 힘에 밀려 엉덩방아를 찧을 뻔했다. 소리 내어 웃었다. 병원에서도 집에서도 웃지 않던 치숙이었다.

"다치지 않으셨어요?"

부축하려 했다. 개들이 갑자기 경계하는 눈빛으로 낮게 으르렁거렸다. 치숙이 내 어깨를 가볍게 쓸어내리자 개들이 다시 꼬리를 흔들며 껑충껑충 뛰었다.

휘이익.

휘파람 소리만 듣고도 개들은 가지런히 엎드렸다. 치숙이 녀석들 눈을 하나하나 들여다보며 가족에게 하듯 작별인사를 자상하게 건넸다.

"난 이제 다시 안 와. 너희도 오늘 밤 떠나도록 해. 남아 있으면 너휠 팔아넘기려고 사람들이 올 거야. 그러니까 떠나야 해. 알겠지? 꼭. 떠나. 미안하다!"

녀석들 이름을 하나씩 부르며 안아줬다. 봉길이, 땡코, 말숙이, 호숙이, 술래. 제 이름이 불릴 때마다 개들은 머리로 그의 앙상한 가슴을 비벼댔다. 그가 양팔을 높이 들곤 두 번 손뼉을 쳤다. 그러자 개들이 순식간에 흩어졌다. 나는 개들이 사라진 언덕바지를 바라보며 선글라스를 쓴 꿩이 떠올랐다. 저 개들은 치숙의 또 다른 꿩일지도 모른다.

치숙이 자동차로 천천히 걸어갔다. 급히 따라온 내게 말했다.

"열어!"

트렁크에는 놀랍게도 손도끼 한 자루가 있었다. 치숙이 그 도끼를 들더니 갑자기 달렸다. 힘껏 뒤쫓았지만 거리가 점점 벌어졌다. 암과 싸우느라 살이 20킬로그램이나 빠지고, 대변주머니와 소변주머니까지 찬 말기 암환자가 무거운 도끼를 들고 그토록 날쌔게 뛸 줄 몰랐다.

앵두나무 앞에서 멈췄다. 30년이 넘도록 끼적이는 그를 내려다본 늙은 앵두나무 '아기'였다. 나는 앵두나무와 치숙 사이로 끼어들며 따졌다.

"뭘 하시려고요?"

"벨 거다."

"베다뇨?"

"백 그루를 전부 베어버릴 거야."

치숙의 두 눈이 날카로웠다. 광기狂氣라고 하기엔 힘이 없고 젖어 있었다.

"자식처럼 아끼는 나무들 아닙니까? 도대체 왜?"

"정말 모르겠어? 지금 이 녀석들은 나를 따라 죽으려는 거야. 뿌리로 물을 끌어올리려고도 않고, 광합성도 마다하고. 내가 아픈 만큼 이 녀석들도 아픈 거라고."

말도 안 되는 이야기였다. 나무가 광합성을 스스로 멈추다니? 뿌리로 물을 흡수하는 것을 중단하다니?

"나 때문에 녀석들이 아파하는 걸 더 이상 못 보겠다. 어차피 함께 갈 거라면 지금 정리해야겠어. 자, 봐라! 녀석들이 이토록 심하게 앓는 걸 보니 내가 죽을 날도 멀지 않았구나. 오늘 다 베고 나도 이 도끼날로 심장을 찍으련다. 비켜!"

"안 됩니다. 평생 키우며 사셨지 않습니까?"

"아우성이 들리지 않아? 밤마다 시끄러워 미치겠어. 제발 베어달라고 녀석들도 원하잖아? 어렸을 땐 너도 곧잘 나무들과 대화를 했어. 기억나지?"

고개를 돌려 어둠을 살폈다. 휘이잉 몰아치는 바람 소리뿐이었다.

"포기하는 건가요?"

치숙은 내 반문에 즉답을 못한 채 눈만 끔벅거렸다.

"사람도 살리고 나무도 살리기 위해 지금까지 글을 써온 게 아니었습니까?"

"뭘 안다고 그래?"

"알고 모르는 문제가 아니지 않습니까? 다 베어버리고 마는 건, 이곳을 나무들 무덤으로 만드는 건 그동안 쏟은 시간에 대한 배신입니다."

치숙이 달려들어 명치를 머리로 쿵 들이받았다. 흡, 숨이 막히면서 앞이 노랗게 흔들렸다. 내가 뒷걸음질 치다가 모로 쓰러진 틈을 타서 그는 나무에게 바짝 다가섰다. 힘껏 도끼를 머리 위로 들어올렸다. 막기엔 너무 늦었다.

"이……."

도끼를 든 손이 부들부들 떨렸다. 치숙이 도끼를 내렸다가 고쳐들었다.

"이, 이건 정말……."

도끼가 흔들리며 천천히 내려왔다. 나는 겨우 일어나서 치숙의 등 뒤로 다가갔다. 손에서 도끼를 빼앗듯 챙겼다. 눈물이 그의 뺨을 지나 턱으로 줄줄 흘렀다. 그는 그 자리에 쪼그리고 앉았다. 손바닥으로 눈물을 훔친 뒤, 눈물 묻은 손으로 앵두나무를 어루만졌다. 사과했다.

"못하겠구나. 한날한시에 같이 떠날 팔자는 아닌가 보다. 부디 너희가 마음을 돌렸으면 해. 죽을 사람은 죽고 살 나무는 살아야지. 너희들 심정을 내가 왜 모르겠어? 만약 너희가 병에 걸려 모두 죽을 상황이라면 나 역시 따라가려 했을 게야."

바람이 불었다. 가지들이 흔들리며 다양한 소리를 냈다. 낮은 듯 높고 날카로운 듯 부드러웠으며 당기듯 밀고 엉키듯 풀렸다. 갈라진 소리들이 하나로 모여 동굴 속처럼 은은하게 울렸다. 위로를 건네듯 따듯한 기운이 치숙을 감쌌다. 그는 도끼로 내려치려 했던 나무를 안으며 말했다.

"아기야! 그동안 고마웠어. 네가 가장 연장자이니 내일부터 현명하게 살 길을 도모해."

포옹을 풀고 그 다음 나무로 가선 다시 안았다.

"장군! 늘 네가 든든했다."

다음 나무로 또 그 다음 나무로 걸음을 뗐다.

"꼬마! 넌 좀 더 커야 해. 햇살을 많이 받으려면."

"공주! 넌 뿌리와 가지를 넓게 펼치도록 하고."

스무 그루까진 느려도 속도가 일정했다. 스물한 그루부턴 허리를 숙여 숨을 고르거나 나무와 포옹하는 시간이 길어졌다.

"괜찮겠어요?"

치숙이 손을 저으며 문제없다는 듯 웃어 보였다. 서른여섯 그루에선 헛걸음을 짚어 쓰러질 뻔했고, 마흔일곱 그루에선 나무에 등을 기대고 앉았다. 나는 왼 무릎을 꿇고 그의 얼굴의 땀부터 손수건으로 훔쳤다.

"이제 제가 할 게요. 더 이상은 무립니다. 쉬셔야 해요."

"그게……."

답을 듣지도 않고 마흔여덟 번째 앵두나무 앞으로 갔다. 치숙이 하듯 나무를 꼭 끌어안았다. 그러나 곧 벙어리처럼 할 말을 잃었다. 이 나무의 이름이 무엇인지, 언제 심었는지, 어떤 특징이 있는지 나는 전혀 아는 것이 없었다. 무턱대고 '안녕!'이라는 인사만 반복할 일도 아니었다. 오랫동안 앵두농장을 오갔으면서 '아기' 외엔 나무들 이름을 외우지 못한 것이다. 한심하고 또 한심했다. 어느새 그가 등 뒤에서 내 어깨를 짚었다. 고개를 돌렸다. 눈이 마주쳤다. 손바닥으로 내 눈에 맺힌 눈물을 닦아주었다.

"다 내 친구들이야. 네 맘은 고맙지만 작별인사를 대신 맡길 순 없어. 부축해줄래? 무릎이 후들거려 걷기가 힘들구나."

"그럼요, 그럼요. 견디기 힘들면 당장 말씀해주세요."

"그래."

치숙의 옆구리에 머리를 집어넣었다. 조심조심 이 나무에서 저 나무로 걸었다. 그는 예순아홉 그루까진 속삭이듯 이름을 부르고 당부를 했다. 일흔 그루부턴 나무를 끌어안고 겨우 이름만 부른 뒤, 당부의 말은 마음으로만 전했다. 여든 그루부턴 혼자 걷지도 못해 내가 아예 업었다. 내가 나무를 안으면 내게 업힌 그가 줄기에 손바닥을 대고 이름을 나지막이 읊는 식이었다. 마지막 백 그루에 이르렀을 땐 나 역시 지쳐 움직일 힘이 없었다. 그는 잠시 앉아 나무에 이마를 대고 쉰 후 이름과 당부의 말을 띄엄띄엄 남겼다.

"작전타임! ……네가 막내니까…… 내 작전을 따라……가장 오래 ……여길 지켜야 해 …… 나는 지쳤다. ……이제 쉬어야겠어."

다시 이마를 대곤 눈을 감았다. 세 시간이 훌쩍 지났다. 앵두나무들과 나눈 작별인사가 치숙이 내게 건넨 마지막 소설이란 생각이 들었다. 한 그루 한 그루, 한 걸음 한 걸음 정성을 다해 시간을 들여 누군가와 누군가가 만나 마음을 나누는 이야기야말로 소설인 것이다. 그는 평생 단 한 권의 소설도 출간하지 못했지만, 매일 소설을 쓰며 살았고 소설을 남기고 죽으려는 소설가였다.

치숙이 눈을 떴다. 나는 등을 보이며 돌아앉았다.

"업히세요."

내 목을 양손으로 감으며 가슴을 등에 붙였다. 앵두 한 알 또 한 알처럼 가벼웠다. 차를 향해 다섯 걸음쯤 걷다가 멈췄다. 이대로 내려가기엔 아쉬움이 남았다. 그의 고개도 검은 돛배가 있는 밤나무숲으로 향했다.

"가보시겠어요?"

치숙이 오른 어깨를 가만히 짚었다. 나는 깊게 숨을 들이마신 뒤 검은 돛배가 기다리는 오르막길로 접어들었다. 어둠이 점점 깊어 걸음을 떼기도 힘들었다. 앵두나무들은 평평하게 다진 길을 따라 좌우로 늘어섰지만 밤나무들은 산비탈을 제멋대로 차지했다. 앙상한 손이 이번엔 왼 어깨를 눌렀다. 그쪽으로 몸을 돌려 서너 걸음 나아갔다. 눈앞에서 흔들리는 것은 뱀이 아니라 밧줄이었다. 줄을 당겨 건넸다. 그는 등에 업힌 채 장난꾸러기처럼 밧줄을 흔들었다. 나도 웃고 치숙도 웃었다. 지상에서 누리는 마지막 즐거움인지도 몰랐다.

"이 정도면 됐어. 내려 줘."

목소리가 낮게 가라앉았다. 천천히 치숙을 내렸다. 그는 참나무에 등을 대자마자 깊은 기침을 연이어 했다. 나는 점퍼를 벗어 가슴과 목을 덮어줬다. 그가 내 뒷목을 당긴 뒤 눈을 맞췄다.

"그래도 난 포기 안 했다. 끝까지……."

골방 앉은뱅이책상의 텅 빈 원고지가 떠올랐다.

"부탁…… 하나만 더 할까?"

나는 고개를 끄덕였다.

"원고 상자들…… 골방에 뒀어. 네가 …… 해줘."

다시 기침을 쏟았다. 그 바람에 마지막 문장을 듣지 못했다. 치숙이 말하지 못했을 수도 있다. 마음이 바빠졌다.

"알겠어요. 제가 할 게요. 병원에 가야겠습니다. 업히세요."

내 손등을 쥐었다가 놓으며 고개를 저었다.

"올라가…… 봐."

"삼촌!"

그는 입술을 떼지 않고 눈으로만 웃었다.

나는 일어나 돌아섰다. 밧줄을 쥐곤 매듭을 확인한 뒤 고개를 들었다. 치숙의 별 하나를 골라 훈장처럼 갑판에 새기리라 마음먹었다. 행복한 여행자가 검은 돛배를 타고 은하수를 항해하기 딱 좋은 봄이었고 밤이었다.

윤이형

이웃의 선한 사람

1976년 서울에서 태어나 연세대학교 영어영문학과를 졸업했다. 2005년 중앙신인문학상에 〈검은 불가사리〉로 등단했으며, 소설집으로 《셋을 위한 왈츠》《큰 늑대 파랑》《러브 레플리카》와 중편소설 《개인적 기억》 등이 있다. 제5회 문지문학상, 제5회 젊은작가상을 수상했다.

　　　　가끔씩 반복되는 악몽을 꾼다. 내가 가슴께까지 이불을 덮은 채 자리에 반듯이 누워 있고, 정수리에서부터 사타구니까지 몸의 정중앙을 단단한 벽이 관통하고 있는 꿈이다. 이 선을 따라 벽을 세울 것. 누군가가 내 몸을 그렇게 굵고 반투명한 선으로 오해하고, 거기 있는 뼈와 살과 피를 무시한 채 공사를 진행한 것처럼. 혹은 내가 타임머신을 타고 이동하다가 시간과 공간의 아귀를 제대로 맞추지 못하여, 원래부터 벽이 있던 자리에 그릇된 방식으로 합쳐져 버린 것처럼.

　　통증은 없다. 나는 몸을 옴짝달싹할 수 없지만 어째서인지 눈동자만은 굴릴 수 있다. 벽은 그다지 두껍지 않고 속이 비쳐 보이는 재질이라, 나는 내 팔과 다리가 양쪽으로 나온 채 고요하게 늘어져 있는 모양새를 볼 수 있고, 내 몸을 중심으로 양쪽에 펼쳐진 두 개의 방을 비교해볼 수도 있다. 불은 두 방에 다 켜져 있을 때도, 한쪽에만 켜져 있을 때도 있다. 방 안의 물건들과 사람들은 매번 바뀌지만, 한결같은 게 있다면 그들 모두가 내게 무심하다는 점이다. 책들은 내 다리의 윤곽만 교묘하게 피해 쌓아 올려져 있고, 내 손은 움직이기만 하면 버튼을 누를 수 있을 것처럼 낡은 선풍기 바로 앞에 놓여 있지만, 내 몸은 좀처럼 발견되지 않는다. 가끔씩 내 관자놀이 위쪽 벽에

2구나 4구짜리 콘센트가 달려 있고, 거기에 두세 개의 전자제품 플러그가 꽂혀 있을 때도 있으나, 전기의 흐름은 느껴지지 않는다. 방에 드나드는 사람들의 시선이 내 쪽을 향하는 일은 드물다. 벽 속에서 눈이 몇 번 마주친 적도 있지만 아무 일도 일어나지 않았다. 당연한 일이라고 나는 꿈속에서 생각한다. 그들에게 나는 보이지 않고, 거기 있는 것은 다만 벽인 것이다. 나는 아내와 연두가 곁에 없음을 알아차리는데, 그 사실이 무척이나 서글프면서도 다행스럽게 느껴진다. 함께 있다면 그들도 나처럼 산 채로 벽에 꿰뚫린 채 누워 있을 텐데, 그것은 내가 무슨 일이 있어도 감당하고 싶지 않은 일이기 때문이다.

꿈이 아픔 없이 평온한 것은 여기까지다. 멀리, 빛 속에서 혹은 어둠 속에서 갑작스럽게 무언가가 내 존재를 알아본다. 어떤, 동물이다. 내 상상력은 꿈에서는 그다지 독창성을 발휘하지 못한다. 그저 집에서 기를 만한 흔한 동물들 중 하나다. 개, 고양이, 새장 속의 앵무새, 혹은 수조 속의 햄스터. 그것이 무엇이든, 그 사실을 감지하자마자 내 시선은 절대로 마주보고 싶지 않은 그 눈을 향해 무력하게 끌려간다. 나는 팔과 다리를 움직이지 않으려고, 몸을 움찔대지 않으려고, 숨을 쉬지 않으려고 헛되이 애를 쓴다. 그랬다가는 그 짐승이 나에 대한 경계심으로 도망치거나, 반대로 달려와 코를 들이대거나, 발톱으로 긁어대거나, 찍찍대며 수조 속에서 날뛸 것이기 때문이다. 바로 그 순간 나는 투명한 사물이 아니라 사람으로 인식되고 말 것이기 때문이다. 나는 살아나, 벽이 내 안구와 코뼈와 입술을 으깨고 찢어놓는 것을, 내 뇌가 광물질에 의해 바수어지는 것을, 내장이 고통으로 울컥거리기 시작하는 것을 남김없이 느껴버리고 말 것이기 때문이다.

나는 내 모든 능력을 동원해 생명 없는 덩어리로 남고 싶다. 그러나 쉽지 않다. 짐승의 숨소리가 점점 가까워진다. 나는 결국 실패한다. 벽이 나를 알아차린다. 있어서는 안 되는 이 이상한 공존 상태를, 공간 속에서 자신의 우위를 깨닫는다. 동시에 내 몸의 모든 통각이 한꺼번에 깨어난다. 어떤 자비도 없이, 벽이 새롭게 내 몸을 뚫는다.

나는 목구멍까지 들어찬 시멘트를 게우듯 숨을 토하며 깨어난다. 몸은 땀으로 젖어 있고, 내게 닿아 있는 것은 오직 부드러운 이불과 베개와 침대 시트뿐이다. 그럼에도 내 심장은 한참 동안 커다랗게 쿵쿵거린다. 손바닥으로 팔과 다리를, 가슴팍과 물컹한 배를 한 번씩 쓸어 보고서야 나는 겨우 호흡을 가라앉힌다.

방 안의 공기는 아늑하고, 모든 것은 있어야 할 자리에 있다. 나는 안도감과 약간의 자기혐오를 느끼며 침대에서 내려온다. 집 안에는 나뿐이다. 아내는 출근했고, 연두는 점심시간을 마치고 이제 막 5교시 수업을 듣기 시작했을 시간이다.

벌써 오후다. 나는 아침에 두 사람을 보낸 뒤 책상에 앉아 원고를 쓰다가 졸음과 게으름을 이기지 못하고 또 다시 침대로 기어들어 간 것이다. 고쳐야겠다고 생각하지만 고쳐지지 않는 몹쓸 나태가 죄책감을, 곧이어 악몽을 불러온 것이라 생각하며 나는 서재로 쓰는 작은방으로 간다. 꿈의 의미에 대해서는 생각하지 않는다. 반복되는, 별 소득 없는 일은 안 하게 되었다. 그나마 젊은 시절보다는 지금이 낫다. 지금은 꿈속을 헤맬 때와 깨어난 직후에만 이런 기분이니 말이다.

작은방 창문으로 건너편 빌라와 그 앞길과 골목의 가로등이 내다보인다. 건물은 갈변한 사과처럼 군데군데 얼룩져 있다. 내 눈은 자연스럽게 2층 끝 창문으로 향한다. 안은 보이지 않지만, 언제나처럼 창문은 조금 열려 있다.

저기 살던 사람과 잠시 알고 지낸 적이 있다. 한동안 알고 지낼 수밖에 없는 인연이었다. 그는 내 가족의 삶이라는 위장을 마취도 없이 갑자기 디밀고 들어온 내시경 같았다. 그때의 충격이 너무 커서, 들어온 것처럼 그가 아무렇지 않게 빠져나간 뒤에도 나와 아내는 얼마간 얼얼함에 정신을 차리지 못했다. 생명의 은인. 그 낯선 단어의 무게가 우리의 마음을 눌렀고, 나는 어떻게든 그가 한 일에 대한 보답을 하려고 했다. 그러나 그가 사양했다. 뿌듯해하거나 부끄러워하면서 사양한 것이 아니라 잘못 걸려온 전화에 아닌데요, 하고 대답하는 듯한 무감정한 얼굴로 고개를 저었다. 그가 내 가족의 삶에 일으킨 변화가 그에게는 잘못 걸린 전화만큼이나 멀고, 어떤 연관성도 갖지 못한다는 표정이었다. 감상에 젖은 나의 상식은 그의 그런 태도를 처음에는 지나친 겸손으로 받아들였다. 그러나 시간이 갈수록 거기에 어떤 부자연스러움이 깃들어 있다는 생각이 떠올라 사라지지 않았다.

그 부자연스러움은 젊은 사람이 나와 같은 기성세대를 대할 때

다소간 품게 마련인 적대감도, 지루해하는 태도나 무뚝뚝함도, 냉소도 아니었다. 그는 자신이 한 선행을 이해하지 못하는 것처럼 보였다. 그런 일이 왜 일어났는지, 왜 누군가가 자신을 보며 그 이야기를 하고 있는지, 궁금하기는 하지만 굳이 묻기도 그렇고 해서, 그냥 받아들이려고 하고 있는 것 같았다. 그 일에 대해 말하는 그의 표정에는 보지 않은 영화를 본 것처럼 소개하는 영화 프로그램 MC 같은 공허함과 결락감이 있었다. 이렇게까지 말하고 보니 내가 몹시 뒤틀리고 은혜를 모르는 인간처럼 느껴진다. 그는 다른 사람도 아니고 내 자식을 구해준 사람이었는데 말이다. 그렇다. 이런 복잡한 마음 때문에 나는 그 당시에도 힘들었다. 그가 어딘가 상처가 깊은 사람이라는 사실이 분명해진 뒤에도 나 자신이 그보다 훨씬 병들어 있는 게 아닌가 싶어 축축한 혐오에 빠지곤 했다.

나는 할 일을 하려고 했다. 애를 썼던가? 그건 아니었는지도 모른다. 그래도 몇 번인가 더 그의 집 문을 두드렸다. 그가 번호를 가르쳐주지 않아서 전화는 할 수 없었다. 그것밖에 못 넣는 자신을 부끄러워하며 10만 원짜리 수표 열 장을 봉투에 넣어 그의 문 밑으로 밀어넣었다. 봉투는 이튿날 아침 우리 집 현관 바닥에 그대로 돌아와 있었다. 진부하긴 했으나 마트에서 파는 선물상자 몇 개를, 귤 한 봉지를 문 앞에 두고 오기도 했다. 그것들도 모두 돌아왔다.

그런 일이 반복되자 자신이 점점 초라해졌다. 나는 결국 보답하려는 시도를 그만두었다. 고마움은 부채감으로 변했고, 세면대 위의 비누처럼 조금씩 작아지더니 없어졌다. 일단 식어버리자 마음의 온기는 되살아나지 않았다. 언제든 동네에서 마주치면 말을 해야지 싶었지만 놀이터에도, 슈퍼마켓에도 그는 나타나지 않았다. 그는 자신의 방 속으로 스며들어 문을 잠가버렸고, 그것으로 끝이었다. 은인이던 그는 아는 사람이 되었고, 다시 아무런 교류 없는 타인으로 되돌아갔다.

20센티미터쯤 열린 그의 창문은 겨울에도 닫히는 법이 없었다. 그는 추위에 무감각하거나, 혹은 신선한 공기에 집착하는 사람인지도 모른다. 지금처럼 서서 보고 있으면 그가 오래전의 어느 밤처럼 어두운 방 안에서 나를 말없이 응시하고 있는 것 같다. 아니, 이것은 나의 착각일 수도 있다. 어쩌면 그는 내가 모르는 사이에 다른 동네로 이사를 갔는지도 모른다. 내가 일을 시작하게 되어 정신없이 몇 년을 보내는 틈에, 아이를 키우고 아내와 몇 번인가 싸웠다 화해하며 일상을 다져가는 동안에, 차곡차곡 대출을 갚아가는 사이에, 이사 트럭이 와 그의 살림을 실어가고, 새 벽지가 벽에 발리고, 다른 이웃이 저기 들어와 살고 있는지도 모른다.

나의 부모, 그리고 장인 장모가 숱하게 말해온 것처럼 그런 게 삶이었다. 제법 큰일임에 분명한 그런 일이 벌어졌는데도 감쪽같이 오므라들고 붙어 예전처럼 또 굴러갔다. 그 사이 동네 풍경도 많이 변해, 이 길에 늘어선 거의 모든 집이 헐리고 신축빌라가 들어섰다. 이렇게 낡은 건물은 이제 우리 빌라와 그의 빌라를 포함해 몇 채 남지 않았다. 저 건물 주인도 이쪽 주인처럼 사업으로 바쁘거나 다른 건물을 관리하느라 정신이 없는 모양이다. 창문과 창문의 거리로 짐작하면 저 건물의 원룸들은 제법 큰 편인데 한 번도 리모델링이 이루어지지 않았다는 게 비현실적인 일이긴 하다. 건물주로선 방 사이즈를 줄이고 개수를 늘려 한번에 많은 월세를 받아내는 쪽이 훨씬 득일 텐데 말이다. 어쨌거나 그의 방과 나의 방은 그대로 있다. 내가 그를 다시 만나는 일은 아마 없을 것 같지만, 두 건물은 기적처럼 낡은 모습 그대로 마주보고 있다.

그는 이것도 미리 알았을까? 내가 지금 그를 떠올리며 여기 서 있게 되리라는 것도?

오래전에 그는 말했었다. 사람들의 선한 마음을 믿어야죠. 선한 마음은 선한 마음을 낳고, 그게 또 다른 선한 마음을 낳으니까요. 그렇게 자꾸자꾸 낳아서, 자꾸자꾸…….

표정이나 목소리는 없다. 남은 것은 문장뿐인데, 지금 내게는 바로 그런 문장들이 필요하다. 잠언이나 기도문처럼 느껴지는 이 말들이 머릿속 한구석에 아직 남은 악몽의 부스러기를 몰아내줄 것만 같다. 그러나 나는 조금 궁금하다. 그는 어쩌고 있을까? 믿고 싶지 않지만 보이는 일들과, 일어났지만 자신의 것처럼 느껴지지 않는 일들 사이에 여전히 전진도 후진도 할 수 없는 상태로 끼어 있을까? 아직도 그렇게 입으로 이상한 소리를 내고 있을까? 나는 그가 한 말들을 믿을 수 없다. 일부만 제외하고 말이다.

그를 처음 본 날이 기억난다. 밤이었고, 10월이었다. 기모로 안을 댄 점퍼가 낮에는 후덥지근하다가 밤이 되면 마침맞을 정도로 포근하게 느껴지는 날씨였다.

밤마실을 나온 사내아이들은 자기들 얼굴보다 큰 갈색 플라타너스 잎들을 손에 들고 뭐가 그렇게 신나는지 낙엽! 낙엽! 받아라 푸

슝! 소리치며 뛰어다녔다. 나는 공원 한가운데서 그 아이들이 그리는 정신없는 동선을 눈으로 좇으며, 너희들이 몇 해만 늦게 태어났다면 얼마나 좋을까, 멍하니 생각하고 있었다. 그랬다면 너희들은 우리 연두와 눈을 맞춰줄 테지. 형아들, 나도 같이 술래잡기 해. 우리 집에 터닝메카드 일곱 개나 있어! 에반, 피닉스, 슈마, 나백작, 타돌, 미리내, 그리고 타나토스는 너무 비싸서 우리 할아버지 댁에 있어. 할아버지가 아는 사람한테 부탁해서 사셨다? 지금은 없는데 버스 타고 한참 가면 있어. 내 아이가 딴에는 없는 용기를 쥐어짜 작지만 결연하게 중얼거리는 그 소리를 외면하지 않고 관심을 보여주겠지. 네 살배기 연두는 개월 수에 비해 키가 작달막했고 말라서 갈비도 살짝 보이는 편이었다. 소근육 발달도 느려서 색연필을 아직 제대로 쥐지 못했고 또래 아이들은 다 뗀 기저귀도 여태 밤에는 차고 잠들었다. 아내에게는 매일 자잘한 걱정과 죄책감을 안겨주는 그 일들이 나는 별로 걱정되지 않았다. 할 때 되면 다 하리라는 생각이었고, 부모 둘 다 체구가 큰 편은 아니니 어쩌랴 하는 마음이었던 것이다. 하지만 아이가 놀이터에서 다른 아이들의 무리에 끼지 못해 쩔쩔매는 광경을 보는 일만은 내게 기이할 만큼 고통스러웠다. 매일 어린이집에서 하원하면 집에 잠시 들러 세발자전거와 조그만 장난감들을 챙긴 다음 마치 처음으로 전투에 나가는 어린 전사처럼 결기와 의지로 무장한 얼굴을 하고 놀이터를 향하는 것이 그 무렵 연두의 주요 일과였다. 일단 놀이터 입구에 도착하면, 연두는 자신을 상대해줄 만한 아이들을 찾아 재빠르게 사방을 눈으로 훑은 다음 한 치의 의심도 없는 몸짓으로 목표물을 향해 페달을 밟았다. 그러고는 자기에게 눈길 한 번 주지 않는 큰 형과 누나들을 향해 버티고 서서, 나도 숨바꼭질 좋아하는데! 나도 어제 그 아이스크림 먹었는데! 하고 웅변하듯 외치는 것이었다. 아이들에게 서너 살 차이는 어른들에게 한 세대 차이쯤 되는 모양이었다. 아이들의 정직한 무관심은 얼음처럼 차가웠고, 연두는 그걸 어떻게든 녹여 보려고 온 힘을 다해 자신을 소리쳤으나, 소득이 있는 날은 별로 없었다.

그럴 때면 내가 아이가 되어 안간힘을 쓰고 있는 것 같았다. 나는 아이가 힘겨움인 줄도 모른 채 겪고 있는 힘겨움에서 나의 과거와 아이의 미래를 보았다. 과거는 희미해서, 나도 어릴 때 저랬을까? 저랬단 말인가? 정도의 의문만 메아리처 돌아왔다. 반면 미래는 좀 더 또렷하고 구체적이었으나 나는 그것을 똑바로 보고 싶지 않았다. 관계맺기, 소속되기, 인정투쟁, 호객행위, 자기PR, 뭐라 이름 붙이든 아이는 잔뜩 얽힌 가시덩굴 같은 저 무관심을 풀고 자르고 자기편으로 만들기 위해 평생 씨름하게 될 것이었다. 내가 그랬고 내 부모가 그랬듯이.

간혹 마주치는 어린이집 같은 반 친구들은 대개 한 시간쯤 놀면 부모를 따라 줄레줄레 집으로 가버렸다. 연두의 욕망은 한 시간보다 길고 집요하고 강렬해서 어떤 설득과 협박과 내가 엉덩이에 가하는 손바닥 세례에도 지지 않았다. 가을 해는 여섯 시 반이면 떨어졌고 허기는 일곱 시 반쯤에 절정에 달했으나, 연두는 여덟 시가 되어도 새로운 친구를 찾아 공원 구석구석까지 뛰어다녔다. 몇 번의 힘든 밤을 보낸 뒤 나는 포기했다. 아이가 제풀에 지치기를 기다려 집에 데려온 뒤 늦은 저녁을 먹여 재웠다. 지나가겠지, 외동이라 그렇겠지, 부모를 닮아 외로움을 타는 거겠지, 동생을 낳아줄 능력은 안 되니 미안하구나, 나는 생각했다.

그때의 내게는 그 정도의 일이 가장 큰 고민이었다. 말하자면 나는 태평한 사내였던 것이다. 아이를 낳고 가정을 꾸렸으나 아직 데뷔를 못해 앞이 보이지 않았고, 가장으로서의 책임을 아내에게 미뤘다는 죄책감과, 칭찬하는 페미니스트들 앞에서는 말할 수 없는 아이 보는 아빠로서의 미묘한 열등감에 매일 시달렸으며, 집 계약 갱신이 다음번에도 전세금 인상 없이 이루어질지 알 수 없다는 사실과, 나날이 줄어가는 통장 잔고에도 불구하고, 나는 큰 걱정이 없었다. 나를 둘러싼 모든 것이 예외 없이 막대한 불안을 강요하고 있었는데, 내 마음에는 그 불안들을 일일이 느낄 여력이 없었다. 나는 그냥 놔버렸다. 될 일은 되고, 안 될 일은 안 되리라고 생각하니 평온해졌다. TV와 인터넷에서는 매일 엄청난 일들이 일어나고, 사람들이 죽어가고, 역사가 거꾸로 돌아간다는 원성이 드높았으나, 일회성 분노와 삶의 근본을 바꾸지 못하는 습관적 다짐을 반복하는 일을 제외하고 내가 그 사건들에 구체적으로 닿을 방법은 전혀 없었다. 머리 위로 외국어로 된 거대한 공중장벽 같은 세상이 흐르고 있었고, 그것이 몰락해가고 있다는 사실을 나는 무감한 이주민의 심정으로 올려다보고 있었다. 날마다 아이를 먹이고 입히고 재우며 삶은 감자처럼 작고 포슬포슬하고 따스한 일상을 신경질이나 짜증으로 더럽히지 않으려고 애를 썼다. 그 일만으로도 가끔은 이가 악물리고, 주먹이 꽉 쥐어졌다.

친구를 찾는 데 실패한 연두는 시무룩한 얼굴을 하더니 공원 한쪽의 그네로 뛰어갔다. 빨간색은 비어 있었고, 녹색에는 그가 타고 있었다.

이상한 사내였다. 유년기에 타보지 못한 그네를 어른이 된 뒤 하루에 몰아 타보려는 듯, 그네 포악스럽게 타기 대회에 참가한 듯, 그는 인정사정없이 발을 구르고 차올려 그네 탄 자기 몸을 허공에 흔들고 뿌려대고 있었다. 그네 전체가 컹컹 무겁게 울리며 흔들렸다. 저러다 한 바퀴 돌아 뒤로 넘어가겠다, 나는 생각했고 연두는 겁먹은 얼굴로 내 뒤에 숨었다.

남자의 입에서 괴성이 새어나오고 있었다. 훗슈, 훗슈, 훗슈, 휘펑, 휘펑! 하르바사리, 람, 람. 귀를 보니 이어폰이 꽂혀 있었다. 음악을 듣는지 뭘 듣는지, 자기 입에서 나오는 소리가 어떻게 울리는지, 자기 몸이 어떻게 보이는지에 아무런 관심이 없는 것 같았다. 다소 익살스럽긴 했으나 아이에게는 충분히 위협적인 광경이었다. 저렇게 그네 타면 돼, 안 돼? 나는 연두에게 물었다. 연두는 안 돼, 중얼거리고 덧붙였다. 근데 아빠, 나 저거 타고 싶어. 녹색.

나는 연두의 그네를 밀며 기다렸다. 연두는 곡예에 가까운 남자의 움직임을 두려움과 매혹이 가득한 눈으로 좇느라 정신이 없었다. 나는 나도 모르게, 아이가 이런 걸 보면 안 되는데, 생각했다. 남자는 서른 살로도 열여덟 살로도 보이는 외모였다. 덩치가 상당했다. 붉은 얼굴에는 여드름이 가득했고 쉬지 않고 소리를 내는 입가에는 침이 조금 묻어 있었다. 그를 그렇게 만든 것이 무엇인지는 몰라도 아주 지독하고 사나운 것임은 분명해 보였다. 무엇보다 외계어를 닮은 그 이상한 괴성이라니. 그의 입에서 나오는 게 니미, 닝기리, 씨팔, 쌍, 지랄이 아닌 게 다행이었으나 나는 그가 빨리 자리를 떠나주길 바랐다.

몇 분 후 그의 움직임이 멈췄다. 남자는 비슌, 비슈, 훗슈, 중얼거리며 그네에 그대로 앉아 있었다. 더 참지 못한 연두가 다가가 그의 그넷줄을 잡았다. 남자는 너는 뭐냐? 하는 눈으로 잠시 연두를 보다가, 일어나 백팩을 메고, 공원의 가로등 불빛 속으로 성큼성큼 걸어갔다. 왜 저렇게 걷는 것일까?

그로부터 몇 달이 지난 어느 토요일 오후에, 나는 동네 슈퍼마켓에서 치즈의 종류를 눈으로 훑고 있었다. 체다, 브리, 에멘탈, 모짜렐라, 까망베르, 슬라이스, 스트링. 나는 치즈에 큰 관심이 없었다. 이 몇 개의 단어가 여전히 강렬한 건 그것이 나의 죄와 연관되어 있기 때문이다. 누구라도 나와 같은 일을 겪었다면 그 순간 자신이 보고 있던 사물에 한동안 붙들릴 수밖에 없을 것이다. 아내에게는 그것이 치즈가 아니라 인스턴트 커피였다. 다크 로스트, 마일드 로스트, 스위트 아메리카노, 스위트 모카. 원두가 떨어졌는데 사두는 걸 잊어, 슈퍼에 간 김에 급한 대로 커피를 사려 했다고, 달면서 카제인나트륨이 적게 함유된 커피를 찾고 있었다고 아내는 나중에 말했다. 카제인나트륨 말이야, 하고 울면서 몇 번이나 되풀이했다. 그러니까, 아이가 가게 안을 돌아다니며 마음에 드는 과자를 찾게 놔두고, 아내와 나는 각각 유제품과 커피가 진열된 매대에 서서 정신을 놓고 있었던 것이다. 우리는 그때 대체 무슨 생각을 하고 있었나? 사는 게 지겹다는 생각? 모든 게 너무나 지루해서 치즈나 싸구려 커피에라도 집중해야겠다는 생각? 주말 육아에서 놓여나 잠시라도 혼자 있고 싶다는 생각? 아니다. 그러지 않았다. 우리는 그냥 아무 생각이 없었다. 다섯 살을 향해 가는 아이에게서 장난기가 빠지고 있다고 생각했고, 그것을 조금씩 아쉬워하고 있어서, 아이가 말도 없이, 아무런 이유도 없이 슈퍼마켓 문으로 나가, 주위를 둘러보다가, 4차선 도로 한복판에 떨어져 있던 작은 바람개비 모양의 장난감(그것을 길에 떨어뜨려 그곳까지 굴러가게 둔 아이의 부모에게는 미안하지만, 나는 당신들을 저주했다. 몇 번이나)을 발견하고, 우리가 단단히 가르쳐둔 교통안전 상식을 까맣게 잊고 그리로 빨려들듯 뛰어가리라는 생각 같은 건 전혀 하지 못했다. 동물의 직감으로 먼저 정신을 차린 것은 아내였고, 아이의 이름을 부르다 몇 초 만에 목소리가 변한 것은 나였다. 우리는 거의 동시에 밖으로 뛰어나갔다. 아이는 막차도 한복판을 향해 달려가고 있었고, 바로 그때 몇 미터 앞에 있던 트럭이…….

나는 아이의 휘둥그레진 눈을 보았고, 연두야! 소리쳤고, 아내의 비명을 들었고, 요란한 경적을 들었다. 바로 그때 누군가가 뛰어들었다. 내가 기억하기로는, 거대한 오랑우탄이 달려와 새끼를 나꿔채고는, 곧바로 나무 위로 점프해 올라가는 것 같은 움직임이었다. 그 장면을 채우고 있던 거의 모든 것은 내 죄책감이 먹어버렸다. 다음 장면에서는 연두가 인도 위에 혼이 나간 얼굴로 앉아 있고, 아내가 아이를 안고 울고 있고, 내가 그 앞에 무릎을 꿇고 앉아 괴상한 소리를 토해내고 있다. 트럭이 서고, 붉어진 얼굴의 기사가 내려 우리에게 다가왔다. 사람들이 모이고, 슈퍼마켓 직원들이 나와 큰 소리로 웅성거리기 시작했다. 그때 소셜커머스 택배트럭을 몰던 그 기사를 상대한 것은 나였는데, 그의 얼굴도 까맣게 지워졌다. 나는 이성을 잃고 험한 말을 토해냈고, 그도 그랬을 텐데, 너무 괴로워 그 얼굴은 잊었다. 그와 얘기를 끝내고, 연두가 다친 데가 없으며 제대로 말을 하고 울 수도 있다는 것을 확인해야 했으므로, 아이를 구해준 사람에 대한 생각은 몇 분 뒤에야 돌아왔다. 나는 사람들 사이에서 그 얼굴을 찾아 헤맸고, 그 침울한 얼굴의 남자가 등을 돌려 골목으로 들어가버린 뒤에야 그를 알아보았다. 그는 여전히 하얀 이어폰을 꽂고 있었다. 혹시? ……설마?

나는 그가 다음 골목에서 오른쪽으로 돌고 있을 때 자리에서 일어났다. 그러고는 있는 힘을 다해 뒤쫓아갔다.

그럴 리 없을 줄 알았는데 비슷했고, 비슷하다 싶었는데 틀림없었다. 걸을 때 몸을 이상하게 흔드는 모양새가 내 기억 속의 강렬한 인상과 일치했고, 잘 생각해보니 아까 사람들 사이에 서 있을 때 그가 입을 슈, 슈 소리내는 모양으로 내밀고 있는 걸 본 것 같기도 했다. 남자는 천천히 걸어 우리 집 건너편의 빌라로 들어갔다. 내가 헐떡이며 공동 현관문에 들어섰을 때 2층에서 쾅, 문이 닫히는 소리가 났다. 나는 올라갔다. 202호였다.

그 순간 나는 방금 전에 나를 강타한 어마어마한 충격에도 불구하고, 마음이 싸늘하게 식으면서 몸을 빠져나와 하늘로 올라가는 듯한 경험을 했다. 모든 상황은 그대로인데 내 마음만이 머리 위 허공 어딘가로 둥실 떠올라, 모든 것을 낯설고 객관적인 제3자의 시선으로 재구성하는 것 같았다.

여기?

나는 건물 밖으로 나왔다. 문의 위치와, 방과 창문의 위치를 살폈다.

그 집?

그 집이었다.

내 입에서 터져나온 것은, 한숨일 줄 알았으나, 실소였다.

나는 담배를 피운다. 대학 신입생 때 배운 뒤로 근 20년을 피워왔고, 중간에 서너 번 있었던 금연 기간은 몇 달을 넘기지 못했다. 아이가 태어난 뒤로는 미안하지만 더 많이 피워댔다. 당연하게도 아내는 싫어했다. 아무리 샤워를 해도 소용없어. 같은 방에서 자기만 해도 간접흡연이 된대. 항의가 이 정도에 그치는 건 육아와 가사의 80퍼센트를 맡고 있는 내게 탈출구 하나 정도는 필요할 거라는 생각 때문인 것 같았다. 나는 계속 피웠다. 낮 동안에는 참았고, 밤에만 피웠다. 야근을 끝낸 아내가 돌아오면 지친 어깨를 한 번 안아주고, 아이는 잘 재워 놓았다고 말해준 다음, 잠시 눈치를 보다가 옷을 주워 입고 밖으로 나가 피웠다. 피우면서, 쓰고 있는 글에 대한 생각을 했다. 동화라는 것을 이렇게까지 어렵게 써야 하는가, 주로 그런 생각이었다.

나는 2주에 한 번 동화창작 스터디 모임에 참여하고 있었는데, 그 멤버들은 내 글을 좋아하지 않았다. 메시지도 없고 문학적이지도 않다는 것이었다. 동화에 수십 가지 하위장르가 있어서 제각기 따라야 하는 문법이 다르고 공식이 다르다는 것까지는 납득했으나, 그렇게 기출문제 분석하듯 최근 출간작의 경향을 읽고 전략을 세우면서(그리고 내 경우에는 잠을 줄이고 다른 여가가 없다는 불만에 시달려가면서) 아이들을 위한 이야기를 쓴다는 것이 내게는 우스꽝스럽고 슬픈 농담처럼 느껴졌다. 내가 보기에 동화에서 메시지를 보는 것은 책을 구입하고 자기만족을 느끼는 부모들뿐이었고, 문학성을 따지는 것은 작가 지망생들뿐이었다. 겨우 다섯 살이나 여섯 살짜리 아이들의 마음에 다문화사회의 의미나 예술의 존재 의의, 지구온난화의 위험성 같은 심오한 주제와 시를 방불케 하는 함축적인 표현들이 과연 얼마나 가닿을지 나는 짐작할 수 없었다. 연두는 대체로 자신의 스트레스를 풀어줄 폭력이 등장하는 이야기, 아니면 슬랩스틱코미디에 가까운 이야기들에만 열광했다. 밤 산책을 못하게 하는 아빠와 듣기 싫은 영어노래를 계속 틀어 놓는 어린이집 선생님이 악어에게 먹히거나 똥통에 빠지는 이야기, 영웅이 못된 해적의 팔을 칼로 쓱 잘라내는 이야기, 바나나 껍질을 끝없이 밟고 넘어지는 저주에 걸린 아이가 바나나 나라 왕자를 찾아가 죽이는 이야기. 나는 아빠로서 걱정을 하면서도 한편으로는 그런 연두를 이해했다. 오래전부터 나는 어째선지 아이들이 어른들에게 통쾌하게 복수하고 엿을 먹이는 이야기를 자꾸만 자꾸만 쓰고 싶었다. 바로 그것이 이 세상에서의 내 숨은 사명 같았다. 어쩌면 생각보다 일찍 어른이 되어야 했던 나 자신을 위로할 유일한 방법이었는지도 모른다.

허나 현실은 현실이었다. 입시 대비하듯 쓰든 어떻게 쓰든, 그건

10년 넘은 웹 콘텐츠 기획자 경력이 회사 재정 악화로 끊겼을 때 나 자신이 고심 끝에 재취업 대신 선택한 길이었고, 선택한 이상 몇 년 내에 데뷔를 해서 처자식을 먹여 살려야 했다. 한가한 이야기를 늘어놓을 틈이 없었다. 내 마음은 불안을 느끼지 않게 개조된 상태였으므로, 나는 대신 담배를 피웠다.

슈퍼마켓에서의 일이 있기 반년쯤 전의 어느 날 밤이었다. 그날도 아이를 재우고 아내에게 굿나잇 키스를 하고, 안 되는 글을 붙잡고 골치를 썩이다가 한 대 피우러 나간 참이었다. 새벽 두 시쯤 되었을 것이다. 옥상은 잠겨 있었고, 우리 빌라 앞에는 앉을 만한 공간이 없었으므로, 나는 건너편 빌라에 붙은 시멘트 단에 걸터앉았다. 거기 앉기 시작한 게 그리 오래된 일은 아니었다. 한 일주일쯤 되었던 것 같다. 원래는 길 한복판에 서서 피웠는데, 연두를 안고 걷다가 허리를 살짝 삐끗한 뒤로 앉아서 피우는 버릇이 생겼던 것이다.

맹세컨대 나는 내 담배 연기가 올라가는 경로 정중앙에 누군가의 창문이 열려 있을 거라고는 전혀 예상하지 못했다.

그러니까 바로 그런 게 기본적인 예의의 문제라니까. 열렸고 닫혔고를 떠나서 당연히 창문 밑은 피해야 하는 거 아니야? 피우기 전에 전후좌우를 샅샅이 살폈어야지. 흡연자들 진짜 둔감해.

다음 날 아침 아내는 고소하다는 듯 말했다. 그 말이 맞다. 나는 둔감했고, 배려가 부족했다. 나 같은 인간들 때문에 흡연자들의 입지가 더욱 좁아지고 있다면 나는 성토당해 마땅하다. 어쨌거나 만약 의식을 했더라면 나는 절대 거기 앉지 않았을 것이다. 그러나 반성과 성찰이 깃들기에 그때의 내 마음은 너무 커다란 충격에 얻어맞은 상태였다. 내가 뒤집어쓴 것은 식초였던 것이다.

처음에는 물인 줄 알았다. 비나 우박인지도 모른다고 생각했다. 혹은 건물이 낡아 어딘가 고여 있던 물이 갑자기 쏟아졌나, 생각도 했다. 그 며칠 전에도 머리 위로 뭔가 떨어졌는데, 그건 물이었으니까. 아무리 봐도 그런 식의 낙수가 일어날 구조는 아닌데, 나는 자리에서 일어나 궁금해했었다. 그런데 그날 밤에 쏟아진 것은 달랐다. 물에서 날 수 없는 독한 냄새가 났고, 무엇보다 뒤집어쓰는 순간 이건 사람의 의도적인 행위라는 강렬한 직감이 나를 때렸다. 냄새. 산. 신 냄새. 나는 몇 분간 몸을 움직일 수가 없었다. 충격을 누르며 겨우 일어나 돌아섰다. 건물 전체의 불이 다 꺼져 인기척이 없었고, 오직 내 머리 위쪽, 2층 끝의 창문만 20센티미터 정도 되는 폭으로 열려 있었다.

나는 그 열린 창문 너머의 어둠을 넋 놓고 올려다보았다. 기가 막혔고, 화가 났고, 억울한 마음이 치밀었으나 그 모든 것 이전에 공포로 몸이 속까지 얼어붙는 듯했다. 음침했다. 지독하도록 음침했다. 얼굴이 보이지 않는다는 사실이 컸다. 잘못을 하긴 했지만, 나는 일단 사람이지 않은가? 머리를 내밀고 내게 소리쳐 경고를 하거나, 욕설을 퍼붓거나, 그도 아니면 그 자리에 험악한 경고문이라도 붙여둘 수 있지 않았을까? 방의 주인이 누구든 그가 내게 한 행위에는 인간 대 인간의 의사소통을 구성하는 어떤 필수요소가 완전히 결여되어 있었고, 그것이 내 몸을 떨리게 한 음침함의 원인이었다. 그는 내게 말을 할 필요가 없다고 생각한 것이다. 말이라는 수단의 가능성을 처음부터 고려해보지 않은 게 분명했다. 그에게 나는 인간이 아니라 다만 대상이었다. 나는 기다렸지만, 아무리 기다려도 창문 안쪽에서는 어떤 소리도, 움직임도 넘어오지 않았다. 나는 이를 악물고 그 어둠 속을 상상했다. 불을 끈 채 침대에 누워 기다리고 있다가, 창문으로 담배 연기가 들어오는 것을 확인하고 천천히 일어나, 반나절 전쯤 미리 식초를 따라둔 컵을 집어 들고 소리 없이 다가오는 그를. 내 무방비한 머리통을 위에서 내려다보며 침착하게 겨냥을 하고, 액체를 부은 뒤, 침대로 돌아가 숨죽이고 누워 있는 그를. 그 천천한 일련의 행동들을. 킬킬거리는 웃음소리라도 들려왔다면 차라리 나았을 것이다. 적막한 어둠이 그토록 악의적일 수 있다는 사실을 그날 처음 알았다.

　나는 그 뒤로 한동안 담배를 피우지 못했다. 그의 책상 위에 놓여 있었을 컵을, 그 안에 든 식초의 미동 없이 잔잔한 수면을 떠올리면 욕구가 도려낸 듯 사라졌다. 그나마 다행이잖아. 염산이나 황산이었으면 어쩔 뻔했어. 내 충격이 생각보다 오래가는 것을 보고 자신도 조금 놀란 아내가 위로랍시고 건넨 말이었다. 정말 그랬을 수도 있었다. 그 후 몇 달 동안, 나는 건너편 빌라 2층 끝방 거주자의 얼굴을 집요하게 상상했다. 그의 배경을, 그가 살아온 역사를 가상으로 구성해보는 일을 멈출 수 없었다. 자식에게서 버림받은 독거노인. 권태와 탐욕에 물든 중년 여자. 취업이 안 되는 취업준비생. 직접 대면하지 않아도 된다면 나는 그 사람의 얼굴을 꼭 한번 보고 싶었다.

그러니 그 바람이 결국 그렇듯 이상한 방식으로 실현되었을 때 내가 느낀 감정을 어떤 말로 표현할 수 있겠는가. 그날 202호의 닫힌 문 앞에 서서 나는 어떤 까마득한 낙차를 느꼈고, 결국 아무 행동도 취하지 못했다. 그 순간 내 머리에 떠오른 이미지는 벌어진 입이었다. 내가 동경하며 응원하는, 볼 때마다 기분이 좋아지는 어떤 아름다운 여자 혹은 남자가 있다. 국민 모두가 호감을 품을 수밖에 없는, 안티조차 없는 연예인 같은 느낌의 사람이라고 해두자. 그 사람이 얼굴 가득, 보는 것만으로도 향기가 전해질 것 같은 싱그럽고 건강한 미소를 짓고 있다. 입술이 벌어지면서 미소는 곧 환한 웃음으로 변한다. 내 시선은 자연스레 그 사람의 입으로 향하고, 그 입술 사이로 천천히 속이 들여다보인다. 치아가 하나둘씩 드러나는데, 그것들은 하나도 빠짐없이 뿌리까지 새카맣게 썩어 있다.

논리라는 걸 꿰맞춰볼 수 있게 된 건 며칠 뒤였다. 나는 여전히 연두 때문에 놀란 마음이 진정되지 않은 상태였고, 연두를 구해준 그를 떠올리면 금방이라도 눈물이 날 것 같았다. 고맙고 또 고마웠다. 천만다행이었다. 나는 입이 열 개여도 할 말이 없는 부모였고, 그는 내 영웅이었다. 그러나 나는 내 속에 돋아나기 시작한 검은깨 무더기 같은 찜찜함을 씻어낼 수가 없었다. 내 눈앞에서 오랑우탄처럼 날렵하게 몸을 던져 내 아이의 목숨을 구해준 남자가, 그때 어둠 속에서 소리 없는 증오가 가득한 눈으로 내 뒤통수를 남몰래 응시하던 그 방의 주인과…… 왜 동일인물이어야 하는가?

몇 번이나 생각을 거듭했다. 내가 혹시 착각한 것은 아닌지, 잘못 본 것은 아니었는지. 그러나 확실했다. (1)공원에서 미친 사람처럼 그네를 타던 남자와 (2)내게 식초를 부은 남자, (3)내 아이의 생명을 구한 남자, 그렇게 세 명이 실은 한 사람이었다. 지나친 우연 같기도 했고, 뭔가 범죄의 냄새가 나는 것도 같았다. (1)과 (2)는 자연스럽게 연결할 수 있을 것 같았으나 (3)은 아무래도 다른 사람 같았다. 내 논리의 관성은 자꾸만 (1)=(2)와 (3) 사이에 다리를 놓으려고 했다. 그러니까, 매너 없는 흡연자를 지독히 증오하는 그가 내 머리에 식초를 부은 후에, 곰곰이 생각해보니 아무래도 좀 심했다는 생각이 들어, '미안한 마음에' 트럭에 치이려던 내 아이를 구해주기로 한 것이다. 그러나 대체 어떤 사람이 그런 사고를 미리 예견할 수 있단 말인가?

혹시 그 사고는 조작된 것이 아니었을까? 그가 그날 그 순간 하필이면 그 자리를 우연히 지나가고 있었고, 그렇듯 민첩하게 몸을 움직일 수 있었다는 것도 따지고 보면 몹시 이상하긴 했다. 혹시 (4)도 있는 게 아닐까? 말하자면…… 사고를 일부러 만든 뒤에 선행을 가장해 보상금이나 다른 무언가를 뜯어내려는 계획 같은? 그는 그러니까 나를 타깃으로 설정하고 오랫동안 관찰해온 것일까? 나의 일거수일투족을 철저히 감시해, 그 토요일 오후에 우리가 슈퍼마켓으로 이동하고 있음을 확인하고, 조력자인 누군가에게 재빨리 연락을 취하고, 골목에 대기하고 있던 트럭이 달려오고?

이런 종류의 망상들이 계속 떠오르고, 심지어 그것들이 사실에 가깝게 느껴질 만큼 내 머릿속은 한동안 제대로 돌아가지 않았던 것 같다. 아이가 거의 죽을 뻔했으니까. 우리가 그러라고 둔 거나 다름없었으니까……. 혹은 그 식초 한 컵이 진짜 이유였을까? 그 조그만

경험이 나를 그런 식으로, 타인에 대한 의심과 광증으로 몰아갈 만큼 컸단 말인가? 인간이란 게 그렇듯 한심하고 자기중심적인 존재란 말인가? 아내는 또 아내대로 심각한 상태였다. 매일 울면서 자신의 부주의를 자책했다. 하루 종일 아무것도 먹지 않았다. 너무 오랫동안 자책이 이어지기에 이제 그만하라고 한마디 던졌다가 크게 다투기도 했다. 몇 번 큰소리가 나는 싸움이 이어진 끝에 아내는 결국 연두를 데리고 친정으로 가버렸다. 빡빡한 회사 일정을 비집고 휴가까지 내는 아내를 보며 나는 조금 놀라고 깊이 미안했다. 그만큼 스트레스가 컸던 모양이었다.

나는 그의 집을 찾아갔다. 어찌됐든 감사 인사와 보상을 하고, 빨리 마음의 짐을 덜고 싶었다. 그러나 그는 문을 열어주지 않았다. 얼마간 이해할 수 있었다. 내가 그의 집을 알아보았다는 사실이 그에게는 또 얼마나 껄끄럽겠는가. 나는 기다렸다. 그가 지극히 상식적이고 논리적인 태도로 모든 것을 깨끗하게 정리해주기를. 그래서 세부에 지나치게 집착하는 나의 병적인 마음을 지극히 부끄럽게 만들어주기를. 서로에게 다소 불편한 자리가 되겠지만 그와 나는 만나야 했다.

우리는 결국 만났다. 그러나 그 만남에는 내가 기대한 논리적인 요소가 들어 있지 않았다. 그는 이상한 사람이 맞았다. 이상한 언어를 써서 말했고 처음부터 끝까지 황당무계한 이야기를 늘어놓았다.

그날 밤 일은 죄송해요. 그냥 담배 연기가 정말 싫었어요. 낮에는 일을 하고 밤에는 공부를 하는데, 다 끝내고 자려고 누워 있을 때마저 담배 연기를 맡자니 정말 싫어서요.

침착하게 가라앉은 목소리였다. 나는 고개를 조아려, 아, 정말 죄송합니다, 다시는 거기서 피우지 않을게요, 했다. 내가 달리 무슨 말을 할 수 있겠는가?

저희 집에 부엌이 없어요. 공동으로 쓰는 주방이 있는데 거기도 식초는 없더라고요. 그래서 하나 샀어요.

그는 둥그런 눈을 들어 나를 보며 말했다. 야구모자를 눌러쓴 그의 얼굴은 여전히 붉었고, 눈은 뭐랄까, 해맑았다. 그 상황에서 그가 사이코패스인지 알아내려고 애쓰고 있는 자신이 한없이 치졸하게 느껴졌지만 어쩔 수가 없었다. 위악인가? 그렇지는 않은 것 같았다. 나에 대한 당당한 혐오의 표현인가? 그렇다면 나는 더욱 고개를 조아려야 옳았다. 그러나 그는 어쩐지 해명하듯 말하고 있었다. 마치 공동 주방에 식초가 없었던 것을 사과하는 듯한 말투였다.

저희 아이를 구해주셔서 정말 감사합니다. 무슨 말로 감사드려야 할지…….

그는 처음으로 괴로운 표정을 했다.

보였어요.

예?

사고가 날 게 보였다고요. 몸이 닿으면, 보여요. 저번 날 공원에서요, 아드님이 제가 타던 그넷줄을 잡았잖아요. 그때 손이 닿았어요. 그래서 보였어요…….

아, 예…….

보이지 않았으면 참 좋겠는데, 보여요. 그래서 어쩔 수 없이 그렇게 한 거예요. 그러니까, 너무 감사해하지 마셨으면 좋겠어요. 저 그럴 만한 사람 아니거든요. 반반이에요. 어떨 때는 하고, 어떨 때는 안 해요. 아니 요즘에는 안 할 때가 더 많지요. 일이 바빠서요.

나는 가만히 듣고 있었다. 내 마음은, 가방 속에 지갑이 있으니까 빨리 거기서 지폐를 꺼내 건네주고, 인사를 끝내고, 일어서라고, 이 미친놈에게서 벗어나라고 비명을 질러대고 있었다. 그러나 바로 그때 오리고기가 나왔다. 맛있어 보이는 부추절임과 밑반찬들이 테이블에 놓였고, 점원이 수저와 그릇들의 위치를 바로잡아주었다. 나는 타이밍을 놓치고 말았다. 토요일 오후 여섯 시, 공원에서 예의 그 무지막지한 모양새로 그네를 타며 괴성을 질러대고 있는 그를 다시 발견하고 빙고!를 외치고 싶던 순간에서 겨우 30분밖에 지나지 않았다. 아무래도 드려야 할 말씀이 있으니 간단히 식사라도 같이하자는 내 말에 그는 의외로 순순히 그네를 멈췄다. 근처에 있는 삼겹살집과 오리로스집 중에서 선택을 한 것도 그였다.

이 오리고기 말이에요.

그가 한 점을 집어 들었다.

막 구우면 이런데, 먹다가 남아서 냉장고에 넣어 놓았다가 꺼내면, 기름기가 굳어서 하얗게 덕지덕지 않아 있어요. 보신 적 있어요? 처음에는 분명히 하난데, 온도가 내려가면 고기랑 기름이 분리되는 거예요. 뒤늦게 칼로리 생각이 나죠.

그는 고기를 입에 넣고 맛있게 씹었다.

저는, 분리가 잘 안 돼서 만날 지글지글 끓어요. 그래서 그네를 타는 거예요. 그네를 타고 있으면 시원하거든요.

아, 예, 내가 다시 의미 없는 소리를 냈다. 도망칠 기회는 점점 멀어지고 있었다.

다른 이유도 있어요. 그네를 타면, 내가 발을 굴러서 내 의지로 앞으로 움직이고 있다는 기분이 들어요. 물론 뒤로 움직이기도 하지만. 저는 평소에는 항상 뒤로만 움직이는 기분이거든요. 정확히 말하면, 거대한 총알 앞쪽을 껴안은 채 발사되고 있는 기분이에요.

그는 스물여덟 살이고, 자신이 미래를 볼 수 있다고 했다. 자기 미래가 어떻게 진행될지 알고 있으며, 그것이 바뀌지 않으리라는 사실도 안다고 했다. 모든 것이 정해진 대로 착착 진행되는 것을 매 순간 확인하며 평생을 살아야 하는 것이 어떤 기분인지 아느냐고도 했다. 그 시점에서 나는, 그래, 들어나 주자는 쪽으로 마음을 바꾸었다. 소주가 두어 잔 들어가기도 했고, 나 역시 사람과의 교류가 거의 없어서 그렇지 오랜만에 누군가를 만나면 그 비슷한 헛소리를 지껄이며 술주정을 하고 싶다는 생각을 한 적이 얼마나 많았던가. 삶은 뻔하고, 눈에 핏발을 세우며 정신없이 손발을 움직여야 겨우 그 뻔한 삶의 부스러기라도 붙잡는다. 손을 놓는 순간 끝이다. 그는 내가 짐작한 대로 불만 가득한 요즘 젊은이가 맞는 것 같았다.

다만 나는, 다소 속 편하고 재수 없는 기성세대의 입장일지 모르나, 그가 자신을 가두고 있는 이야기가 너무 진부한 것 아닌가 하는 생각을 했다. 신문이 묘사하는 것과 지나치게 똑같은 워딩이었다. SNS에 댓글을 달 때가 아니라 일상의 평범한 순간에도, 정말로 다들 이런 생각을 내면화한 채 사는 건가. 자신에게 미래가 없고, 바꿀 수가 없다고. 가슴이 아팠다. 그에게 미안하기도 했다. 그러니까, 헬조선, 뭐 그런 이야기 말인가요? 미래가 없다는? 내가 물었다. 최대한 어조에 신경은 썼는데, 좀 역겹게 들렸는지도 모르겠다.

아뇨, 그런 게 아니에요.

그가 딱하다는 듯 나를 보았다.

그건 미래가 없다는 거예요. 미래가 보이지 않는다는 거죠. 하지만 정확히 말하자면, 미래가 정말로 존재하지 않는다는 뜻은 아니죠. 그 말을 하는 사람 누구에게도 아직 미래는 오지 않았어요. 수없이 많은 미래의 가능성이 있지만, 자신이 원하는 미래는 그중에 없어 보인다는 거죠. 저는 그것과 정반대예요. 저에게는 미래가 있어요. 이미 경험한 것이나 마찬가지인 명백한 미래가 있죠. 대신 과거가 없어요.

과거가 없다뇨?

말 그대로예요. 지금 제가 여기 아저씨랑 같이 앉아 있잖아요. 어떻게 여기 와서 앉아 있게 된 건지 보이지가 않아요. 불확실한 거죠.

나는 참지 못하고 조금 웃었다.

기억력이 별로 좋지 않다는 말씀인가요?

그도 웃고는, 대답했다. 그랬으면 좋겠는데, 그게 아니거든요. 저한테는 지금 이 순간까지의 과거가 하나가 아니에요. 번호를 붙이자면…… 어디보자, 1번부터 한 40, 50번 정도까지는 되겠네요. 비교적 가능성이 있는 것만 추리자면요. 1번 과거는 아저씨와 제가 지금 기억하는 그대로예요. 제가 그네를 타고 있었고, 아저씨가 저를 발견했고. 그런데, 2번 과거에서는 제가 공원에서 아저씨를 만난 게 조금 전이 아니라 아침이에요. 아저씨가 저에게 말을 걸지만 제가 그냥 집에 갑니다. 그런데 아저씨가 다섯 시 반쯤 다시 찾아와서 저희 집 문을 두드려요. 그래야겠다고, 아침부터 계속 생각한 거죠. 그래서 우리가 같이 여기 온 거예요.

챙그랑, 옆 테이블에서 숟가락이 떨어졌다. 여자가 허리를 굽혀 그것을 주워올렸다.

3번 과거에서는 또 미세하게 달라요. 저는 공원에 아예 가지 않았어요. 혼자서 이 가게 앞에 서서 오리고기 냄새를 맡으며, 아, 맛있겠다, 생각하고 있어요. 하지만 아무래도 혼자서는 들어오기 그래서, 그저 가만히 서 있을 뿐이죠. 그런데 아저씨가 우연히 그 앞을 지나치다가 저를 발견해요. 마침 식사 때고 하니 저녁을 먹으면서 이야기하자고 하죠. 이렇게, 앞쪽에 있는 것들은 논리적 개연성이 높아요. 아저씨한테는 저를 만나 얘기를 할 이유가 있죠. 하지만 뒤쪽으로 가면, 13, 14번쯤 가면요…….

그는 거기서 말을 멈췄다. 나는 종업원을 불러 물을 리필해달라고 했다. 부추절임에 너무 매운 양념 덩어리가 섞여 있었다.

48번과 49번, 그쪽엔 아저씨랑 제가 일하면서 만난 걸로 돼 있어요. 동료 직원이에요. 일 끝나고 우리 동네에 와서 한잔하기로 한 거죠. 아저씨, 지금 일 안 하시죠?

그는 어째선지 조금 걱정스러워 하는 얼굴로 물었다. 나는 고개를 끄덕이고, 지금은 잠시 쉬고 있다고 대답했다. 그는 아무 말도 하지 않았다. 갑자기, 그가 나를 안쓰러운 눈으로 보고 있는 현실이 몹시 마음에 들지 않았다. 안쓰러워해야 하는 건 내 쪽이 아닌가? 그러나 나는 그냥, 계속 웃기로 했다.

상당히 복잡한 얘기네요. 그러니까 실제로는 다른 일이 일어났던 것 같은 기분이 든다는 건가요?

기분이 든다는 게 아니라, 저에게는 어떤 것도 실제로 일어나지 않은 거나 마찬가지라는 이야기예요. 모두 가능성일 뿐이에요. 저는 그중에서 하나를 골라, 이 일이 일어났어, 그래서 내가 지금 여기 있는 거야, 하고 자신을 납득시켜야 하죠. 미치기 싫으니까요. 제가 미친 것 같죠?

솔직히 조금은 그러네요, 나는 마침내 말해버렸다. 말하고 나니 속이 시원했다.

저도 처음에는 그런 줄 알았죠. 하지만 제가 그 일, 그날 그 자리에서 아드님이 차도에 뛰어들리라는 걸 정확히 알고 있었다는 사실을 어떻게 설명하시겠어요? 미리 말씀드리자면 저는 보상 같은 걸 받을 마음이 전혀 없어요. 그럴 수가 없어요. 저도 사정이 있으니까요. 제가 아까 말했죠. 저는 과거에서 미래를 향해 날아가는 거대한 총알 앞쪽을 꽉 끌어안고 매달려 있다고요. 저는 제 머리 뒤쪽의 미래를 이미 알고 있어요. 총알의 방향을 바꿀 수 없다는 것도 알죠. 그래서 상상할 필요가 없어요. 몸의 방향을 바꿔야겠다는 생각도 안 들어요. 거기서 방향을 바꾼다면 사람이 어떻게 되겠어요? 이미 봐서 아는 일들만 계속, 계속, 계속 다시 봐야 한다면 결국 정신을 놔버리지 않겠습니까?

글쎄요……. 나는 대답하면서, 대체 뭔 소리야, 생각했다.

그래서 제겐 대신 과거가 보이지 않는 것 같아요. 이렇게 태어난 이상 미치지 말고 살라고요. 사람은 과거를 바꿀 수 없어서 그걸 잊고, 왜곡하고, 합리화하죠. 저는 미래를 바꿀 수 없어서 잊고 왜곡하고 합리화해요. 보통은 생각을 안 하죠. 저는 제가 앞으로 그렇게 살 수밖에 없으리란 걸 알아요. 그렇게 살 수밖에 없었다는 걸요. 그래서 할 수 있는 일을 하려고 해요. 거기까지 가는 과거를 지금 이 순간부터 만들어가는 거죠. 총알을 거꾸로 타고 날아가는 제 눈앞에서 흔들리고 갈라지면서 뒤섞이고, 앞으로 마구 던져지면서 흩어지는 수없이 많은 불확실한 과거를, 그냥 불확실한 대로 받아들여요. 무엇이든 일어날 수 있었다고 생각해요. 그것마저 할 수 없다면……전 머리가 터져서 죽을지도 모릅니다.

나는 자리에서 일어나 밖으로 나갔다. 분명히 흡연구역인 것을 확인하고, 담배를 한 대 태웠다. 만나지 못한 지 오래인 아내와 아이가 너무나 보고 싶어서, 전화를 걸까 하다 말았다. 그가 앞으로 얼마나 그런 이야기를 계속하든 들어주기로 마음먹은 건, 내가 무한한 인내심의 소유자여서도 아니고, 그가 내 아이의 은인이어서도 아니었다.

처음에는 왜 그렇게 속이 울렁거리는지 영문을 몰랐다. 그런데 마음을 가라앉히고 보니, 나는 그의 이야기가 몹시 싫었다. 그의 입에서 나오는 불확실한 과거에 대한 이야기를 집어치우게 하고 싶다는 생각이 너무도 격렬하게 드는 것이었다. 고기를 너무 빨리 먹어 얹혔는지 어쨌는지, 토할 것 같았다. 저걸 끝까지 듣고 그의 미친 생각을 고쳐주지 않으면, 그것이 미친 망상이라는 자기 판결을 저자의 입에서 끌어내지 않으면 그날 밤 결코 잠이 오지 않을 것 같았다. 나는 전의를 불태운 다음 자리로 돌아갔다.

　그럼 제 미래도 보입니까?
　싸움을 걸듯 내가 물었다.
　아뇨, 아저씨를 제가 만진 적이 없잖아요. 저는 가능하면 사람들을 만지지 않으려고 합니다. 자꾸 그런 일들이 보여서, 너무 괴로우니까요. 제가 이어폰을 꽂고, 자꾸 큰 소리로 노래도 하고 이상한 소리도 내는 게, 속이 끓어서 터질 것 같아서이기도 하지만, 나름의 방어 수단이기도 해요. 그러고 있으면 보통은 피해들 가거든요.
　그의 대답에 빈틈이 너무 많아서 나는 웃었다.
　그래도, 말씀하신 대로라면 지금까지 수도 없이 많은 사람들을 구해주셨을 거 아닙니까. 마치 슈퍼히어로처럼요. 그럴 때마다 그 사람들 몸을 만졌을 텐데요. 구해줬다고 그 능력이 끝나는 건 아니죠? 계속 보이는 거죠? 그럼 그 사람들의 미래만 모아도 제법 커다란 미래가 되지 않나요?
　그는 잠시 생각해보더니, 그건 그래요, 하고 얼버무렸다.
　제 몸에 직접 닿은 적이 없어서 제 미래가 보이지 않는다면, 이런 건 어때요. 다음 대선은 어떻게 되죠? 또 새누리당이 되나요?
　그는 대답하지 않았다. 나는 웃음을 참느라 애썼다. 그의 얼굴이 너무 우스우면서도 진지해서였다. 뭐 그 정도 가지고 그래, 그 정도는 다들 예상하고 있는 일이잖아, 나는 생각했다.
　남의 미래는 말 못해요. 옳은 일이 아니잖아요. 그가 정색한 얼굴로 대답했다.

알고는 있는데 말은 못한다, 그건 너무 불공평한 거 아닙니까? 제 알 권리도 좀 생각해주시죠. 구체적인 이야기가 아니라도 돼요. 그 냥, 대한민국 국민의 한 사람으로서 말입니다. 이 나라는 앞으로 대충, 어떻게 되나요? 다들 미래가 보이지 않아 이렇게 난린데요.

아저씨, 그가 슬프게 불렀다.

저를 어떻게 생각하셔도 상관없어요. 아마 불쌍하다고 생각하시 겠죠. 어찌 보면 불쌍한 사람 맞아요. 낮에는 단 5분도 못 쉬고 몸 을 움직여야 되니까. 밤에 공부를 하려면 너무 피곤하고요. 미래 를 아니까 노력을 안 해도 될 것 같지만, 그렇지가 않아요. 저에게 는 완결된 미래의 영향력이 너무 커서, 자꾸 현재를 먹어들어와요. 그래요, 제가 지금 준비하고 있는 게 7급인데요, 공부를 안 해도 저 는 거기 붙어요. 내년에요. 하지만 미래의 힘이 그렇게 막강하다는 게 싫어서 아무것도 모르는 것처럼 공부를 하죠. 해야 붙을 수 있다 고, 이렇게 하나하나 단계를 밟아서 그 미래를 내가 만들어가는 거 라고 믿으면 그나마 숨이 좀 쉬어지거든요. 아시겠어요? 저는 그 냥 모르고 싶어요. 그런데 자꾸 보인단 말이에요……. 그래요, 그 날 밤에 제가 물도 아니고 굳이 식초까지 준비를 해서 부은 건, 담 배 때문이 아니라 아저씨가 미워서였어요. 그러니까, 제가 계속 착 한 사람으로 살기만 한다는 걸, 그렇게 살다가 그런 일을 당한다는 걸 받아들일 수 없어서가 아니라…… 아저씨가 부럽고 미운 마음 때문이었다고요. 아저씨는 전혀 모르시잖아요? 무슨 일이 일어날 지요. 죄송하지만, 그게 얼마나 큰 축복인지 아세요? 미래가 보이지 않아서 무섭다는 거 말입니다.

더 이상 웃을 수가 없었다. 자리를 엎고 싶었다. 보상금 같은 건 생각도 안 났다. 그러나 그의 무례한 모욕이 마음의 상처에서 나온 것임을 상기하며 간신히, 간신히 참았다. 참아야 했다. 내가 선한 사람으로 남아 있어야 그도 선한 사람으로 있어줄 것 같았다. 나는 겨우 말했다. 나는 무섭지 않아요. 왠지 눈물이 날 것 같았다.

그와 나의 슬픈 시선이 공중에서 교차했다. 이 무슨 코미디인가, 나는 생각했다. 더욱 화가 치밀었다. 왜 내가 이런 고백을 해야 하나. 뭘 그렇게 잘못했기에.

미래를 알려주면 사람들은 말들에 영향을 받아요. 정말로 그 미래대로 살게 돼요. 헬조선이라는 말에는 중요한 의미가 있죠. 그 단어는 현재의 사회 현실이 어떻다는 걸 고발하고 경고해요. 그걸 거짓말이라고 까는 보수 칼럼들은 그래서 나쁘죠. 그런 거 쓰는 놈들은 진짜로 아주 나쁜 새끼들이라고요. 하지만 동시에, 그런 말들은, 사람들의 마음을 짓누르기도 해요. 암울하게 말이죠. 저는 그냥 그 정도까지는 괜찮다고 생각해요. 하지만 더 이상의 미래는…… 저는 말할 수가 없어요. 그걸 원칙으로 하고 있어요.

나는 소주를 한 병 더 시키고 말했다. 그럼 그쪽 미래는 어떻게 됩니까? 이걸 묻는 것도 옳은 일이 아닌가요?

내가 물러나지 않을 태세라는 걸 알자 그는 결국 입을 열었다. 정말이지 기억하고 싶지 않은 일을 상기하는 듯한 표정이었다. 반면 나는 다시 웃을 힘을 되찾았고, 실제로 중간에 몇 번이나 웃음이 나왔다.

그는 그 이듬해에 공무원 시험에 붙으면서 택배 일을 그만둔다고 했다. 공무원으로 일하면서 어떤 아가씨를 만나는데, 그녀와 5년을 교제하고 결혼한다. 물론 중간에 한 번 헤어지기도 하고, 그러다 다시 연락을 취하기도 하고, 다른 여자가 끼어들기도 하며, 그녀에게 다른 남자가 끼어들기도 한다. 그러나 둘은 결국 다시 만나 가정을 이루자는 데 합의한다. 그 아가씨 얼굴이 보이느냐고 묻자, 그는 허리를 굽혀 백팩에서 펜을 하나 꺼내더니, 냅킨 뒷면에 몇 개의 선으로 간신히 여자라고만 알아볼 수 있는 얼굴을 하나 그렸다.

제가 그림을 못 그려서 너무 다행이지요. 만약 실사에 가깝게 그림을 잘 그렸다면, 저는 벌써 사진처럼 정확하게 그 얼굴을 재현해서 구글 이미지 검색에 넣고 돌렸을 테니까요. 그래서 신상을 알아내고, 그 여자가 사는 집을 찾아가고, 맴돌고, 별 미친 짓을 다했겠죠. 저는 그러고 싶지 않아요. 정말이지 그러기 시작하면 미쳐버릴 거예요. 그 사람이 싫다거나 마음에 안 드는 게 아니에요. 너무 예뻐요. 아니, 우아할 정도지요. 저 따위한테 어떻게 그런 사람이, 싫을 정도로 과분한 여자예요. 마음씨도 착해요. 저를 미친 사람으로 보지 않고 이해해주는 유일한 사람이기도 하고요. 우리는 서로 너무너무 사랑해요. 주어진 미래라는 사실은 사랑과는 관계가 없더군요. 직접 경험해보니까요. 아니, 앞으로 경험할 예정이다 보니까요.

나는 웃었다.

그는 한숨을 쉬고 말을 이었다. 그들은 딸 하나를 낳아 키우는데, 그 딸은 자라서 학교 선생님이 된다. 올곧고, 바르고, 헌신적으로 아이들을 대하며, 존경과 사랑을 받는 교사다. 시간이 흘러 딸은 결혼을 한다. 아이를 낳고, 그와 아내는 무한한 기쁨을 느끼며 첫 손주를 안아본다.

나는 물을 마셔 밀려드는 졸음을 쫓아가면서, 그것 참 괜찮은 미래로군, 속으로 비아냥댔다. 나보다는 낫지 않은가. 연두가 동네 형들을 보며 자기도 내년부터는 태권도 도장에 다니고 싶다고 하는데, 나로서는 아이 유치원 비용 외에 도장 비용을 과연 마련할 수는 있을지, 내가 내년에는 일을 시작할 수 있을지조차 알지 못하는 처지였으니 말이다.

아닌 게 아니라 손주의 옹알이를 묘사하는 그는 지극히 낙천적인 사람처럼 보였다. 이자는 알고 보면 꿈이 크고, 건설적인 젊은이인지도 몰랐다. 방식이 좀 이상하긴 해도 말이다. 나는 물었다. 그 미래의 대체 어디가 마음에 안 들어서 그렇게 부정하고, 아니 그의 말대로라면 잊고 싶어 하는 거냐고. 상상력이 개입할 여지가 없어서 그런 건가요? 너무 뻔해서요? 무슨, 음악이나 미술 같은 걸 하고 싶은 거예요? 결혼하지 않고 평생 자유인으로 여행을 다닌다든가, 그런 거?

아뇨, 아닙니다. 저는 그렇게 살고 싶어요. 평범하고 행복하게요. 결혼도 하고 싶습니다. 꼭, 그런 사람이랑요. 아이도 낳고 싶고, 그 아이가 아이를 낳는 것도 보고요. 아저씨도 과거의 어떤 행복한 순간들은 바로 어제 일처럼 생생하고 강렬하게 기억하시지 않나요? 저는 미래가 그래요. 할아버지가 된 제가 처음으로 딸의 아이를 안아볼 때, 아기 몸에서 날 그 향긋하고 부드러운 냄새와, 그렇게 안으면 애가 불편해요, 하고 핀잔을 줄 아내의 다정한 목소리와, 딸 집에

와 있을 산후도우미 아줌마의 왁자한 목소리와, 그런 걸 마치……
바로 내일 일처럼…… 기억할 수 있어요. 그때 딸애 집 거실 거울에
비칠 제 모습도 보여요. 아이를 안은 저는 머리가 하얗고, 지금보다
훨씬 말랐고, 그래도 정말 환한 웃음을 짓고 있어요. 참…… 선한 웃
음이에요. 인생을 잘못 살아오지 않은 사람의 웃음요. 그건 제가 원
하는 그대로의 미래예요. 거기까지는요.

그는 표정 없는 얼굴로 웃었다. 그러고는 포기한 것처럼 한숨을
쉬며 이야기의 후반부를 들려주었다.

그건 정말이지, 기억하고 싶지도 전하고 싶지도 않은 이야기였다.

그의 손녀가 초등학교에 들어가 2학년이 되었을 때 어떤 일이 터
진다. 크고 참혹한, 대형참사가. 언제, 어디, 무슨 일? 나는 한번 들어
나 보고 싶었지만, 그는 디테일을 말하지 않았다. 도저히 말할 수 없
다는 얼굴이었다. 지금 생각하면 그것도 그가 어쨌든 선한 사람이라
는 증거처럼 느껴지기도 한다. 그러나 말들은 계속 그의 입에서 밀
려나왔다.

많은 아이들이 죽는다고만 말해두죠. 이런 나라에서 계속 터질 법
한, 그렇게 사람들이 말하는, 하지만 정말로 또 터질 거라고 믿고 싶
어 하지는 않는 그런 일이, 그래요, 계속 터지는 겁니다. 지금부터 몇
십 년 후에도요.

그의 가족과 딸의 가족은 무사하다. 그의 딸은 뉴스로 그 사건을
볼 뿐이고, 눈물을 흘리며 가슴 아파할 뿐이다. 정작 큰일은 그 다음
에 일어난다. 정확히 2년 후에, 그 사고와 거의 흡사한 대형참사가
또 발생하는데, 이번에는 그의 손녀가 희생된다.

거기서 끝이 아니에요.

그가 말했다. 그의 목소리는 이제 심하게 떨리고 있었다.

거기서 끝이라면, 그저 운이 나빴을 뿐이라고, 아니 그런 일이 계속 발생하는데 사회 구성원으로서 방관한 자신의 죄라고, 오류를 바로잡지 못한 윗세대의 죄라고, 수십 년 전부터 쌓아온 묵은 죄업의 대가라고, 자책하는 데서 끝나겠지요.

그런데 손녀의 장례를 치르고 며칠 후, 그의 딸이 그를 붙잡고 울부짖으며 말한다. 아빠, 나 때문이에요. 나 때문에 희정이가 그렇게 됐어요.

그게 무슨 말이냐고 그는 묻는다. 그의 딸이 대답한다. 2년 전에, 그 사고를 보며 저, 생각했어요. 저 사람들에게만 저런 일이 생긴 게 너무 미안하다고요. 이건 제 일이고 제 문제라고, 저한테 저런 일이 생기지 않은 걸 다행으로 여겨서는 절대로 안 된다고, 그럼 저는 정말 천하에 나쁜 인간이라고, 앞으로 저런 일을 당한 사람들의 마음으로 살겠다고, 그렇게 생각했다고요…… 제가 바로, 저 사람들이라고요. 누구한테 말을 한 것도 아니고, 그냥 생각을 했을 뿐이에요. 생각만 했을 뿐이에요. 그런데 왜 이래요? 제가 그 생각을 한 게 잘못된 거예요? 그렇죠? 그게 잘못이죠?

그는 깍지 낀 두 손을 가만히 내려다보고 있었다.

아저씨, 제가 딸을 어떻게 키워야 하는 걸까요? 그런 생각을 하지 않는 사람으로 키워야 하나요?

…….

정신을 놓고 울먹이는 딸의 몸을 안은 채, 그는 말하게 된다고 했다. 그렇지 않다고, 절대 네 잘못이 아니라고, 제발 정신 차리라고 소리친다. 화를 내고, 따귀를 때리고, 같이 운다. 그러나 어떻게 해도 그의 딸은 회복하지 못한다. 자책 속에 살며 마음의 병이 깊어지고, 결국 마흔이 되기 전에 세상을 뜨고 만다. 스스로 찻길에 뛰어드는 것이다.

찻길에.

거기까지 들은 나는 자리에서 일어나, 미래의 그가 한다는 것과 거의 흡사한 행동을 했다.

정신 차려, 이 양반아!

소리를 치자 가게 안의 사람들이 일제히 쳐다보았다. 취한 나는 그의 멱살을 잡고, 좌우로 그의 몸을 흔들고, 그러고도 분이 풀리지 않아 씩씩거리며 그의 얼굴을 후려갈길 준비를 했다. 가게 주인이 험악한 얼굴로 나서지 않았다면 경찰이 올 수도 있는 상황이었다.

나는 그의 눈물이 끔찍하게 느껴졌다. 아무리 사는 일이 힘들고 앞이 보이지 않을지언정 그런 망상을, 그따위 악마적인 서사를 만들어내다니, 아이를 키우는 사람으로서 도저히 듣고 있을 수가 없었다.

찻길이라고? 나한테, 찻길이라고?

얼굴이 뜨거웠다. 선한 사람들이 선하게 살았기 때문에, 선한 마음을 품었기 때문에 그런 일이 일어난다고? 아니야, 멍청아. 제발 그런 생각은 집에서 혼자 하고, 나 같은 무고한 사람한테 지껄이지 마라, 나는 그렇게 윽박질렀다. 테이블 위에 침까지 뱉었다. 그 뒤에 내가 왜 좀 더 적극적인 방식으로 그에게 은혜를 갚지 못했는지, 왜 끝까지 그와 친한 사이가 되지 못했는지, 이제 짐작할 수 있을 것이다. 식초 사건 말고도 그런 일이 있었던 것이다.

우리 애를 구해준 건 정말 고맙다. 고마워서 내 심장이라도 바치고 싶은 마음이야. 너도 알지, 나는 양심도 없고 착한 사람도 아니지만, 그건 정말 그래. 진심이야.

완전히 말을 놓아버린 나는, 가게 앞에서 술 냄새를 풍기며 우는 그의 몸을 얼싸안고 엉거주춤 서서 그렇게 말했다.

잘은 모르지만 너도 나름대로 사정이 있겠지. 그래서 네가 한 일이 영 어색하고 이상하게 느껴지는 모양이지. 어색해서, 사람 머리에 가끔 일부러 식초도 부어보고 그러는지도 모르지. 나는 나쁜 사람이라고 자신을 설득하고 싶어서 말이야. 그러다 일베에도 들어가고, 실제로는 원하지도 않는데, 진심도 아닌데. 안 그래요? 근데 저기요, 나한테 그쪽은 그냥 착한 사람이거든요. 착한 사람한테 그런 일 안 일어나고요, 사람은 미래를 볼 수 없어요. 그러니까 그냥 잘 사시면 되고요, 앞으로는 사람들한테 이런 얘기 하지 마세요. 흡연자가 싫으면 말로 하시고요. 과거가 불확실하다느니, 모든 게 실제로 일어난 일일 가능성이 있다느니, 다른 과거를 만들어 넣는다느니, 사실은 구한 게 아닐지도 모른다느니, 그런 말 하지 말라고요, 좀!

그가 흔들리며 뭔가를 중얼거렸다. 뭐라고? 나는 물었다. 저 그런 말 안 했어요, 아저씨, 구한 게 아닐지도 모른다는 말, 안 했어요…….

나는 그를 붙잡고 으르렁거렸다. 따라해보세요, 나는 미친놈입니다.

나는…… 미친놈입니다…….

나는 그를 놔주었다. 그는 울음을 그치고 나를 보았다. 그러고는 다시 시선을 떨어뜨리더니, 천천히 중얼거렸다.

그래요, 잘못했습니다. 제가 미친놈입니다. 사람들의 선한 마음을, 믿어야죠. 선한 마음은 선한 마음을 낳고, 그게 또 다른 선한 마음을 낳으니까요. 그렇게 자꾸자꾸 낳아서, 자꾸자꾸……. 그 마음들이 점점 많아지면 된다고요……. 네, 저도 그렇게 생각합니다. 정말로, 그렇게 생각하고 싶어요.

거기서 끝났더라면 좋았을 텐데, 나는 결국 그를 한 대 치고 말았다. 그가 이렇게 덧붙였던 것이다.

믿어야겠죠. 선한 마음에는 아무 힘이 없다고, 그건 아주 작고 연약한 거라서, 어떤 무서운 일도 일어나게 할 힘이 없다고요. 그래서 우리가 지켜줘야 하는 거라고요.

이 일을 다시 떠올리고 있자니 역시 그날은 내가 심했다는 생각이 든다. 그러나 나로서도 어쩔 수 없었다. 왜 그렇게까지 화를 냈을까? 끝까지 어떤 냉소도 보이지 않고 다만 솔직해 보이기만 하는 그가 너무도 미웠던 것 같다. 나는 누구에게도 이 이야기를 한 적이 없는데, 우선 아무도 그런 말을 믿지 않을 것이며, 아무리 이해심이 많고 상상력이 풍부한 사람이라 해도 이 이야기에 포함된 사악한 면을 지어낸 것이 바로 나, 다름 아닌 나일 거라고 생각할 게 뻔하기 때문이다. 이야기를 만드는 직업에 종사하면 항상 받는 오해다.

그날 이후로 그를 다시 보지 못했다. 아마 그가 나를 멀리서 봤어도 불편한 마음에 못 본 척했을 거라 생각한다. 만 번 양보해서 그의 망상에 어떤 메시지 같은 것이 있다고 한들, 내 마음이 거기에 옮아 병들 이유는 전혀 없다는 것이 나의 결론이었다. 내 아이의 은인은 정신적으로 좀 문제가 있는 사람이었다. 그래도 나는 그가 선한 사람이었다고 생각한다. 선한 마음에 힘이 없다고? 왜 없단 말인가? 그처럼 선한 사람이 기적처럼 있어주어서 지금의 내가, 내 가족이 있지 않은가? 위기에 처한 타인을 보면 사람은, 미래 같은 것과 상관없이 구하려고 몸을 던지게 마련인 것이고, 그는 그 본능에 충실한 뒤, 자신 안에서 어떤 일관성을 만들어내는 데 실패했을 뿐이다. 지금 이 세상은 너무도 병들어서 우리는 타인의 선의뿐 아니라 자기 안의 선의까지 의심하고, 그것을 망상의 위치로 격하시킨다. 그런 지경까지 온 것이다. 정말이지 그래서는 안 되는 지경까지.

내가 여전히 화가 나 있는 건, 그렇게 믿어 의심치 않는데도 불구하고, 내가 자꾸만 지금 이 자리에 서서 건너편 빌라가 그대로 그 자리에 있는 걸 보고 나서야 안심하는 버릇을 고치지 못하기 때문이다. 내 이웃이 그의 예지대로 시험에 붙었는지, 그렇지 않았는지, 더 나은 미래가 실현되어 저 좁은 원룸에서 이사를 나갔는지, 아니면 저기 계속 혼자 살고 있는지, 저 빌라와, 나의 어떤 과거와, 그라는 사람이 정말로 존재하기는 했던 것인지, 이상하게도 자꾸 확인하고 싶은 이 마음은 대체 어디서 온 것인가. 그건 그렇게 어려운 일이 아니어서, 지금이라도 길을 건너 계단을 오르고, 초인종을 누른 다음 기다리면 된다. 그런데 나는 어째선지 그 간단한 일을 할 수가 없다. 서로를 밀어내는 두 개의 같은 극 자석 중 하나처럼, 가망 없는 사랑에 빠진 사람처럼, 이렇게 멀리서 하염없이 지켜보기만 할 뿐이다.

아마도 이건 내가 지금 행복하기 때문일 것이다. 행복이라는 말을 들을 때 도저히 마음이 편하지 않으며, 내 입으로 말할 때는 더욱 그렇기 때문일 것이다. 도저히 할 수 없을 것 같던 데뷔를 하고, 동화를—그런 엄청난 일이 일어났는데도 여전히 동화라는 보드라운 장르를—쓰고 있으며, 풍족하지는 않지만 큰 불만 없이 이 작은 집에서 쫓겨나지 않고 생활하고 있는 지금이, 다시 회복할 수 없을 것 같던 아내와의 사이도 예전으로 돌아가고, 연두가 아픈 데도 문제도 없이 자라 초등학교에 들어가고, 지금 학교에서 오후 수업을 듣고 있는 현실이, 거짓말 같아서다. 막 쪄낸 감자처럼 포슬포슬하고 따스한 이 현실이라는 것이 너무 눈물겹고, 우리를 제외한 세상 전체의 희생으로 이루어진 것 같은 부채감이 들기 때문일 것이다.

제발 삿되고 악한, 실재하지 않는 젓가락으로 그 감자를 찌르지 말자, 그냥 그 부채감을 기억하면 된다, 그것을 선한 마음으로 바꾸어 다른 이웃들에게 되돌려주면 된다, 나는 생각한다.

지금 당장은 구체적인 방법을 찾을 수 없지만 말이다. 그래, 내 아내와 아이는 모두 무사히 내 곁에 있고, 지금 이렇게 전화를 걸어도 받지 않는 건 둘 다 일과 수업으로 바쁘기 때문이다. 내 눈이 자꾸만 젖어드는 건 그 모두를 믿어서 생기는 고마움 때문이지, 무엇을 믿지 못해서가 아니다. 물을 마시러 거실로 가기 전에, 안방과 아이 방문을 열어보고 지난번처럼 바보스러운 습관—내 사랑하는 사람들의 모든 물건들이 거기 그대로 있는지 확인하는 일—을 되풀이하기 전에, 나는 누구에게라도 묻고 싶다. 누구나 조금씩 이렇지 않느냐고. 당신도 이렇지 않느냐고, 악몽에서 깨었을 때 잠깐 동안이지만 여전히 그 속인 것 같고, 일상의 온기가 실감나지 않아 위태로움을 느끼지 않느냐고. 이 세상은 그런 바보스러운 기우들로 힘겹게 유지되고 있는 게 아니냐고.

집 앞길에는 아무도 없지만, 고맙게도 건너편 202호 창문은 여전히 조금 열려 있다. 그래요, 저도 그런걸요, 걱정 마세요, 그렇게 안심이 되는 대답을 해주려고 벌어진 선한 사람의 입술처럼.

정찬

등불

1953년 부산에서 태어나 서울대학교 국어교육학과를 졸업했다. 1983년 무크지 《언어의 세계》에 중편 〈말의 탑〉으로 등단했으며, 소설집으로 《기억의 강》 《완전한 영혼》 《아늑한 길》 《베니스에서 죽다》와 장편소설 《세상의 저녁》 《황금 사다리》 《로뎀나무 아래서》 《그림자 영혼》 《길, 저쪽》 등이 있다. 제26회 동인문학상, 제16회 동서문학상을 수상했다.

1

그가 여객선 사고 소식을 처음 들은 것은 문경새재에서였다. 부산항에서 안산 시화공단으로 화물을 싣고 가던 도중이었다. 휴게소에서 늦은 점심을 먹고 있을 때 가까운 식탁에서 사람들이 주고받는 말이 들려왔다. 오백 명에 가까운 승객들이 탄 여객선이 침몰되었는데 구조가 제대로 안 되고 있다는 것이었다. 승객 가운데 수학여행 가던 학생이 삼백 명이 넘는다고 했다. 그는 빠르게 잊었다. 그에게 세상일은 어디론가 끊임없이 흘러가는 흐린 영상 같은 것이었다. 아무리 들여다보아도 제대로 보이지 않는.

그날 저녁 4시 조금 넘어 시화공단의 한 업체에 화물을 인계한 후 구미공단을 들러 화물을 싣고 부산항으로 왔을 때 밤 열 시가 넘어 있었다. 근처 음식점에서 저녁을 겸해 소주를 마신 후 자정 무렵 거처로 들어갔다. 그의 거처는 부산항과 멀지 않은 곳에 위치한 낡은 오피스텔이었다. 하지만 그곳에서 잠을 자는 날은 한 달에 서너 번이었다. 잠자리는 정처가 없었다. 화물 배송지와 도착시간에 의해 결정되었다. 알선업체 휴게소와 주유소 휴게소를 비교적 자주 이용했다. 퀴퀴한 냄새가 떠도는 방이지만 그에게는 편했다. 트럭도 심심찮게 잠자리가 되었다.

　새벽 네 시 조금 넘어 일어난 그는 사십 분 후 오피스텔을 나왔다. 아침 아홉 시에 인천 남동공단에서 인수해야 할 화물이 있었다. 중부내륙고속도로를 타면서 가속페달을 자주 밟았다. 그는 알고 있었다. 시속 150킬로미터를 넘게 달리다보면 정신을 놓을 때가 있다는 사실을. 정신이 돌아오는 순간 그가 모르는 어떤 세계 속으로 들어갔다 나온 듯한 느낌에 사로잡히곤 했다. 간혹 트럭 운전석에 앉은 채 육중한 쇳덩이에 깔려 뭉개진 자신의 육신이 환영처럼 떠오르기도 했다.

　아침 아홉 시 조금 넘어 남동공단의 한 업체 화물을 싣고 멀지 않은 곳에 있는 단골 식당으로 향했다. 입구가 가정집 부엌 뒷문처럼 보이는 허름한 식당이었다. 썩 젊지도 않은 여자가 걸음마를 겨우 하는 아이를 키우며 혼자서 식당을 하고 있었는데, 값이 싸면서도 음식이 정갈했다. 아이를 남에게 맡기지 않고 할 수 있는 일은 식당뿐이라고 했다.

　뜻밖에도 식당 문이 잠겨 있었다. 창 안을 들여다보니 불빛이 보이지 않았다. 휴대전화로 식당 전화번호를 눌렀으나 받지 않았다. 그녀의 휴대전화 번호를 알아두지 못한 것이 아쉬웠다. 옆집 세탁소 노인에게 물어볼까 하다가 관두었다. 노인이 어떤 생각을 할지 몰랐기 때문이었다. 세탁소 노인은 자주 그녀 식당에서 식사를 했는데, 그녀를 모슬포댁이라고 불렀다. 그녀 고향이 제주 모슬포였다. 노인은 언젠가 모슬포댁이 보기 드물게 착한 여자라고 그에게 말한 적이 있었다. 그는 못 들은 척했다. 노인이 무슨 의도로 그런 말을 했는지 곰곰이 생각해봤으나 알 수 없었다.

　십여 분을 서성이다 인근의 다른 식당에 갔다. 벽에 걸린 TV에서 뉴스가 나오고 있었다. 어두운 바다에 가라앉은 배가 화면에 비쳤다. 배의 앞머리만 바다 위로 삐죽이 나와 있었다. 그의 눈에는 커다란 새처럼 보였다. 화면에 자막이 뜨고 있었다.

　— 4월 19일 0시 기준 총 탑승인원 476명, 사망 28명, 실종 274명, 구
　　조 174명

　그는 화면을 멍하니 보았다. 눈빛이 몽롱하고 공허했다. 얼굴에는 표정이 없었다. 그런 상태가 음식이 나올 때까지 계속되었다. 밥을 어떻게 먹었는지 몰랐다. 이십여 분 후 식사를 마친 그는 식당 바깥에 우두커니 섰다. 머릿속이 텅 비어 있는 듯한 느낌이었다. 아무것도 생각할 수 없었다. 자신이 서 있는 곳이 어딘지, 트럭을 어디에 세워 놓았는지도 알 수 없었다. 어디론가 가야 해. 그는 중얼거리며 발을 뗐다. 걸음걸이가 불안정했다. 잠시 후 그는 그녀의 식당 입구에 서 있는 자신을 발견했다. 거기까지 어떻게 왔는지 기억나지 않았다. 식당 문은 여전히 잠겨 있었다. 그녀는 어디로 갔을까? 그는 혼잣말하듯 중얼거리며 눈을 감았다. 그녀가 어렴풋이 떠올랐다. 그녀의 몸은 짙은 안개에 싸여 있었다. 그는 꼼짝을 하지 않았다. 조금만 움직이면 그녀가 스르르 사라질 것 같았다. 저긴 어디일까? 어디이기에 저토록 멀리 보이는 걸까? 새 날개 치는 소리가 먼 곳에서 희미하게 들려왔다.

2

그가 그녀의 식당을 다시 찾은 것은 일주일 후였다. 인천 남동공단으로 배송하는 화물이 있었다. 트럭을 식당 근처에 주차했을 때는 오후 세 시에 가까웠다. 점심을 걸러 배가 몹시 고팠다. 그녀가 차린 음식들이 눈에 보이듯 떠올랐다. 찰기가 흐르는 밥과 콩나물을 넣고 끓인 된장국, 양파를 섞어 들기름에 볶은 두부와 새콤한 도라지무침, 그리고 자리젓. 그녀의 식탁에 거의 빠지지 않는 것이 자리젓이었다. 고향음식이라고 했다. 모슬포 앞바다는 물살이 거칠어 자리의 육질이 쫄깃하고 오래 보관해도 변하지 않는다고 자랑스럽게 말했다.

자리젓 냄새가 그녀에겐 아버지 냄새라고 했다. 늘 자리젓을 안주로 소주를 마신 그녀 아버지는 술에 취하면 자리젓을 어린 그녀의 입에 넣어주곤 했다는 것이었다. 처음에는 퀴퀴하고 큼큼한 맛이 뱉고 싶을 정도로 싫었지만 자꾸 씹다보니 몰랐던 맛이 생겨났다고 하면서, 아버지가 돌아가신 후 자리젓 냄새는 그녀에게 어린 시절의 냄새가 되었다고 했다.

식당 문은 그전처럼 잠겨 있었다. 무슨 일이 일어나지 않았다면 그녀가 식당을 열흘 이상 비워둘 리 없다는 생각이 들었다. 머릿속에서 희뿌연 무언가가 스쳐 지나갔다. 무엇인지는 알 수 없으나 아주 낯설지가 않았다. 가슴이 조이는 듯한 불안이 일면서 발밑이 허전해지고 있었다. 두 발을 딛고 있는 데가 땅이 아닌 듯 몸이 흐느적거렸다. 무릎 아래가 사라진 것 같은 느낌이었다. 금방이라도 쓰러질 것 같았다. 발밑을 살피면서 식당 앞 계단에 겨우 앉았다. 그런 증상이 처음 나타난 것은 시커멓게 불에 탄 채 반쯤 무너진 건물을 보고 있을 때였다. 어린이캠프에 참가한 딸의 숙소였다.

그는 딸이 죽었다는 사실을 오랫동안 받아들이지 못했다. 겨우 여섯 살이었다. 여섯 살 아이가 그렇게 죽을 수 있다는 사실이 믿기지 않았다. 소풍을 간다고 했다. 하룻밤만 자고 온다고 했다. 숙소는 콘크리트 1층 건물 위에 전기배선도 제대로 안 된 컨테이너를 얹어 2~3층 객실을 만든 허술한 건물이었다. 불은 새벽 한 시 전후에 났다. 불길에 휩싸인 컨테이너가 구겨지듯 무너진 것은 컨테이너 하중을 지지하는 기둥이 없었기 때문이었다. 컨테이너와 합판 사이에 방염처리 되지 않은 전선을 쓴데다 50여 대의 에어컨까지 설치해 전기합선과 누전의 가능성을 높였다. 소방설비도 제대로 되어 있지 않았다. 그나마 있는 소화기들은 사용할 수 없는 것들이었다. 딸이 잠든 3층 컨테이너 숙소의 문은 잠겨 있었다. 문을 잠근 이들은 멀지 않은 곳에서 술 파티를 하고 있었다. '살려주세요, 구해주세요' 하는 가냘픈 목소리와 함께 벽을 긁는 소리가 들려왔다고 했다. 한 시간여 뒤 소방관들이 문을 따고 들어가니 불에 탄 아이들의 몸은 뼈만 남아 있었다.

"여보게."

목소리와 함께 누군가가 그의 어깨를 흔드는 것 같았다. 고개를 드니 세탁소 노인이었다.

"아이고, 이제 왔구먼. 자네 오기를 얼마나 기다렸는데……."

노인은 그의 손을 잡으며 탄식하듯 말했다.

"그래, 모슬포댁이 그 배를 탔는가?"

그는 노인이 무슨 소리를 하는지 알 수가 없어 멍하니 보고만 있었다.

"아, 그날 자네가 모슬포댁을 인천항에 데려다준다고 트럭에 태우지 않았나."

"제가요?"

그가 여전히 멍한 표정으로 묻자 노인은 의아한 시선으로 그를 보았다.

"왜 그 사람이 인천항으로 갔어요?"

"모슬포댁이 말했잖아. 아버지 기일이 그다음 날이라고. 기억 안 나?"

"아, 그랬지요. 아버지가 돌아가셔서 고아가 되었다면서……."

"그 이야긴 못 들었지만, 암튼 자네가 모슬포댁을 인천항에 데려다줬잖아?"

"맞아요. 기억나요. 트럭에 탄 그 사람이 말했어요. 한 시간 만에 닿는 비행기보다 물결에 흔들리며 고향으로 느릿느릿 다가가는 배가 훨씬 좋다고."

"근데……."

노인의 얼굴이 어두워졌다.

"그 배의 승객 명부에 모슬포댁 이름이 없어. 내가 회사에 가서 직접 확인했어. 거기에 잘 아는 사람이 있거든."

"회사라뇨?"

"진도 앞바다에 가라앉은 그 배 회사 말일세."

"그 사람이 그 배에 탔단 말이에요?"

그는 눈을 크게 뜨며 물었다. 그녀가 떠나는 날 그는 안산 시화공단으로 가는 화물을 배송한 후 그녀 식당으로 갔다. 그녀를 태우고 인천항 여객터미널로 가는데 마음이 허전했다. 그녀가 아주 먼 곳으로 가는 느낌이었다. 아이는 그녀가 맨 배낭식 포대기 안에서 새근새근 자고 있었다.

"자네가 모슬포댁을 인천항으로 데려다준 그날이 사고 난 배가 출항한 날이야. 안개 때문에 두 시간 늦어지긴 했지만."

노인의 말에 그의 안색이 하얘졌다. 안개 자욱한 인천항 연안부두가 어렴풋이 떠올랐다. 안개에 묻힌 그녀의 몸이 흐릿했다. 아주 오래된 풍경 같았다. 너무 오래되어 꿈속의 풍경처럼 느껴졌다.

"그럴 리가…… 그건 아주 오래전인데……."

믿기지 않았다. 꿈에서 일어난 일이 꿈 바깥으로 튀어나온 것 같았다.

"아니, 이 사람이……."

노인은 기가 막힌다는 표정으로 그를 보았다.

"승객 명단에 그 사람 이름이 없다면서요?"

"그래서 자넬 기다린 게야. 그날 모슬포댁이 혹시 배를 타지 않았나 해서."

"터미널 건물 앞까지만 짐을 들어줬어요. 그 사람이 혼자 가도 된다고 하기에……."

"그럼 탔겠군. 하긴 타지 않았으면 지금까지 돌아오지 않을 리 없지."

"그 배에 타지 않았다면……."

그는 혼잣말하듯 중얼거렸다.

"사흘 후에 돌아왔겠지요."

그녀는 그에게 사흘 후 돌아온다고 말했다.

"그런데 왜 그 사람 이름이 없다고 해요?"

그의 물음에 노인은 한숨을 쉬었다.

"회사 직원 말로는 유료 승객이 아닌 승선자의 신원은 확인이 안
될 수 있다는 거야. 어떻게 무료로 탈 수 있느냐고 물었더니 승무원
이나 선사 관계자와 친분이 있는 사람들이 더러 그렇게 탄다고 하
더군. 선박회사 사람들이 모슬포댁 식당에 종종 오곤 했어. 더 알아
볼 방법이 없느냐고 물었더니 진도로 가보라고 해. 거기에 가면 그
들이 모르는 정보를 들을 수 있을지 모른다면서……."

노인의 주름진 얼굴에 근심이 가득했다.

3

어린 딸을 조금이라도 편안히 보내고 싶었다. 참혹한 죽음이었기
에 마음이 더욱 간절했다. 하지만 딸의 죽음에 진심으로 책임지는
사람이 없었다. 한 사람이라도 있었다면 딸은 천사와 같은 미소를
지으며 떠날 수 있을 것 같았다. 죽음에 책임 있는 자리의 사람으로
부터 "내가 당신 아이를 죽였느냐?"는 말을 들었을 때 정신이 아득
했다. 그럼에도 세상은 아무런 일도 일어나지 않은 것처럼 흘러갔다.

딸의 장례를 치른 것은 아이가 죽은 지 한 달이 넘어서였다. 그동안의 일들이 악몽처럼 느껴졌다. 악몽에서 깨어나면 딸이 방긋 웃으며 '아빠 어딜 갔다 왔어?' 하고 물을 것 같았다. 세상의 풍경이 그전과 다르게 보였다. 잿빛 막 속에 있는 듯했다. 가까이 가면 잿빛 막이 출렁였다. 출렁이는 잿빛 막의 풍경 속에서 딸과 딸 또래 아이들의 경계선이 희미해졌다. 딸인 듯해서 달려가면 딸이 아니었다. 딸이 아닌 아이가 어느 순간 딸로 변했다. 그를 부르는 딸의 목소리가 들려오기도 했다. 딸이 불 속에서 엄마 아빠를 부르며 우는 꿈을 자주 꾸었다. 깨어난 직후에는 꿈이었음을 안도하면서 자기 방에서 새근새근 자고 있을 딸을 떠올리며 행복감에 젖어들었다. 며칠 전의 일인데도 오래전의 일처럼 느껴졌고, 오래전의 일이 방금 일어난 일처럼 생생하게 다가왔다. 삶이 으깨지는 동안 시간 감각도 함께 으깨진 것 같았다.

아내는 숨을 쉴 수 없다면서 가슴을 자주 쥐어뜯었다. 자신에게서 역겨운 냄새가 난다고 했다. 기분이 조금이라도 좋아지면 죄스럽다고 했다. 딸의 얼굴이 생각나지 않는다고 했다. 귓전을 늘 맴돌던 딸의 목소리도 들리지 않는다고 했다. 딸이 뜨거운 석탄 위에 서 있는 꿈을 자주 꾼다고 울며 말했다. 어느 날은 갑자기 눈이 보이지 않는다고 새파랗게 질린 얼굴로 말했다. 처음에는 믿기가 힘들었다. 멀쩡한 눈이 안 보일 까닭이 없었다. 의사는 전환장애라고 했다. 마음의 깊은 상처가 신체 이상으로 나타나는 병으로, 사람에 따라 증세가 다양하다고 했다. 눈이 안 보이기도 하고, 귀가 안 들리기도 하고, 손발이 떨리면서 감각이 없어지기도 한다는 것이다.

딸의 1주기를 치른 지 며칠 되지 않았을 때였다. 오래되어 푹 꺼진 거실 소파에서 태아처럼 웅크린 채 등을 보이며 누워 있던 아내가 문득 바이깔호수에 가고 싶다고 혼잣말하듯 중얼거렸다.

"거긴 왜?"

　그가 묻자 아내는 그를 향해 돌아누웠다.

"깊은 곳이니까."

"얼마나 깊은데?"

"서해의 평균 수심이 얼만지 알아?"

"글쎄……."

"45미터야. 그런데 바이깔호수는 744미터야. 가장 깊은 곳은 1642미터고."

"정말 깊네."

"물이 맑아서 40미터 바닥의 수초가 환히 보인대. 영양분이 그만큼 적기 때문에 거기에 사는 갑각류는 먹이가 되는 것이면 남겨두지 않아. 만약 사람이 그 호수에 빠지면 한 달 뒤에는 아무것도 남지 않는대. 시신이 완전히 사라지는 거야. 완전히……."

　그는 더 이상 묻지 않았다. 아내도 침묵했다. 아내가 자살할지도 모른다는 생각이 든 것은 아내의 침묵 속에서였다. 그는 놀라지 않았다. 그 역시 그런 생각을 했으니까. 하지만 그는 자신이 자살을 못 하리라는 것을 알고 있었다. 두려움 때문만은 아니었다. 딸이 슬퍼할 것 같았다. 왜 엄마를 버려두고 왔느냐고 원망하는 딸의 얼굴이 보이는 듯했다.

　그날 이후 아내의 자살에 대한 생각이 그를 떠나지 않았다. 그는 자살을 해서는 안 되는 일이라고 생각하지 않았다. 딸의 죽음을 겪기 전에 그에게는 죽음이란 삶과 분리된, 삶 너머에 있는 어떤 것이었다. 하지만 딸의 죽음이 삶의 중심을 관통하면서 삶과 죽음의 경계선이 무너졌다. 서로가 뒤섞인 채 부유하고 있었다. 삶을 응시하면 죽음이 보였다. 죽음은 삶의 심연에서 태아처럼 숨 쉬고 있었다. 그것을 바라보고 있으면 바이깔호수 아래로 가라앉는 아내의 모습이 어렴풋이 떠올랐다.

아내가 자살한 것은 그로부터 석 달이 조금 못 되어서였다. 늦가을이었다. 아내는 바이깔호수로 가지 않았다. 갈 힘이 없었을 것이다. 아내를 바이깔호수로 데려다주고 싶은 충동이 간혹 일었다. 하지만 그에게도 아내를 거기까지 데려다줄 힘이 없었다.

아내는 강원도 백운산 자락을 흐르는 강물에 자신의 몸을 가라앉혔다. 불에 타 죽은 딸을 맑고 차가운 강물 속으로 데려가고 싶었을 것이라고 생각했다. 그러니 아내는 홀로 투신하지 않은 셈이다. 아내의 시신은 의외로 깨끗했다. 손과 발이 조금 붇고 이마에 연한 멍이 생겼을 뿐이었다. 잠자는 듯한 모습이었다. 아내는 유서에서 혼자 두고 떠난 자신을 부디 용서해달라고 하면서, 떠나는 것을 허락해주어서 고맙다고 했다. 다른 말은 없었다.

아내를 화장한 후 딸의 곁에 두었다. 이제 딸이 외롭지 않을 것이란 생각과 함께 딸과 아내를 제대로 기억해줄 사람은 자신밖에 없다는 생각이 들었다. 두려웠다. 그가 짊어져야 할 죽음의 무게를 가늠할 수 없었기 때문이었다.

4

　부산으로 내려가는 길은 쓸쓸했다. 캄캄한 길이 끝나지 않을 것 같은 느낌이었다. 삶도 죽음도 아닌 곳에 영원히 묻힐 것 같았다. 가속페달을 밟았다. 속도가 몸으로 느껴졌다. 눈을 감았다. 닫힌 눈꺼풀 너머 자신의 몸이 산산조각 나는 광경이 떠올랐다. 산산조각이 난 몸 앞에서 울고 있는 사람이 있었다. 그녀 같기도 하고 아내 같기도 했다. 눈물에 젖은 얼굴이 희미하게 보였다. 그녀의 얼굴과 아내의 얼굴이 섞여 있는 것 같았다.

　그녀를 처음 본 것은 작년 1월이었다. 부산항에서 실은 화물을 인천 남동공단에 내려놓았다. 일이 한꺼번에 몰려 사흘 동안 잠을 제대로 못 잤다. 밥도 제대로 먹지 못했다. 트럭을 어딘가에 세워 놓고 식당을 찾기 위해 주위를 두리번거리며 걸었다. 걸음을 멈춘 곳은 간판에 '가정식 백반 전문'이라는 글자가 새겨진 허름한 음식점이었다. 무엇이 걸음을 멈추게 했는지 지금도 확실히 알지 못한다. 어쩌면 음식점 입구가 가정집 부엌 뒷문처럼 소박해 보였기 때문인지 모른다.

　문이 잘 열리지 않았다. 간신히 문을 열고 안으로 들어갔다. 실내는 어둑했다. 창으로 스며드는 어스레한 빛이 실내의 어둠을 겨우 밝히고 있었다. 어렴풋한 빛 속에 한 여자가 자신의 젖을 빠는 아이를 내려다보고 있었다. 아이의 작은 얼굴이 젖가슴에 포근히 묻혀 있었다. 그는 꼼짝도 않고 여자와 아이를 응시했다. 딸에게 젖을 물린 아내가 떠올랐다. 까맣게 잊고 있던 모습이었다. 언제부터 잊었는지도 기억나지 않았다. 아내의 모습이 그렇게 어디론가 사라져가는 줄조차 몰랐다. 불현듯 그녀에게 묻고 싶은 충동이 일었다. 물속으로 가라앉으면서 아내는 무슨 생각을 했는지, 죽음의 순간에 아내가 본 것이 무엇인지. 그는 모르지만 아이에게 젖을 물리고 있는 그녀는 알 것 같았다.

눈을 번쩍 떴다. 속도계 바늘이 200킬로를 넘어서고 있었다. 브레이크를 밟았다. 몸이 앞으로 쏠렸다. 바늘이 빠르게 내려갔다. 갈증이 일었다. 목구멍에서 나는 갈증이 아니었다. 그보다 훨씬 깊숙한 곳에서 솟아오르는 갈증이었다. 트럭을 갓길에 세웠다. 도로는 텅 비어 있었다. 트럭에서 내렸다. 서늘한 바람이 뺨을 쓸었다. 바람 속에서 마른풀 냄새가 났다. 하늘을 올려다보았다. 별들이 희미하게 빛나고 있었다. 시간이 지나면 별들도 죽는다고 했다. 별들이 죽는 과정을 상상해보려고 애를 썼다. 아득했다. 주머니에 손을 넣었다. 칼이 손에 닿았다. 가죽 케이스에 싸인 칼은 따뜻했다.

회사를 그만둔 것은 아내의 장례를 치른 다음 날이었다. 규모가 큰 무역회사였다. 딸의 죽음 이후 회사 다니는 일이 많이 힘들었다. 일하는 목적이 사라졌다. 그러니 집중이 되지 않았다. 동료들의 시선이 불편했다. 그들과 함께 있을 때 어떤 표정을 지어야 할지 몰랐다. 위로의 말을 듣는 것도 괴로웠다. 위로가 전혀 되지 않는데 위로의 말을 건네는 그들이 낯설었다. 어떤 이들은 빨리 잊으라고 진심 어린 목소리로 말했다. 딸의 죽음 이후 시간 감각이 허물어진 사실을 그들은 모르고 있었다. 그럼에도 견딘 것은 아내 때문이었다. 일상이 철저하게 무너진 아내에게 자신마저 무너진 모습을 보이면 안

될 것 같았다.

회사를 나온 후 차를 몰고 정처 없이 떠돌았다. 주로 강을 찾아다녔다. 강을 내려다보며 술을 마셨고, 강물 흐르는 소리를 들으며 혼몽 속으로 빠져들었다. 혼몽 속에서 자신의 울음소리가 귓속으로 흘러들어오곤 했다. 떠돌다 지치면 집에 들어와 죽은 듯이 잤다. 눕기만 하면 잠이 쏟아졌다. 밤과 낮의 구별이 없었다. 허기도 잠을 이기지 못했다. 허기를 느끼면서 잤다. 끼니를 거르기 예사였다. 밥을 먹은 지가 언제인지 기억할 수 없었다. 잠 속으로 흘러들어오는 시간이 어렴풋이 느껴졌다. 시간은 작은 물줄기처럼 소리 없이 흘러 다니다 어디론가 사라져갔다. 사라져가는 시간을 바라보는 시선이 있었다. 누구의 시선인지 알 수 없었다. 그의 시선 같기도 했고, 아내의 시선 같기도 했고, 그가 모르는 어떤 존재의 시선 같기도 했다.

그러던 어느 날이었다. 잠에서 깨어나니 껍질만 남은 존재가 덩그렇게 누워 있었다. 옷을 입고 집을 나왔다. 그가 찾아간 곳은 나이프 갤러리였다. 수많은 종류의 칼이 진열되어 있었다. 하나하나 세심하게 살폈다. 한 시간쯤 후 수제품 스위스제 칼을 들고 계산대로 갔다. 집에 들어와 욕조에 뜨거운 물을 받았다. 그동안 수없이 상상했다. 자신의 몸에서 피가 빠져나가는 모습을. 차가운 강물 속으로 가라앉는 아내의 모습과 겹쳐 떠올랐다. 칼을 욕조 턱에 놓고 물속으로 들어갔다. 다리를 죽 뻗고 눈을 감았다. 강의 심연에 누워 있는 아내의 몸이 보였다. 아내의 몸은 푸르게 빛났다. 푸르게 빛나는 아내의 몸이 금방이라도 움직일 듯했다. 물고기처럼 유영하거나 새처럼 날아오를 것 같았다. 욕조 턱을 더듬었다. 칼이 손에 잡혔다. 금속의 감촉이 따뜻했다.

등불을 켜는 아내의 모습이 떠오른 것은 칼끝으로 손목의 푸른 동맥을 더듬고 있을 때였다. 아내는 밤마다 딸의 방에서 등불을 켰다. 딸이 깜깜한 방에서 혼자 자기 무섭다고 해서 사온 것이었다. 그는 자신이 딸의 등불을 한 번도 켜준 적이 없다는 사실을 깨달았다. 칼을 욕조 턱에 가만히 내려놓았다.

그날 밤 등불을 켠 딸의 방에서 잤다. 꿈에 백합 다발을 가득 안고 있는 아내가 보였다. 딸은 보이지 않았다. 잠에서 깨어나니 가슴에 못이 박힌 듯 아팠다. 아내가 백합 다발을 안고 있는 동안 딸은 어디에 있었는지, 못 견디게 궁금했다. 다음 날 그는 욕조에 물을 받지 않았다. 그다음 날도 그랬다. 사흘째가 되자 죽음의 에너지가 자신에게서 빠져나갔다는 사실을 깨달았다. 자신이 더 살기를 욕망했는지, 생각해보았다. 그렇지는 않은 것 같았다. 욕망이나 의지와는 아무런 상관이 없는 어떤 우연의 작용인 듯했다. 그날 이후로 칼을 늘 몸에 지니고 다녔다. 깜박 잊고 나오면 허전하고 불안했다.

트럭에 올랐다. 오르기 전에 하늘을 다시 쳐다보았다. 별들이 조금 전보다 더 흐려 보였다. 누군가가 켜놓은 등불이 못 견디게 그리울 때 밤하늘을 올려다보곤 했다.

그에게 추억은 가슴에 깊이 박힌 가시 같은 것이었다. 그 가시를 뺄 수 없음을 알고 있었다. 그럼에도 가시 없는 존재를 꿈꾸었다. 그러기 위해서는 자신을 바꾸어야 했다. 돌이켜보면 죽음의 에너지가 자신에게서 빠져나갔음을 깨닫는 순간 이전의 삶으로 돌아갈 수 없으리라 예감한 것 같았다. 그가 화물트럭 운전사가 되면서 연고가 전혀 없는 부산으로 거처를 옮긴 것은 자신을 바꾸기 위함이었다. 어떤 이도 그가 누구인지 모르는 사람이 되고 싶었다. 타인에게 자신이 유령이기를 바랐다. 누구도 눈여겨보지 않는, 있는지조차 모르는. 그런 바람에 균열이 생긴 것은 그녀를 만나면서였다.

작은 식당 안에 있으면서 그녀의 두 눈은 늘 먼 곳을 보는 듯했다. 그녀의 시선이 그를 스치면 가슴이 설렜다. 그는 까맣게 몰랐다. 누군가에게서 잊고 있던 아내의 모습을 떠올리게 될 줄을. 아내의 죽음에 대해 묻고 싶게 될 줄은 더더욱 몰랐다. 오랫동안 끊어진 삶의 기적이 그렇게 다가오고 있었다. 그녀에게만은 유령이 되고 싶지 않았다. 그럼에도 그런 감정을 나타내지 않으려 노력했다. 낯설고 어색한데다 죄스러운 느낌까지 들기 때문이었다. 그녀는 간혹 그를 보며 미소를 짓곤 했는데, 그의 마음을 환히 들여다보면서 짓는 미소처럼 느껴졌다.

식당을 출입한 지 일 년이 조금 넘은 2월 어느 날이었다. 부산에서는 흐리기만 했는데 김천을 지나면서 눈이 내리기 시작하더니 충주에 이를 무렵에는 폭설로 변했다. 폭설은 인천까지 이어졌다. 그런 폭설 속에서도 가속페달을 자주 밟았다. 길이 허공으로 올라가는 듯한 느낌 때문이었다. 사고의 위험이 느껴졌으나 개의치 않았다. 사고가 난다면 그것 역시 우연의 작용일 뿐이라고 생각했다. 목적지에 도착했을 때 허공에 떠 있던 길이 신기루처럼 사라졌다.

그녀의 식당에 들어간 것은 저녁 아홉 시 넘어서였다. 그렇게 늦은 시간은 처음이었다. 그녀는 놀란 표정으로 그를 맞았다. 손님이 몇 있었다. 식사와 함께 소주를 시켰다. 폭설 속으로 다시 들어가고

싶지 않았다. 근처에 있는 찜질방에서 자면 되지, 생각했다. 그가 주
머니 속에서 칼을 꺼낸 것은 자리젓을 안주로 소주를 두 병째 마시
고 있을 때였다. 무슨 까닭으로 그것을 꺼냈는지 알 수 없었다. 주머
니에 손을 넣을 때도 의식하지 못했다. 취기 속에서 한 무의식적 동
작이었을 것이다.

"칼이 참 예쁘네요."

주방에 있던 그녀가 어느새 와 있었다.

"그렇게 보여요?"

"네."

"제가 이 칼을 산 것은……."

강물의 물살 소리가 들려왔다. 그를 혼몽 속으로 빠뜨린 소리였
다. 혼몽은 그에게 어디론가 흘러가다 사라지는 시간을 보여주었다.
그가 정말 보고 싶었던 것은 시간 너머의 풍경이었다.

"세상을 떠나기 위함이었어요. 하지만 아시다시피 아직 못 떠나
고 있어요. 그래서 늘 품에 지니고 다니지요."

말을 하면서도 '내가 왜 이런 말을 하지?' 생각했다. 자신이 말하
는 것이 아니라 그가 모르는 어떤 존재가 말하는 것 같았다. 그녀가
어떻게 받아들일지 불안했다. 차가운 돌계단 위에 벌거벗고 서 있는
기분이었다. 시선을 내려뜨렸다. 그녀를 바로 볼 수 없었다. 뱉은 말
을 주워 담고 싶었다.

"왜 그런 생각을 하셨어요?"

다정함이 느껴지는 목소리였다. 시선을 들었다. 언제나 먼 곳을
보는 듯한 그녀의 두 눈이 가만히 그를 응시하고 있었다. 눈이 깊고

맑았다. 그녀의 눈이 그렇게 깊고 맑은 줄은 미처 몰랐다. 몸이 따뜻해지고 있었다. 캄캄한 가슴속에서 따뜻한 불이 켜진 듯했다. 왜 세상을 떠나려 했는지, 그녀에게 말하고 싶은 충동이 일었다. 하지만 불가능하게 느껴졌다. 머릿속에 첩첩이 쌓인 기억들을 표현할 말을 찾을 자신이 없었다. 설사 찾는다 해도 그 말들을 제대로 연결할 수 없을 것 같았다.

"힘드시면 하지 마세요."

그녀의 말에 그는 고개를 끄덕였다.

"저도 외출할 때 늘 품에 지니는 것이 있는데, 보여드리고 싶어요."

그녀는 일어나 내실로 들어가더니 잠시 후 나왔다.

"이거예요."

그녀가 내민 것은 작은 사진이었다. 캄캄한 배경에 물결처럼 움직이는 듯한 흰색의 가느다란 선들이 보였다. 선들의 중앙에는 선보다 좀더 명료해 보이는 하얀 점이 있었다.

"제 아이의 첫 모습이에요."

목소리가 청량하게 튀어 올랐다.

"전 불룩해진 배를 가진 제 모습을 자주 상상했어요. 아이에게 젖을 물리는 모습도 상상했고요. 늦긴 했지만 운이 좋았어요. 의사가 모니터에 보이는 흰 점을 가리키며 아기라고 말했을 때 너무 기뻐 몸이 둥둥 뜨는 것 같았어요. 세상에서 가장 아름다운 정원을 가진 듯한 기분이었어요. 이 사진이 모니터에 나타난 그 모습이에요."

그녀의 입가에 미소가 번졌다. 누군가의 얼굴이 떠오르고 있었다.

낯설면서도 낯익은 얼굴이었다. 아기집을 보고 있는데 신비스러운 꽃을 보는 느낌이 들었어. 아내의 목소리였다. 당신 한 번 생각해 봐. 내 몸 안에 신비스러운 꽃이 너울거리고 있는 광경을 말이야. 봄날의 햇살처럼 화사한 아내의 목소리가 귓전을 울렸다. 아내가 병원에서 배 속의 생명을 처음 보고 온 날이었다.

"무얼 생각하세요?"

그녀의 목소리에 상념에서 깨어났다.

"옛날 생각이 나서요."

"좋은 기억이 아닌 것 같네요."

"무척 좋은 기억이에요."

"그런데 얼굴이 왜 슬퍼 보여요?"

"돌아보니까요."

그는 쓸쓸히 웃었다.

"저…… 부탁이 하나 있어요."

머뭇거리는 듯한 그녀의 말에 가슴이 설렜다.

"이 칼…… 저에게 맡겨주시면 안될까요?"

그녀는 칼을 내려다보며 조심스럽게 말했다.

"왜요?"

"제가 갖고 싶어서요."

그는 그녀를 물끄러미 보았다. 그녀의 얼굴 속에 아내의 얼굴이 어른거렸다. 아내의 얼굴 너머 투명한 빛이 보였다. 백합이었다. 눈물이 핑 돌았다. 가로수 잎들이 바람에 지던 11월 어느 날, 외출한 아내가 백합 다발을 가득 안고 들어와 눈처럼 흰 화병에 담아 그의 방 창가에 놓았다. 그것이 아내의 마지막 선물임을 그때는 까맣게 몰랐다.

"생각해볼게요."

그의 말에 그녀는 환히 웃었다.

5

세탁소 노인에게서 전화가 온 것은 그녀의 식당 앞에서 만난 지 일주일 후였다. 구미공단에서 화물을 싣고 있을 때였다. 노인은 대뜸 뉴스를 봤느냐고 물었다. 어떤 뉴스냐는 그의 물음에 희생된 학생의 휴대전화에서 배가 기울어지기 시작할 즈음에 아기까지 울어 미치겠다는 학생의 목소리가 담긴 동영상이 나왔다고 했다.

"사고 당일 아홉 시쯤 찍은 동영상이래. 그뿐이 아냐. 구조에 참여한 어떤 민간 잠수사가 선실을 수색하다가 아기 젖병을 봤다고 증언했어. 우유가 반이나 남아 있더래. 내가 알아봤는데 승객 명부에는 그렇게 나이가 어린 아이를 데리고 탄 승객이 없어. 난 그 젖병이 모슬포댁 아이의 것처럼 느껴져."

그날 저녁 인터넷을 검색했다. 노인의 말이 맞았다. 사고대책본부 대변인이 진도군청에서 열린 브리핑에서 "배 안으로 들어간 잠수사가 유아용 젖병을 보았다고 증언했으며, 아직 수거되거나 확인되지는 않았다"고 밝혔다.

그동안 그는 뉴스를 외면했다. 식당에 들어갔다가 TV에서 여객선 침몰 뉴스가 나오면 바로 나와버렸다. 아이 잃은 부모의 모습을 보는 것이 두려웠다. 과거의 기억 속으로 빨려들어가 헤어 나오지 못할 것 같았다. 그것만이 아니었다. 여객선 침몰 뉴스는 아이와 함께 바닷속에 잠겨 있을 그녀의 모습을 생생히 떠올렸다.

그녀는 그에게 죽은 자가 아니었다. 사라졌을 뿐이었다. 산 자라고 할 수도 없었다. 그녀는 삶과 죽음 사이를, 그 자욱한 안개 속을 떠도는 존재였다. 그의 의식도 그녀를 따라 삶과 죽음 사이를 떠돌았다. 그에게 낯선 떠돎이 아니었다. 오래전부터 그렇게 떠돌았다. 트럭 안이 관처럼 느껴져도 조금도 이상하지 않았다. 가속 페달을 밟고 있을 때는 백합 향기가 콧속으로 스며들곤 했다.

다음 날 오후 두 시 부산항에서 화물을 실었다. 시화공단과 남동공단으로 배송하는 화물이었다. 시화공단을 먼저 들렀다. 남동공단에서 화물을 인계하고 나왔을 때는 거리에 어둠이 깔리고 있었다. 저녁 먹을 시간이었다. 트럭을 세워 놓고 그녀의 식당으로 갔다. 그녀가 돌아와 있을지도 모른다는 눈먼 희망이 그의 등을 떠밀었다. 문은 여전히 잠겨 있었고, 식당 안은 캄캄했다. 꿈에 그녀의 식당이 자주 나타났다. 어둡고 축축한 땅속에 있거나 거무스레한 물속에 있었다. 그녀의 두 손은 검었고, 얼굴은 서리에 덮여 있었다. 아이는 보이지 않았다. 보이지 않는 아이를 찾아 꿈속을 두리번거렸다.

휘적휘적 걸었다. 어디로 간다는 의식이 없었다. 눈앞의 풍경이 안개에 싸인 듯 흐릿했다. 사람들과 건물들이 형태와 무게를 잃고 뒤섞인 채 기체처럼 떠도는 것 같았다. 거기에서는 어떤 소리도 들려오지 않았다. 깊은 적막이 기체처럼 떠도는 풍경을 에워싸고 있는 듯했다. 저 멀리 있는 보이지 않는 바다가 느껴졌다. 그 바닷속에서 작은 불빛의 모습으로 떠돌아다니는 혼들도 느껴졌다. 허기가 일었다. 격렬한 허기였다. 가까운 식당에 들어가 자리젓이 있느냐고 물었다. 주인인 듯한 남자가 그를 경계하는 눈빛으로 보며 고개를 저었다. 그곳을 나와 근처에 있는 다른 식당으로 들어갔다. 자리젓이 있느냐고 물었더니 없다고 했다. 일곱 번째 들어간 식당에서 주인아주머니가 자리젓이 있는 데를 알려주었다.

그가 눈을 떴을 때 주위가 어두웠다. 눈꺼풀이 무거워 눈이 자꾸만 감겼다. 오랫동안 깊이 잔 느낌이었다. 어슴푸레한 빛이 유리창으로 스며들고 있었다. 트럭 지붕이 희미하게 보였다. 시계를 보았다. 새벽 세 시가 넘어 있었다. 혼란스러웠다. 지금이 왜 새벽 세 시인지 이해가 되지 않았다. 알 수 없는 곳으로 굴러떨어진 기분이었다. 힘겹게 일어나 바깥으로 나왔다. 하늘이 어두웠다. 구름이 달을 가리고 있었다. 느낌이 이상했다. 눈에 잡히는 풍경이 낯설었다. 주위를 살피던 그는 그곳이 서해안고속도로 서산휴게소 주차장이라는 사실을 알고 깜짝 놀랐다. 자리젓을 안주로 소주를 마신 기억은 났으나 식당에서 언제 나와 트럭을 탔는지, 인천에서 한 시간은 족히 걸리는 여기까지 어떻게 운전해서 왔는지, 트럭에서 얼마나 잠을 잤는지, 아무것도 기억나지 않았다. 시간이 뭉텅 잘려나간 것 같았다. 게다가 부산으로 가려면 중부내륙고속도로를 타야 하는데, 무슨 생각으로 서해안고속도로로 들어와 서산휴게소에 왔는지, 도무지 알 수가 없었다. 눈을 감고 기억을 더듬어보았다. 머릿속이 캄캄했다. 형체가 불분명한 풍경의 조각들이 캄캄한 머릿속을 소리 없이 흘러 다닐 뿐이었다. 갈증이 일었다. 입안에 모래가 가득 차 있는 것 같았다.

자판기가 있는 휴게소 건물 쪽으로 터벅터벅 걸었다. 언젠가부터 종종 자신의 육신에 수치심이 일었다. 육신이 그에게 끊임없이 요구하는 욕망에 대한 수치심이었다. 수치심이 깊어지면 시선이 느껴졌다. 그것이 죽음의 시선인 줄 처음에는 깨닫지 못했다. 죽음의 시선은 그의 내면 깊숙이 파고들어와 그의 존재와 그가 영위하는 삶 전체를 낯설게 만들었다.

자판기에서 뽑은 생수를 마시고 있는데 주위가 밝아지고 있었다. 구름 사이로 달이 나타난 것이었다. 그는 우두커니 서서 환해지는 하늘을 올려다보았다. 구름 너머 검푸른 허공에 총총히 박혀 있는 별들이 눈에 닿았다. 웃음소리가 들렸다. 아이들의 웃음소리였다. 아이들이 보였다. 두 아이였다. 그의 입에서 탄성이 새어나왔다. 꿈에서 본 아이들이었다. 트럭에서 꾼 꿈이었다. 아이들의 몸은 허공에 있었고, 그림자가 보이지 않았다. 즐거운 놀이를 하는 듯한 아이들은 서로에게 투명하게 스며들었다. 투명하게 스며드는 아이들의 몸이 눈부셨다. 연푸른 별들이 그들의 눈부신 몸을 비추고 있었다. 눈시울이 뜨거워졌다.

그녀는 음식을 만들거나 설거지를 하는 동안 그에게 아이를 맡기곤 했다. 아이는 그의 품을 낯설어하지 않았다. 방긋방긋 웃기까지 했다. 아이를 안고 있으면 딸에 대한 기억이 아련히 떠올랐다. 까맣게 잊고 있던 기억이었다. 아이의 살에서 딸의 살내음이 났다. 아이의 맑은 눈동자에서 딸의 맑은 눈동자가 보였고, 아이의 옹얼거리는 소리에서 딸의 응얼거리는 소리가 들렸다. 아련한 기억 속에 빠져 있다가 시선이 느껴져 고개를 들면 미소를 머금고 있는 그녀의 얼굴이 꿈처럼 다가왔다.

눈물이 주르르 흘렀다. 왜 서해안고속도로를 탔는지 알 것 같았다. 세탁소 노인을 만난 이후 잠자리에 들면 똑바로 누워 눈을 감고 양팔을 가슴에 얹은 자세를 자주 취했다. 죽은 사람의 자세였다. 외로움을 견디는 좋은 방법이었다. 그녀가 제주도에서 돌아오면 칼을 맡기려 했다. 죽음을 그녀에게 맡기고 싶었다.

달빛이 한층 밝아지고 있었다. 달 주위에 엷게 끼어 있던 구름이 걷히고 있었다. 트럭에 올랐다. 시계를 보았다. 네 시가 다 되어가고 있었다. 진도에 도착하면 아침이 될 것이다. 그 시각에 꽃을 살 수 있을지 걱정스러웠다. 백합 다발을 가득 안고 팽목항으로 가고 싶었다. 시동을 걸었다. 길이 떠올랐다. 처음 가는 길이었다. 그녀를 만난 것은 길에서였다. 처음 가는 길에서 누구를 만나게 될지 가슴이 설렜다. 길 너머에서 누군가가 손을 흔들고 있었다. 손은 빛처럼 희었다.

황정은

누구도 가본 적 없는

1976년 서울에서 태어나 2005년 경향신문에 단편 〈마더〉로 등단했다. 소설집으로《일곱
시 삼십이분 코끼리열차》《파씨의 입문》과 장편소설《百의 그림자》《야만적인 앨리스씨》
《계속해보겠습니다》 등이 있다. 제43회 한국일보문학상, 제30회 신동엽문학상, 제15회
이효석문학상, 제23회 대산문학상 등을 수상했다.

　　　　　　　아무도…… 이렇게 오래 걸릴 거라
고는 말하지 않았는데. 그는 좁은 좌석에서 한번 더 몸을 비틀었다.
그가 풀어둔 안전벨트의 버클이 왼쪽 엉덩이를 찔렀다. 그는 엉덩이
아래를 손으로 더듬어 버클을 빼냈다. 납작하고 딱딱한 금속이 그
의 체온으로 따뜻해져 있었다. 이런 걸 깔고 앉았다는 것도 여태 모
르고 있었다니. 그는 귀가 먹먹해 침을 삼켰다. 기압으로 청각이 둔
해지니 다른 감각도 둔해진 것 같았다. 그의 아내는 담요로 몸을 감
싼 채 앞좌석 등받이에 붙은 스크린으로 영화를 보고 있었다. 유럽
을 향해 가는 길이었다. 환승을 대기하는 시간을 빼고도 열한 시간
이 걸리는 비행이었다. 각오는 했지만 정말로 이렇게 오래, 라고 여
겨지다니. 비행기는 몽골과 러시아의 경계를 날고 있었다. 그는 시
간을 보내려고 영화를 보면서 수시로 화면 아래쪽의 재생시간을 확
인하고 남은 비행시간을 계산했다. 삼십 분 정도를 예상하고 시간을
확인하면 겨우 오 분이나 육 분이 흘렀을 뿐이었다. 시간이 흐른다
는 것, 시간을 보낸다는 것이 지상과는 다르게 감각되었다. 어쩌면
상공에서는, 하고 그는 생각했다. 이렇게 고도가 높은 곳에서는 시
간이 좀 다르게 흐르는지도 모르겠어…… 거기다 시간을 거스르는
방향으로 가고 있지 않은가. 매 순간 과거로…… 더구나 밤이었다.

그는 이따금 일어나서 화장실과 좌석 사이의 격벽으로 만들어진 공간으로 걸어가 기지개를 켜고 심호흡을 한 뒤 좌석으로 돌아왔다. 그가 보기에 아내는 그보다 편안하게 비행을 감당하는 것처럼 보였다. 작은 몸집으로 좌석에 푹 묻히듯 앉아서 영화를 보았고 목베개를 목에 끼고 잠도 잘 잤다. 승무원에게 청해 와인도 마셨다. 그는 영화를 한 편 더 고르고 뒤로 몸을 기댔다. 엔진 소음과 기압으로 멍한 채 영화를 보았다. 아이들이 많이 나오는 영화였다. 어른은 단 한 명도 없었고 영화 속에서 아이들도 그것을 궁금하게 여기고 있었다. 머리를 왼쪽으로 돌렸을 때 그는 아내가 우는 것을 보았다. 이어폰을 귀에 꽂은 채 꼼짝 않고 스크린을 바라보고 있었는데 뺨이 눈물로 번들거렸다. 좁은 시야각 때문에 그의 자리에서는 그녀의 스크린이 보이지 않았다. 그는 그녀를 내버려두었다. 그녀는 그럴 때가 있었고 곧 괜찮아졌다. 그녀는 곧 울음을 그쳤고 승무원이 지나가자 작은 봉지에 담긴 브레첼을 한 봉지 더 가져다달라고 말했다. 그는 아내가 봉지를 뜯고 엄지와 검지로 속을 더듬어서 소금이 묻은 과자를 꺼내 입에 넣고 씹는 소리를 들었다. 목을 조금 움직여 목베개의 위치를 바꿨다. 어떻게 해도 자세가 불편했다. 다시 가슴이 갑갑하게 조여왔다. 영화 속 아이들이 아침이면 열렸다가 밤이면 닫히는 미로 속으로 발을 들이고 있었다.

그들은 헬싱키에서 내려 비행기를 갈아타야 했다. 바르샤바를 통해 유럽으로 들어간 뒤 크라쿠프와 프라하를 거쳐 베를린으로 갈 계획이었고 거기서 나올 예정이었다. 여행을 계획하면서 그는 세계지도를 한 장 구해 거실 벽에 붙이고 여정을 따라 각 도시를 연결하는 선을 사인펜으로 그었다. 베를린까지 연결하고 보니 그릇 모양이 되었다. 웃는 입처럼 보인다고 그의 아내는 말했다. 그들의 첫 번째 해외여행이었다. 한 계절 전에 갑작스럽게 결정되었는데, 그와 그녀는 전부터 염두에 두고 있었던 것처럼 단숨에 이 여행을 마음먹었다. 결정적인 계기는 아마도 그녀였다. 스모그나 더위 때문일 수도 있었다. 그들이 가게를 닫고 집으로 걸어서 돌아가는 길에 그녀가 사라졌다. 그는 저녁 거리에 서서 기다리다가 온 길을 되돌아갔다. 무심코 지나쳤던 여행사 안에 아내가 있는 것을 보았다. 그녀는 접는 의자에 앉아 여행상품 설명을 듣고 있었다. 왼쪽 발을 무심하게 의자 바깥으로 뻗고 있었고 방심한 표정이었다. 그는 그 곁에 적당히 앉아 있다가 그녀를 데리고 나왔다. 거기 왜 들어갔느냐고 묻자 뭐? 라고 묻는 것처럼 더워서, 라고 그녀가 대답했다. 며칠째 이어진 열대야로 공기가 탁했다. 밤안개엔 주홍과 초록과 노란 입자들이 섞인 것처럼 보였다. 그녀는 그걸 사람들의 입김이라고 말하곤 했고 내색은 하지 않았어도 질색했다. 그는 그녀의 얼굴을 유심히 보았다. 마흔여섯. 여행을 가고 싶으냐고 묻자 가고 싶다고 그녀가 대답했다.

그들은 여행사에서 받아온 팸플릿들을 훑어보았고 입구와 출구를 선택했다. 그뒤에는 여행사를 다시 찾아갔다. 도시에서 도시로 이동은 어떻게 하는가. 철도는 어떻게 예약하는가. 숙박은 어느 지점에 마련하는 것이 좋은가. 몇 번이고 여행사를 찾아가 수수료를 지불하고 설명을 듣고 루트를 조금씩 수정했다. 넉 달 뒤 그들은 단단하게 꾸린 여행가방을 집 밖으로 끌어냈다. 둘다 모직코트를 입었다. 11월이었다. 그가 잠긴 문을 확인하는 동안 그녀는 입김을 내뿜으며 서 있었는데 목도리를 두르고 있지 않았다. 다 됐어? 잠금쇠, 플러그, 창문들…… 다 됐어. 그들은 조금 얼떨떨한 채 걷기 시작했다. 그녀의 여행가방엔 직진으로만 굴러가는 앞바퀴와 방향 전환이 자유로운 뒷바퀴가 달려 있었다. 가방이 자꾸 뒤집어져 그녀는 애를 먹었고 그때마다 그는 멈춰 서서 기다렸다. 그녀는 금세 익숙해졌다. 그의 여행가방엔 서류가 들어 있었다. 항공권, 야간열차 예약증, 호텔 바우처…… 그는 서류들을 여러 장 복사해 그녀의 여행가방과 여기저기 지퍼 속에 나누어 넣어두었다.

그들은 헬싱키에 도착하기 전에 기내식을 한번 더 먹었다. 안내방송으로 창을 열라는 지시가 있었다. 헬싱키는 저녁이었다. 그는 착륙 직전에 벌판을 보았고 벌판을 구불구불 누비고 있는 금빛 강을 보았다. 북반구의 침엽수들이 저녁노을에 잠겨 있었다. 비행기가 좌우로 흔들리며 활주로를 향해 하강했다.

바르샤바 공항에 도착한 때는 이미 밤이었다. 그들은 예약해둔 숙소 근처까지 전철을 타고 갔다. 중앙역에서 지상으로 올라가는 낡은 계단 위로 가방을 끌어올렸다. 방향을 종잡을 수 없어 잠시 서 있었다. 불 꺼진 서울역 광장을 연상케 하는 장소였다. 넓은 도로와 광활한 평지에 어색하게 솟은 빌딩들, 상점들은 문을 닫았고 가로등 불빛은 희미했다. 낙서로 뒤덮인 벽을 등지고 서 있던 젊은이들이 그들을 바라보았다. 그는 그녀의 여행가방을 넘겨받고 그녀를 바로 곁에서 걷게 했다. 그 시간, 그 거리에, 여행가방을 끌며 걷는 사람은 그들뿐이었고 동양인도 그들뿐이었다. 그는 그 점들에 유의했다. 그들이 묵을 호텔은 대로변에 있었다. 로비에서 키를 받아 방으로 올라갔다. 저렴한 방을 찾는 여행객들의 냄새가 밴 허름한 방이었다. 가구는 래커 칠이 벗겨졌고 벽지는 낡고 바랬다. LG 텔레비전이 있었다. 그 호텔의 다른 층엔 그보다 좋은 방이 있을 게 분명했지만 그와 그녀는 너무 피곤해 바로 자기로 마음먹었다. 문 앞에 구두를 벗어두었다. 물을 채우지 않은 욕조에 서서 몸을 부딪혀가며 샤워했다. 그는 입을 헹구려고 물을 한 모금 머금었다가 바로 뱉었다. 짜고 비렸다. 그녀는 개의치 않고 몇 번이나 물을 머금어 입을 세차게 헹궜다. 그녀가 먼저 샤워를 마치고 나갔다. 그가 나가보니 목욕가운을 입은 채 침대에 누워 있었다. 침대 주변엔 붉은색 바탕에 검은 무늬가 있는 카펫이 깔려 있었는데 욕실에서 나온 그가 맨발로 그 위를 걷자마자 딱딱한 알갱이들이 발바닥에 들러붙었다. 그는 한쪽 발을 들고 서서 찌푸린 얼굴로 발바닥을 살펴보았다. 그녀가 코를 골았다. 그도 누웠다. 수프냄새가 밴 베갯잇에 뺨을 대고 눈을 감았다.

그들은 함께 여행을 해본 적이 별로 없었다. 전부 해야 다섯 번이나 여섯 번. 첫 번째는 제주도에 다녀온 신혼여행이었다. 두 번째는 그가 퇴직하기 전까지 다니던 회사에서 단합회로 계곡에 갔을 때로 여행이라기보다는 나들이에 가까웠다. 그땐 그들에게 아이가 있었다. 십육 년 전으로 아이가 여섯 살이었다. 그녀는 아이에게 민소매 셔츠와 반바지를 입혔다. 왼쪽 가슴에 기린 모양의 아플리케가 달려 있었고 반바지는 밑단을 두 번 접어 입는 것이었다. 아이는 양말도 없이 파란 샌들을 신고 있었는데 그걸 신은 채로 개울에 들어가 물살을 거스르며 걷는 바람에 그 여름이 다 가기도 전에 못 신게 되었다. 양지가 몹시 뜨거웠다. 어른들과 아이들이 차양 아래서 점심을 먹고 놀았다. 그도 그녀도 잘 기억하지 못하는 누군가가, 아마도 영업팀의 누군가였을 것이다, 숟가락에 은박지를 감아 마이크를 만들었는데 그들의 아이가 그걸 낚아채 골똘하게 들여다보았다. 돌아오는 차 안에서 그녀가 아이를 혼냈다. 어른들 앞에서 버릇없게 굴어 부모를 망신시켰다고 날카롭게 나무랐다. 그것을 그녀는 자주 기억해냈다. 후회했다.

각자가 챙겨온 먹거리들로 풍성하게 먹고 마신 나들이였다. 아이들의 팔다리가 반나절도 되지 않아 가뭇해졌다. 세 살부터 열두 살까지, 머뭇거리고 당돌하고 낯을 가리고 볼품없고 건강하고 소리를 지르고 홀쩍이고 저마다의 고집으로 뭉쳐 있던 아이들. 집으로 돌아갈 때가 되어서 아이들을 한자리에 불러모으고 수를 셌다. 하나 둘 셋 넷 다섯 여섯…… 그중 어떤 아이는 대학을 졸업했고 어떤 아이는 엄마가 되었고 또 다른 아이는 아버지가 되었다. 스물다섯 명 중에 그들의 아이만 어른이 되지 못했다. 사실이 아닐지도 몰랐는데 그와 그녀는 그렇게 생각했다. 우리 아이만 어른이 되지 못했다.

그와 그녀, 그리고 아이, 셋이서 소풍을 간 적도 있었다. 도시락과 수건을 챙겨 계곡으로 들어갔다. 그들은 낮은 폭포를 찾아냈다. 넓은 바위와 그늘이 있었다. 용소 부근의 물은 청록색이었다. 그가 먼저 물로 들어가고 아이가 들어갔다. 그녀도 들어갔는데 머리까지 담글 수는 없었다. 물이 찼다. 그녀는 물속에 서 있다가 바깥으로 나왔다. 한기가 들어 양지에 앉았다. 물살이 빗긴 것처럼 아이가 말쑥해져 물 밖으로 나왔다. 넓적하고 평평한 바위로 올라가 다시 물로 뛰어내렸다. 아이는 수영을 곧잘 했다. 물을 좋아했다. 아이의 몸이 물에 잠겼다가 떠올랐다. 가느다란 팔이 물을 휘젓는 것처럼 천천히 흔들렸다. 그가 물속에 서서 폭포 쪽을 바라보았다. 그녀는 양지바른 바위에 앉아 부녀를 바라보았다. 바위들이 몹시 따뜻해서 물에 젖은 발로 디뎠던 자국이 금세 말라 사라졌다. 아이가 여덟 살로, 십사 년 전이었다.

그는 매우 고요한 상태로 눈을 떴다. 암막커튼이 벌어져 있어 날이 밝은 것을 알았다. 창과 문은 꽉 닫혀 있었고 방은 먼지에 잠겨 있었다. 햇빛 속에서 카펫의 붉은색은 더 낡고 지저분해 보였다. 그는 침대 가장자리에 앉아서 카펫에 놓인 두 발을 내려다보고 있다가 호텔 전화를 사용해 국제전화를 시도했다. 메모를 해온 대로 번호들을 누르고 착신음을 기다렸다. 가게를 봐주고 있는 처남에게 도착을 알리고 안부를 물었다. 매형, 처남이 말했다. 우리나라가 망했어요.

한국 정부는 경제적 주권을 상실했다. 지난밤, 그와 그녀가 삼만 피트 상공에 있을 때, 한국 정부는 막대한 빚을 지기로 결정했고 경제적 주권은 국제통화기금으로 넘어갔다. 대규모로 구조가 조정될 것이다. 그는 말문이 막혀 처남의 말을 들었다. 왜 그래? 그녀가 물었다. 그는 그녀의 남동생에게 들은 소식을 말해주었다. 그녀는 상체를 일으켜 침대 머리판에 등을 기댔다. 목욕가운 앞섶이 벌어져

납작한 가슴팍이 드러났다. 그럼 이제 어떻게 되는 거냐고 그녀가 물었다. 그는 어리둥절해 고개를 저었다. 솔직하게 대답했다. 모르겠다. 국제…… 통화기금. 그게 뭔지도 모르겠는데.

그들은 호텔 지하로 내려가 아침식사를 했다. 그들 말고도 동양인이 있었다. 일본어와 중국어, 영어로 말하는 사람들 틈에 앉아 조용히 주스를 마시고 빵에 버터를 발랐다. 한국인은 그들뿐이었다. 돈을 덜 써야 할까? 여행은 계속 해야겠지? 방으로 돌아와서는 막연하게 위축된 채로 앉아 있다가 점심 때쯤 호텔을 나섰다. 지난밤 그들이 여행가방을 끌며 왔던 방향을 등지고 걸어갔다. 넓고 반듯하고 깨끗했으나 쇠락한 인상을 풍기는 거리였다. 현대식 건물들 사이에 그을린 벽을 가진 옛 건물들이 남아 있었다. 세계대전의 폐허에서 아직도 복구 중인 것처럼 보인다고 그는 생각했다. 그들은 구시가지 광장을 향해 가는 길에 유대인 상인의 장난감가게에 들렀다. 그녀가 허리를 구부리고 서서 작은 오르골에 달린 손잡이를 돌렸다. 백 개가 넘는 오르골이 있었고 각각의 실린더엔 각각의 악보로 돌기가 솟아 있었다. 아홉 번째 오르골을 다 돌려본 그녀가 열 번째 오르골로 넘어가는 것을 보고 그가 그녀의 팔꿈치를 잡아 말렸다. 구시가지 광장이 바로 근처였다. 광장의 건물들은 알록달록하게 채색되어 있었고 관광객들이 그 유명한 건물들을 배경으로 사진을 찍고 있었다. 광장엔 말이 끄는 마차가 있었고 레일 없이 타이어가 장착된 바퀴로 달리는 유개 열차가 있었다. 그와 그녀는 정각에 표를 끊어 열차에 올라탔다. 게토의 경계선과 마리퀴리박물관 앞을 지났다. 열차 좌석은 쇠로 만들어졌고 완충 장치가 전혀 없어 탑승객들의 엉덩이

를 거칠고 딱딱하게 튕겨냈다. 우유 트럭과 시비가 붙어 교차로에서
잠시 멈췄을 때 그녀는 내리자고 말했다. 그들은 반들반들한 돌이
깔린 길로 내려섰다. 카페 테라스를 지나 도자기가게로 들어갔다.
그녀는 파란 물감으로 덩굴과 열매를 그려 넣은 도자기들을 둘러보
면서 선반에서 작은 컵들을 들었다가 도로 내려놓았다. 그는 그녀의
뒤를 따라다니다가 바깥으로 나와 기다렸다. 그녀가 빈손으로 가게
밖으로 나왔다. 그제야 그들은 거기가 어디인지를 알아보려고 주위
를 둘러보았다. 열차가 출발했던 광장으로 돌아가려면 왔던 방향으
로 되짚어가는 길밖에는 없어 보였다. 그들은 걷기 시작했다.

옛 성벽 근처에서 그들은 레스토랑으로 들어갔다. 수프와 감자를
곁들인 비프스테이크를 주문했다. 탁자엔 손뜨개로 만든 듯한 레이
스 보가 깔려 있었고 다홍색 페인트를 바른 벽에는 사진과 포스터
를 담은 액자들이 걸려 있었다. 신문기사를 스크랩한 액자들도 있었
다. 그는 그중에 한 가지 기사를 알아보았다. 굵은 활자로 적힌 영어
를 읽었다. 패스파인더Pathfinder. 몇 달 전 화성에 당도한 우주선 이
름이었다. 일곱 달 동안 우주를 가로질러 화성에 당도한 우주선이
보내온 사진이 그의 눈높이에 있었다. 신문의 나머지 내용은 폴란드
어로 적혀 있어 읽을 수 없었지만 무슨 내용인지는 짐작되었다. 한
국 신문들도 그 기사를 실었으니까. 이제 탐사선이 그 행성에 머물
면서 생물체의 존재 가능성을 탐색할 것이다. 그가 보기에 그곳은
뭔가가 있던 곳처럼 보였다. 뭔가가 있었는데 이미 떠나고 없는 장
소. 아직 생명이 당도하지 않은 미지의 행성, 같은 곳이 아니고. 고개

를 돌렸을 때 그는 그녀가 그걸 보고 있는 것을 보았다. 그는 레스토
랑을 둘러보았다. 커다란 백합 다발이 꽂힌 화병엔 화려한 문양이
그려져 있었고 천장의 낡은 대들보에도 문양이 있었다. 그가 고개를
젖혀가며 그걸 다 보고 난 뒤에도 그녀는 벽에 걸린 기사를 보고 있
었다. 그는 물었다.

뭘 그렇게 봐.

아니 화성이니까.

뭐 별거 있나.

아니 저렇게 있는데 못 가볼 테니까, 평생.

화성엔 못 가지.

그렇지, 우린.

다른 사람도 못 가.

미국이 갔잖아. 사진도 찍고, 저렇게.

미국이 간 거지. 아무도 없어, 저기엔. 무인無人이었으니까. 저기
갈 수 있는 사람은 지금도 없어.

앞섶에 고기 국물을 묻힌 요리사가 직접 접시를 내왔다. 두꺼운
손등은 머리털과 같은 어두운 색깔의 털로 덮였고 손톱은 뭉툭하게
잘려 있었다. 요리사가 그녀의 눈을 들여다보며 말했다. 키오즈케
테. 플레이트 이즈 핫. 베리베리 핫. 접시와 잔과 포크에서 비린내가
났다. 음식은 맛있었다. 그들은 먹었다. 물 대신에 맥주를 마셨다.

그녀의 얼굴이 빨갛게 달아올랐다. 그녀는 자전거 이야기를 했다.

하루는 애가…… 아주 당황해가지고 집으로 전화를 한 적이 있었
는데…… 말이 앞뒤가 안 맞고…… 엄마 나도 몰라, 모르겠는데, 이

러는 걸 제대로 좀 말하라고 혼내가며 들어보니 자전거 안장을 누가 가져갔다는 얘기였어…… 없어졌다는 거야 그냥…… 너 어디냐 했더니 어디래…… 꽤 멀리 갔어 그 어린 게…… 그래 그럼 어디까지 와라 하고 내가 갔지 거기로……

아이가 여덟 살 때였다. 안장이 사라진 자전거를 끌며 한 정거장을 걸어온 아이의 얼굴엔 눈물이 번져 있었다. 너무 고요하게 울고 있어서 그녀는 아주 가깝게 다가와서야 아이가 울고 있다는 걸 알았다. 횡단보도로 마중 나온 엄마를 발견한 아이가 자전거를 끌고 달려왔다. 누가 안장을 가져갔는데 그게 누구인지 모르겠다며 변명하듯 말하는 아이를 내려다보다가 그녀는 아이의 머리를 배 쪽으로 당겨 안았다. 아이의 머리가 뜨거웠다. 까만 정수리에 달라붙은 은행나무 수꽃을 털어냈다. 안장이 있던 자리엔 세로로 솟은 파이프만 남아 있었다. 안장이 사라진 자전거가 곤혹스러운 세계 자체로 보였다고 그녀는 말했다. 어느 개새끼가 가져갔을까. 안장은 어디에 있을까. 세상이 아이에게서 통째로 들어낸 것, 멋대로 떼어내 자취 없이 감춰버린 것. 이제 시작이겠지, 하고 나는 생각했지…… 이렇게 시작되어서 앞으로도 이 아이는 지독한 일들을 겪게 되겠지. 상처투성이가 될 것이다. 거듭 상처를 받아가며 차츰 무심하고 침착한 어른이 되어갈 것이다. 그런 생각을 했지……

그는 듣는 둥 마는 둥 했다.

몇 번이고 들은 이야기였다.

이튿날 그들은 다시 가방을 끌며 중앙역으로 갔다. 열차는 정시에 출발했다. 낮고 부드러운 곡선으로 창밖을 스쳐가는 구릉들을 바라보며 앉아 있다가 크라쿠프에 내렸다. 숙소까지는 걸어서 이동했다. 아름다운 공원이 있었고 그걸 둘러싼 건물들은 그 도시의 오랜 내역을 멀쩡하게 간직하고 있었다. 그는 수도보다 그 도시가 더 좋다고 생각했는데, 왜냐하면 거기엔 폐허라는 인상이 없었으니까, 그녀는 생각이 달랐다. 잘 봐. 밤 산책을 나왔을 때 그녀가 말했다. 기념품, 화장품, 보석들, 목욕용품과 비누, 케밥, 샌드위치, 사람들이 일층에서 장사를 하고 있지만 위층은 불이 꺼져 있다고 그녀는 말했다. 사람이 살지 않는 것 같아 저 위층엔. 이렇게 장사하다가 문 닫고 모두 어딘가로 가는 것 아냐? 더 밤이 되면…… 전부 빌 것 같아 건물 자체가. 이 많은 건물들이 다.

글쎄.

저 위엔 불이 꺼져 있잖아.

다 자나보지.

그가 무뚝뚝하게, 즉시 대꾸했다. 그녀가 그의 상태를 감각하고 입을 닫는 것을 그는 느꼈다. 변명하거나 설명할 필요도 없었다. 한 순간의 어조나 침묵, 한마디 말로 그들은 서로의 상태를 알아챘다. 그녀가 작은 돌처럼 위축되는 것이 느껴졌다. 방금 떨어진 낙엽을 내려다보며 걷다가 그는 빙글 돌았다. 코트 주머니에 손을 넣은 채로 계속 걷다가 다시 빙글 돌았다. 그녀가 웃음을 터뜨리고 그의 코트 주머니에 손을 넣었다. 주머니 속에서 그가 그녀의 손을 잡았다.

그들이 그 도시에 머무는 동안 아침저녁으로 안개가 꼈다. 그의 목이 부었다. 그는 침을 삼킬 때마다 목 안쪽에 성난 부분을 느꼈다.

숨을 들이마시는 것도 고통스러웠다. 그 도시를 떠나 프라하에 도착한 그들은 약국을 찾아다녔다. 그는 무뚝뚝하게 바라보는 약사에게 아픈 곳을 설명하려고 노력한 끝에 스트렙실을 받았다. 저녁엔 조금 진정되었다가 아침엔 도졌다. 공기가 차갑고 몹시 건조했다. 그는 하루에 한 번씩 카페에 들러 꿀과 계피 조각이 담긴 뜨거운 와인으로 목을 달랬다. 그녀는 목도리를 사서 두르고 다녔다. 전날 입은 옷을 이튿날에도 입었다. 어차피 코트를 입고 다닐 테고 땀이 전혀 나지 않아 옷을 갈아입을 필요가 없다고 그녀는 말했으나 그가 그녀의 곁에 서면 희미하고도 분명하게 몸냄새가 났다.

그는 대체로 신경을 곤두세우고 지냈다. 그녀보다는 그가 조금 더 영어를 할 줄 알았기 때문에 모든 걸 그가 말했다. 프라하 사람들은 바르샤바나 크라쿠프 사람들보다 영어를 잘했는데 독특한 억양 때문에 잘 알아들을 수가 없었다. 그들은 자신감 있게, 빠르게 말했고 알아듣지 못하면 눈을 내리깔았다. 그는 갈수록 위축되어 더듬거렸다. 그만 말하고 싶었다. 재료를 묻고, 주문을 하고, 추가요금이 있는지, 더 작은 것은 없는지, 왜 주문한 것이 아직도 나오지 않는지, 이쪽이 맞는 방향인지, 그게 어느 쪽인지 묻는 일이 피곤했고 나중엔 거의 두려웠다. 그녀는 모든 걸 그에게 맡긴 채 장소에 집중했다. 왕성하게 먹고 호기심도 왕성했다. 아무 모퉁이에서나 흥미를 끄는 것이 있으면 즉시 그쪽으로 이동했다. 불쑥 길을 건너고 가게문을 밀고 들어가 물건들을 만져보았다. 그들은 아침 일찍 호텔을 나섰다가 해가 진 뒤에야 돌아왔다. 아침이 되면 식당으로 내려가 느리게 움직이는 노부부들 사이에 앉아 달걀과 베이컨과 빵을 먹었다. 투숙객들은 대부분 노인이었다. 그와 그녀는 적지 않은 노부부가 같은 방향으로 나란히 앉는다는 것을 알아챘다. 마주보고 앉는 것이 아니고. 그와 그녀는 그들처럼 나란히 앉지는 않았지만 그들처럼, 말없이 먹었다. 말을 나눌 필요가 없었다. 그는 그녀가 음식을 너무 빨리 먹어치운다고 생각했지만 그런 말을 하지는 않았다.

한번은 그가 그녀를 잃어버렸다. 그녀가 그를 내버려두었다. 구시가지로 넘어가는 다리 위에서였다. 곁에서 걷고 있는 줄 알았는데 다른 사람이었다. 그는 온 방향을 돌아보았다. 기시감에 맥이 빠졌다. 그는 통행을 방해하며 중앙에 서 있었다. 장신구, 작은 완구, 그림을 파는 사람들과 관광객들. 걸어서 강을 건너려는 사람들이 꾸준한 물결처럼 그에게로 밀려들었다. 그녀가 나타났다. 작은 그림을 들고 있었다. 도화지에 목탄으로 백합을 그린 그림이었다. 뭐하려고. 그가 말했다. 그녀가 그를 빤히 바라보다가 대답했다. 엽서를 쓰지 애한테. 그러니까, 뭐하려고. 질문이 아니었다고 말하는 대신 그는 몸을 돌려 성큼성큼 걷기 시작했다.

다른 한번은 그가 그녀를 내버려두었다. 초콜릿과 사탕을 파는 거대한 상점에서. 그와 그녀는 공방에 설치된 유리창을 통해 사탕 반죽을 섞고 굳히고 자르는 과정을 구경했다. 그녀는 실물처럼 만들어진 초콜릿 페니스와 열쇠들에 관심을 보였고 캐러멜 샘플을 맛보았다. 그는 그녀가 코코넛 접시에 쌓인 별사탕을 맛보는 것까지 보고 어슬렁대다가 바깥으로 나왔다. 가게 앞에 솟은 차량통행방지턱에 앉아 기다렸다. 바닥에 박힌 네모난 돌들이 햇빛을 받고 몹시 반들거렸다. 단화를 신은 소녀들이 그걸 밟고 지나갔다. 한참 지나도 그녀는 밖으로 나오지 않았다. 그녀를 찾아보려고 가게 안으로 돌아간 그는 계산대로 이어지는 긴 줄을 발견했고 그 줄의 시작에 그녀가 있는 것을 보고 놀랐다. 계산을 담당하는 중년 여자가 얇은 입술을 다물고 학생을 혼내는 선생 같은 표정으로 그의 아내를 바라보고 있었다. 그는 황급히 다가가 자초지종을 알아보았다. 영수증을 줄까 말까. 중년 여자는 그 말을 알아듣지 못하는 그녀를 세워두고 창피를 주고 있었다. 아내가 얼굴이 창백해진 채 서 있는 것을 보고 그는 가슴이 철렁했다. 영수증을 거절하고 캐러멜이 담긴 봉투와 잔돈을 쓸어가듯 움켜쥐며 점원에게 말했다. 유 베터 비 카인드…… 비 카인드……

그들은 손을 잡은 채 서둘러 골목을 걸었다. 위층 창이 열리더니 발코니로 젊은 여자가 걸어나왔다. 늘씬한 고양이처럼 걷는 여자였다. 풍성한 검은 머리털이 매끄러운 등 쪽으로 늘어졌다. 여자는 방 안의 누군가를 향해 손키스를 날린 뒤 셔츠를 머리 위로 들어올려 벗었다. 아무것도 입지 않은 상체가 드러났다. 골목을 지나가던 사람들이 창 아래로 몰려들어 환호했다. 그와 그녀는 그들의 등을 밀어내며 그곳을 통과했다. 어디 갔었어…… 그녀가 물었고 그는 대답하는 대신 그녀의 손을 한번 꾹 쥐었다. 그는 이 도시의 활기가 불편했다. 어떻게 이렇게 일 년 내내 축제일 수가 있지? 그 장소를 빨리 뜨고 싶었다.

그들은 모퉁이를 돌아 광장으로 나왔다. 유명한 시계탑이 있는 광장이었다. 그걸 보려고 사람들이 모여 있었다. 그와 그녀는 이미 이 광장에 들른 적이 있었고 시계탑이 작동되는 것도 보았다. 복잡하게 구조를 드러낸 시계 위쪽으로 창이 있었는데 정각이 되면 그 창이 열리고 예수의 열두 제자가 차례대로 나타났다. 창 아래쪽엔 청년과 해골이 걸려 있었다. 청년은 삶, 해골은 죽음. 음울하게 생긴 열두 제자가 번갈아가며 모습을 보였다가 시계탑 속의 어둠으로 물러나는 동안, 청년은 고개를 끄덕였고 해골은 저었다. 삶은 끄덕이고 죽음은 가로젓고. 그와 그녀는 여기서 더 나아가지 못했다. 그 광경을 보려는 사람들 틈에 갇혀 서 있었다. 첫 번째 종소리가 울렸다. 잇 스타츠. 일제히 고개를 들어올렸다.

조금 더 들어가보자.

그렇게 제안한 것은 그녀였다.

거기엔 갈대가 너무 우거져 있었다. 더 한적하고 더 널찍하고 더 안락한 곳을 찾아 계곡 안쪽으로 들어갔다. 그와 그녀, 그리고 그들의 아이. 아빠의 뒤를 따라가던 아이가 멈춰 서서 팔뚝을 내려다보았다. 조금 뒤에서 걸어올라오는 그녀에게 울상을 지어 보이며 나뭇가지에 긁혔다고 말했다. 그녀가 집게손가락으로 침을 발라주자 다시 폴짝폴짝 아빠 뒤를 따라갔다. 아이는 신났다. 엉겅퀴를 처음 보았다. 저걸 먹을 수도 있다고? 계수나무와 갈참나무를 알아보는 엄마를 경이롭다는 시선으로 바라보았다. 너무 높아 보이지 않는 나뭇가지에서 새들이 다투는 소리를 한참 서서 들었다. 기괴한 모습의 나뭇가지를 흉내내느라고 팔과 다리를 뻗었다. 아이는 키가 작았고 손목과 발목이 가늘었다. 손등은 얇았는데 발은 조금 넓적했다. 웃는 얼굴은 그와 닮았고 찡그린 얼굴은 그녀를 닮았다. 머리숱이 풍성한 것은 그녀를 닮았고 곱슬거리는 것은 그를 닮았다. 그들은 종아리가 잠길 정도의 물을 건너 아직 어린 자작나무들이 자라고 있는 평평한 곳에 이르렀다. 여긴 어때? 그가 물었다. 그녀는 나무 밑에 서서 위쪽을 올려다보았다. 그늘이 충분하지 않은 것 같다고 말했다. 지금은 이쪽에 그늘이 좀 있지만 조금 뒤엔 저 가지들 사이로 햇빛이 들걸. 엄청나게. 다시 이동했다. 폭우가 쏟아졌을 때 위쪽에서 굴러내려온 바위들이 커다랗고 날카롭게 쪼개진 채 바닥에 박혀 있었고 그 돌들 사이로 물이 흘렀다. 그들은 그 물을 바라보며 거슬러 올라가다가 폭포를 찾아냈다. 양지바른 바위와 충분한 그늘이 있었다. 그녀가 폭신하게 쌓인 낙엽들 위로 돗자리를 펼쳤다. 돗자리가 뒤집어지지 않도록 그가 축축하게 젖은 돌로 사방을 눌러두었다. 돗자리에 그려진 만화 캐릭터들이 깊은 계곡과는 상관없는 형태와 색들로 도드라졌다. 그녀는 개미가 들어가지 않도록 아이의 신발을 돗자리에 올려두었다. 도시락 상자를 끌어당겼다. 열지 않았는데도 도시락 냄새가 났다. 그가 물속에 돌을 쌓고 참외와 자두를 담갔다.

아이는 수영을 잘했다. 물을 좋아했다. 아이를 데리고 실내 수영장에 가면 물에서 태어나 물에서 자란 생물처럼 찰싹거리며 매끄럽게 헤엄쳤다. 부력에 몸을 맡기고 물에 떠 있기를 좋아해 손발의 힘을 풀고 물속을 들여다보는 것처럼 자주 엎드렸다.

아이가 바위에서 물로 뛰어내렸다. 물 밖으로 고개를 내밀고 평영으로 두어 번 팔을 젓더니 엎드린 채로 둥 떴다. 그는 고개를 돌려 그 모습을 바라보았다. 아이의 등과 머리가 물 밖으로 솟아 있었다.

용소에서 번진 물결에 조금씩 흔들렸다. 등을 움찔거리며 떠 있는 모습을 보고 그는 웃었다. 개구리 같다고 생각했다. 그게 얼마나 긴 시간이었는지를 그는 나중에 돌이켰다. 찰나였을 수도 있고 그보다는 긴 순간이었을 수도 있다. 아이의 심장이 발작하고 있던 순간. 나는 그 아이를 얼마 동안 내버려두고 멍청하게 보고 있었는가. 그의 회상 속에서 그 순간은 아주 찰나였다가 그보다는 길었다가 다시 찰나가 되었다가 아주 기나긴 시간이 되기도 했다. 어느 순간 감전된 것처럼 그의 손이 움찔거렸다. 아이가 고개를 들지 않고 있었다. 너무 오래. 그가 첨벙거리며 뛰기 시작했다.

  십사 년 전에 그들은 산을 내려왔다. 아이를 그가 업었다. 그는 차가운 물을 담은 가죽자루처럼 등에서 자꾸 미끄러져 내리던 작은 몸의 감촉을 기억했다. 그 몸에서 계속 물이 흘렀다. 그녀가 아이의 신발을 들고 뛰었다. 그 밖에 그들이 계곡으로 들어갈 때 가져갔던 것, 도시락과 돗자리는 그 자리에 남았다. 그것들은 그 자리에 있을 것이다. 십사 년 전에 그녀가 펼치고 그가 눌러놓은 그대로. 여름엔 빗물에 쓸리고 가을엔 낙엽에 덮이고 겨울엔 눈으로 덮여 지금쯤 흔적도 보이지 않을 테지만 매년 새롭게 갱신되는 계곡의 표층 아래, 분명 있을 것이다. 그는 미그럽고 비좁고 울퉁불퉁하고 비탈진 길을 평지처럼 뛰었다. 떨어뜨리지 않으려고 아이를 꽉 붙들었다. 아이의 몸에서 흘러내린 물이 그 손을 차갑게 식혔다. 그녀가 숨을 몰아쉬듯 흐느끼며 따라왔다. 미끄러지고 넘어지는 기척이 있어도 그는 뒤돌아보지 않았다. 뛰었다. 너무 멀었다. 아무리 뛰어도 도로가 있는 곳에 이를 수 없을 것 같았다. 아이의 심장은 너무 깊은 곳에서 멈춰버렸고 그들은 늦었다. 누구도 되살려낼 수 없었다.

그들은 열차를 타러 역으로 갔다. 그들이 유럽에서 타게 될 마지
막 열차였다. 여행가방을 번쩍 들어 계단을 올라갔다. 그녀의 목에
는 그 도시에서 산 목도리가 감겨 있었다. 프라하 역은 낡고 지저분
했다. 벽은 그을었고 바닥엔 기름과 빗물이 고여 있었다. 천장의 유
리가 군데군데 부서져 있었고 그리로 새들이 날아들었다. 그와 그녀
는 새들의 배설물이 말라붙은 플랫폼에 서 있다가 베를린행 열차를
탔다.

그들은 여행사의 도움으로 미리 예약을 해둔 칸막이 좌석으로 들
어갔다. 두꺼운 타이츠에 가죽구두를 신고 무릎을 덮는 스커트를 입
은 중년 여자가 창가 자리에 홀로 앉아 있었다. 그 여자의 곁에 그녀
가 앉고 그가 그녀의 맞은편에 앉았다. 열차가 움직였다. 빠른 속도
로 도시를 빠져나가 벌판을 달렸다. 여자가 바스락거리며 종이를 펼
치더니 스콘을 먹기 시작했다. 그는 열차표를 다시 읽고 목적지를
지도에서 짚어보며 시간을 계산했다. 역방향에 불편해진 그녀가 그
의 옆으로 자리를 옮겨 창에 머리를 기댔다. 빠르게 밀려왔다가 흘
러가는 풍경을 바라보았다. 그들은 오후에 베를린에 도착할 것이고
이튿날 유럽을 빠져나갈 것이다. 집으로 돌아간다.

검표원이 나타나 그들에게 여권을 요구했을 때 그들은 작은 가
방 하나가 사라졌다는 것을 알게 되었다. 여권과 항공 예약증과 현
금을 조금 넣어둔 납작한 파우치. 어깨에 메고 겉옷을 입을 수 있도
록 가느다란 끈이 달린 가방이었다. 그가 마지막으로 그걸 본 게 호

텔에서였다. 그녀의 화장품이 놓인 탁자 위에. 여행가방을 열고 안에 있던 것을 전부 끄집어내 의자에 올렸는데도 그건 없었다. 중년 여자가 호기심 어린 시선으로 그들과 그들의 물건을 바라보았다. 그가 마침내 말했다. 없어…… 위 해브 낫…… 위 로스트 아워 패스포트…… 스톨른? 검표원이 회색 눈으로 그와 그녀를 번갈아 보며 물었다. 아이 돈 노…… 그는 두 손으로 얼굴을 쓸었다. 그녀를 돌아보았다. 도둑질을 당한 거야, 잃어버린 거야? 격분하고 당황해 목소리가 떨렸다. 그녀가 얼굴을 붉힌 채 고개를 저었다. 호텔에 두고 나온 것 같다고 그녀가 말했다. 그는 입을 다물었다. 그와 중년 여자의 눈이 마주쳤다. 여자가 어깨를 들었다가 내렸다. 손에 쥔 아몬드를 입에 넣으며 창밖을 내다보았다.

너희는 대사관에 가야 해. 검표원이 말했다. 아마도 그렇게 말했을 거라고 그는 짐작했다. 검표원은 덤덤한 표정으로 표에 구멍을 뚫은 뒤 종이에 무언가를 적어서 건네주고 가버렸다. 그는 아무렇게나 찢어낸 그 종이를 움켜쥔 채로 앉아 있었다. 거기 적힌 내용이 무엇인지 읽어볼 기력도 없었다. 그녀가 여행가방을 닫아 세워두었다. 헝클어진 머리를 다시 묶고 그의 맞은편에 앉았다가 잠시 뒤엔 그의 옆으로 왔다. 열차가 서서히 커브를 돌았다. 괜찮아. 그녀가 단조로운 목소리로 말했다. 대사관에 가면 돼. 다 괜찮을 거야. 걱정하지 마.

내가 그걸 챙기라고 하지 않았어? 그는 말했다.

그 밖에 내가 뭘 더 부탁한 게 있어? 그거 챙기라고…… 가방에 넣으라고 말하지 않았나? 그거 잊지 말라고…… 그냥 그거 하나…… 가방에 다 있잖아. 당신 칫솔, 화장품, 사탕…… 다 있는데 왜 그건 없냐…… 우리 내일 비행기 타야 돼…… 그런데 여권도 영수증도 없어…… 내가 이걸 다 설명해야 해 사람들한테…… 그런데 괜찮을 거라니…… 당신은 괜찮지 걱정이 없지 내가 다 하니까…… 당신은 잘 먹고 잘 자고…… 어디서든…… 호텔에서든 비행기에서든…… 어떻게 그럴 수가 있지? 어떻게 그렇게 비위가 좋냐 그렇게 멀쩡하게…… 괜찮을 거라고? 당신은 어떻게 그렇게 쉬워 모든게……

그는 문득 입을 다물고 고개를 돌려 그녀를 바라보았다. 그녀가 서글픈 얼굴로 그를 보고 있었다. 그는 다시 울화가 치밀어 고개를 저었다. 그 얼굴. 지긋지긋하다고 말하는 대신, 그렇게 보지 말라고 그는 말했다. 그런 식으로 보지 마. 사람 빤히 관찰하지 마. 너는 아무 잘못 없는데 내가 때리기라도 한 것처럼 그렇게.

열차가 국경을 넘어간 뒤에 그들은 독일측 검표원에게 서류와 구멍 뚫린 표를 보여주었다. 그가 다시 상황을 설명했고 그동안에 그녀는 창밖을 내다보았다. 저물녘에 기차가 베를린 중앙역으로 진입했다. 그는 창문을 통해 매끄럽게 강을 거슬러오르는 유람선을 보았다. 강 쪽으로 균일하게 창을 낸 건물들의 지붕은 빨강과 노랑, 선명한 색이었다. 그는 가방을 끌고 통로를 걸어갔다. 그녀가 그 뒤를 따라갔으나 자주 멈춰 섰다. 그가 뒤를 돌아보았을 때 그녀는 무릎을 꿇고 바퀴를 살피고 있었다. 그녀가 무릎을 짚고 일어나 가방을 밀었으나 열차 바닥의 연결부에 걸려 다시 멈췄다. 그는 되돌아가 그녀의 가방을 잡았다. 낚아채듯 손잡이를 쥐고 들어올렸다가 앞쪽에 내려놓았다. 가방이 난폭하게 뒤집어졌다가 바로 섰다. 그녀가 넋놓은 듯한 표정으로 그걸 보았다. 그는 가방과 그녀를 내버려두고 통로를 마저 걸어갔다. 단차가 꽤 높은 계단을 내려가 플랫폼에 가방을 내린 뒤 자신도 내려섰다. 벌어지지 않도록 가방을 묶어둔 벨트가 느슨해진 것을 보고 풀었다가 다시 묶었다. 작업을 마치고 뒤를 돌아본 그는 그녀가 아직 열차 안에 남아 있는 것을 보았다. 가방을 두 번째 계단에 내려놓은 채 멍하니 그 뒤에 서서 그를 보고 있었다. 그가 그녀의 가방을 잡아 플랫폼으로 내렸다. 다시 가방이 뒤집혔다. 그는 그녀를 돌아보았다. 계단에 선 그녀는 기미가 도드라진 얼굴로 다만 그를 보고 있었다. 그가 올려다보고 그녀는 내려다보았다. 자동개폐장치가 작동되고 별다른 소리도 없이 문이 닫혔다. 그녀의 모습이 창문도 없는 묵직한 문 뒤로 사라졌다. 그는 익스프레스라고 적힌 금속동체를 멀거니 바라보았다. 열차가 가볍게 움직이기 시작해 빠르게 멀어져갔다.

그는 그대로 서 있었다. 열차가 일으킨 바람으로 머리카락이 흔들렸다. 이마에 돋은 땀이 상쾌하게 말랐다. 베를린 중앙역사는 저물어가는 빛에 잠겨 있었다. 이제 플랫폼은 비었다. 강 쪽으로 차갑고 건조한 바람이 불었다. 어…… 그는 소스라쳤다.

두 개의 가방을 끌며 열차가 간 방향으로 달리기 시작했다. 열차의 다음 목적지가 어디였지? 뮌헨…… 거기가 어디지? 얼마나 걸리지? 아내가 뭘 가지고 있지? 현금이나 신용카드를 주머니에…… 가지고 있었나? 어떻게 이럴 수가 있나. 그대로 가버리다니. 아직 내리지 못한 사람이 있는데. 열차가 어떻게 그냥 가버릴 수가…… 무작정 달리던 그는 매표기에 어깨를 기대고 서서 잡담을 나누고 있는 사람들을 발견했다. 모자는 쓰지 않았지만 감색 유니폼을 입고 있었다. 그는 거의 본능적으로 그들이 역무원인 것을 알아보았다. 익스큐즈 미, 아이, 아이…… 그는 입을 벌리고 말을 하려고 노력했다. 나는 아내를 잃어버렸다. 방금 출발한 기차에 내 아내가 타고 있었다. 그녀가 내리기도 전에 기차가 그냥 가버렸다…… 아이 로스트…… 노, 노, 미스드…… 로스트……

역무원들의 가슴엔 배지가 달려 있었다. 한 명은 여자. 다른 한 명은 남자.

그들은 숨을 헐떡이는 동양인 남자를 무심한 얼굴로 바라보았다.

3부

제40회 이상문학상
선정 경위와 심사평

심사 및 선정 경위

  2016년도 제40회 이상문학상 심사 과정은 이미 2015년 11월 말에 준비회의를 거쳐 본격적으로 시작되었다. 후보작 추천위원들의 작품 추천이 모두 마무리된 것은 12월 중순이었고, 그 후 예심을 통해 2015년도에 발표된 중·단편소설을 모두 수집하여, 소정의 절차를 거친 뒤 그 가운데 가장 뛰어나고 개성이 뚜렷한 11편의 작품을 선별했다.

  이 작품들은 최종 심사를 담당할 이상문학상 심사위원회로 넘겨졌다. 심사위원회에 참여한 본심 심사위원은 아래와 같다.

  권영민(문학평론가, 본지 주간)

  김성곤(문학평론가, 서울대 명예교수)

  김인숙(소설가, 2003년 〈이상문학상〉 대상 수상작가)

  김종욱(문학평론가, 서울대 교수)

  윤후명(소설가, 1995년 〈이상문학상〉 대상 수상작가)

  이상문학상 최종 심사는 1월 6일 서울 정동 달개비에서 개최되었다. 예심 과정을 거쳐 최종 심사에 오른 작품은 다음과 같다. (가나다순)

김경욱, 〈천국의 문〉

김미월, 〈도망가지 않아요〉

김이설, 〈빈집〉

김탁환, 〈앵두의 시간〉

윤이형, 〈이웃의 선한 사람〉

이기호, 〈권순찬과 착한 사람들〉

이승우, 〈신의 말을 듣다〉

이평재, 〈엉겅퀴 마티에르〉

정   찬, 〈등불〉

한유주, 〈유령을 힐난하다〉

황정은, 〈누구도 가본 적 없는〉

심사위원들의 전체적인 인상은 소설적 소재와 기법에서 새로운 작풍이 괄목할 만하다는 평이 많았다. 각 심사위원들이 주목했던 작품을 각각 3편씩 천거한 결과 김경욱, 윤이형, 이승우, 김탁환의 작품이 가장 많이 거론되었다.

이승우의 작품은 주제의 무게를 놓고 볼 때 기존에 발표했던 소설에 비해 긴장감이 덜하다는 점, 김탁환의 작품은 글쓰기의 본질 문제에 대한 깊이 있는 탐구에도 불구하고 서사의 전개 자체에 변화가 부족한 점 등이 문제로 지적되었다.

최종 선정 과정에서 김경욱과 윤이형의 작품이 남게 되었다. 윤이형의 경우는 기법에 대한 작가의 독창적인 접근법을 모두가 높이 평가했지만 디테일의 처리에서 드러나는 안이함 등이 지적되었다. 김경욱의 경우는 일견 평범해 보이는 소재에도 불구하고 짧은 이야기의 시간 속에서 다루어지는 디테일의 묘사와 아버지의 죽음 자체를 해석하는 특유의 패러디 방식을 높이 평가했다. 심사위원들은 만장일치로 김경욱의 〈천국의 문〉을 대상 수상작으로 선정했다.

심사평

주제의 해석과 기법의 능란함
— 권영민 · 문학평론가, 본지 주간

2016년도 이상문학상 최종심사에 참여하면서 후보작들 가운데 주목했던 것은 김경욱, 윤이형, 김탁환, 한유주의 작품이었다. 김경욱과 김탁환의 작품은 소설적 주제의 깊이를 주목했고, 윤이형과 한유주의 작품에 대해서는 그 서사 기법의 독창성에 관심을 두었다.

윤이형의 〈이웃의 선한 사람〉은 일상에 대한 해석과 그 도시적 감각이 출중하다. 19세기 말 파리의 우울을 노래했던 보들레르의 산문을 다시 대하는 느낌이 들 정도다. 물론 윤이형의 경우가 훨씬 온건(?)하지만. 그런데 문제는 군데군데 덜 다듬어진 느낌이 걸린다. 한유주의 소설은 이제 자기만의 소설적 문법을 갖춘 것처럼 보인다. 초기작보다 훨씬 독자 친화적이다. 하지만 이 작가가 다루는 주제 의식의 깊이에 대해 불만이다. 김탁환의 소설은 소설적 글쓰기에 대한 자전적 회고처럼 읽힌다. 문장이 아름답고 글쓰기에 대한 진정성이 돋보인다. 그런데 구성의 긴장이 결여되어 있다.

최종 결정 단계에서 나는 김경욱의 〈천국의 문〉에 표를 던졌다. 심사위원 전원이 같은 생각이었다.

　이 소설은 겉으로 보기에는 평범한 소재처럼 여겨진다. 요양병원에서 치매를 앓다가 세상을 떠나게 된 아버지의 이야기라고 한다면 너무 흔해 빠진 이야기다. 그런데 이 평범하고도 흔해 빠진 이야기를 하나의 소설로 만들어내는 작가의 기법이 놀랍다. 소설의 결말 부분에서 실비아 플라스의 시 〈아빠〉를 패러디하는 솜씨가 이 소설의 절정에 해당한다.

　이 소설의 이야기에는 부성父性이라는 것도 부재하고 부정父情이라는 것도 남아 있지 않다. 작가는 아주 비정할 정도로 거리를 두고 있는 딸의 시선을 통해 아버지의 죽음을 그려낸다. 가족공동체라는 것도 이미 붕괴되어 있으므로 가족 간의 유대감이라는 것도 존재하지 않는다. 다만 인간 자체에 대한 연민의 시선이 남아 있다. 작가가 그것을 놓치지 않았다.

　단편소설의 정석이라고 할 수 있는 치밀한 시간 구성, 밀도 있게 처리된 디테일의 묘사는 근래 보기 드문 소설적 성과라고 할 수 있다. 그리고 마지막 장면의 패러디에서 나도 모르게 내뱉게 되는 탄식이 씁쓸한 여운으로 이어진다. 김경욱 씨에게 다시 한 번 축하를 드린다.

'어두운 과거의 짐' 내려놓기에 대한 뛰어난 성찰과 표현의 능숙함

— 김성곤 · 문학평론가, 서울대 명예교수

문학이 당대의 사회와 문화를 반영하는 것이라면, 이번 후보작들은 모두가 수상 자격이 충분했다. 이 시대의 상처인 세월호 참사에 대한 죄의식을 다룬 작품도 있었고, 우리 사회의 첨예한 관심사인 세대 간의 갈등을 다룬 단편도 있었으며, 오늘을 사는 현대인의 상실감과 소외감을 다룬 경우도 있었기 때문이다.

김경욱의 〈천국의 문〉은 일견 아버지의 임종을 눈앞에 둔 자녀의 심리적 갈등을 다룬 작품처럼 보인다. 그러나 그 심층을 들여다보면, 이 작품은 오늘날 우리가 당면하고 있는 절박한 문제―즉, 이제는 극복하고 떠나보내야 할 어두운 과거의 유산 문제―를 죽어가는 아버지의 모습에 은유적으로 투영하고 있다는 것을 알 수 있다.

주인공 여자의 아버지가 어둡고 폭력적인 과거의 표상이라는 점은 도처에서 발견된다. 아버지는 평소에도 가족에게 망치나 식칼을 휘둘렀으며, 요양병원에서는 과도를 빼앗아 자신을 간병하는 착한 딸을 찌르려고 한다. 부모가 이혼할 때, 아버지가 가엾어서 아버지를 선택한 딸은 자신의 인생을 망친 아버지를 원망하게 된다. 사실, 아버지만 없었으면 그녀는 치료비를 대느라 지하실에서 살 필요도 없었을 것이고, 해외 유학도 갈 수 있었을 것이며, 오랜 소원인 핀란드의 오로라도 볼 수 있었을 것이다.

그녀에게 있어서 아버지는 평생 지고 가야 할 숙명적인 짐이었고, 짊어져야 할 멍에였으며, 빛을 가리는 어둠의 표상이었다. 어두운 과거 속의 아버지가 자신의 미래를 망치는 존재라는 사실을 깨달은 주인공은 아버지의 죽음을 은밀히 상상하고 죄의식에 시달린다. 사실, 그녀의 마음은 죽어가는 아버지보다는 병원에서 만난 남자 간호사에게 더 이끌리고 있다. 그래서 아버지가 오늘 밤을 못 넘길 것 같다는 전화를 받았을 때, 그녀는 그 남자를 만날 수 있다는 기대 속에 화장부터 고친다. 그리고 택시기사에게 무의식적으로 병원 이름이 아닌, 영안실 이름을 불러준다. 남자 간호사는 그녀를 아버지의 폭력으로부터 구해주며, 죽음이라는 것은 마치 천국의 문을 여는 것과 같다고, 그러니 아버지의 죽음을 두려워하지 말라고 그녀를 위로해준다. 그러고는 결국 그녀의 미래를 위해, 아버지의 죽음을 앞당긴다.

그러나 아버지의 죽음 후에, 그녀는 과연 죄의식에서 벗어나 행복하게 살 수 있을 것인가? 아버지는 미소 지으며 죽는다. 그러나 그는 과연 웃으며 천국의 문으로 들어갔는가? 그 남자는 그녀에게 사람이 죽으면 빛을 보게 된다고 말한다. 그러나 그녀의 아버지는 과연 빛을 보았는가? 그녀 또한 이제는 눈부신 오로라를 볼 수 있을 것인가?

김경욱의 〈천국의 문〉은 극복해야 할 과거와 혼란스러운 현재가 갈등하고 충돌하는 현대 한국사회의 딜레마를, 아버지를 떠나보내는 딸이라는 탁월한 은유로 잘 형상화해낸 수작이다. 어두운 과거의 짐이 스스로 사라져주지 않을 때, 우리는 인위적인 방법으로 그 문제를 해결하려고 한다. 그리고 그 과정에서 필연적으로 폭력과 상처가 생겨난다. 어두운 과거를 물리적으로 제거했을 때, 과연 밝은 미래와 아름다운 오로라가 찾아올 것인가? 〈천국의 문〉은 바로 그러한 의문에 대한 문제를 심도 있게 천착하고 있는 주목할 만한 작품이다. 김경욱 작가의 제 40회 이상문학상 수상을 축하한다.

끔찍한 세월의 끝에 깊게 울음소리를 내는 문학의 향기
— 김인숙·소설가

어두운 밤, 죽음과 삶의 경계를 걸어가는 여자가 있다. 소망과 사랑과 관계의 빗금에 놓여 있는 여자. 그 여자에게 아버지의 죽음은 너무나 냉정해서 오히려 환상 같다. 밤의 요양원, 그리고 밤의 장례식장…….마치 내 인생에 놓인 어느 허방 같은 장면이다. 김경욱의 소설 〈천국의 문〉은 그렇게 나를, 쓸쓸하지만 외면할 수 없는 어느 삶의 순간으로 인도한다. 그 소설 속으로 들어가 어느 낯선 이의 장례식장에 도달한다면, 그 장례식장의 접객실에는 다들 내가 아는 사람들이 있을 것 같다. 소설의 환상이고, 삶의 환각이다.

올해 예심을 통해 올라온 작품들 중에는 경계의 지점을 보여주는 작품들이 많다. 끔찍한 세월을 보내온 탓일 터이다. 너무 고통스러워 차마 어떻게도 바라볼 수 없었던 상처들이 서서히 소설의 지면 속으로 들어오고 있다. 바라보기 힘들지만 바라보고, 말해야 하고, 끝끝내 묻고 또 물어야 하는 것이 문학의 본령이라면, 끔찍한 세월의 끝에 깊게 울음소리를 내는 문학이 있는 것도 당연한 일일 터이다. 그저 살아가는 것조차 누군가에게 빚을 지는 것처럼 여겨지는 사회, 모든 것이 사라져버려 텅 빈 존재가 되어버린 사람들, 이것이 세월호의 상처가 남긴 오늘의 모습이다.

정찬의 〈등불〉과 윤이형의 〈이웃의 선한 사람〉은 각기 다른 방식으로 상처받은 사람들을 다루고 있다. 이승우의 〈신의 말을 듣다〉도 마찬가지다. 도대체 누가 우리를 이렇게 죄스럽게 만드나. 촘촘하게 적힌 소설 속에서 질문은 더욱 깊고 더욱 막막하다. 황정은의 〈누구도 가본 적 없는〉에 이르면, 아이를 잃은 어미와 아비는 한국도 아닌 해외를 떠돌고 있다. 관광이라 이름 붙여진, 그러나 귀신처럼 떠도는 배회이다. 어떤 식으로도 상처를 봉합할 수가 없어서 삶도 아니고 죽음도 아닌 곳에서 배회하는 사람들. 말하자면 그 귀신들은 해외의 낯선 곳에서 기차에 실려 알 수도 없는 곳으로 사라져버리기까지 한다.

최종 당선작으로 선정이 된 김경욱의 〈천국의 문〉 역시 경계를 다루고 있지만, 그 경계의 소재는 낯설지 않다. 낯설지 않은 소재를 단단하게 움켜쥐고 독자들을 어느 지점으로 몰아가 벽에 세게 부딪치게 만든다. 부딪치는 순간 터져 나오는 질문들은 독자들 나름마다 다를 것이다. 벽에 부딪치는 느낌처럼, 삶은 이렇게 어느 순간순간마다 매우 얼얼하다. 그런데 이 얼얼한 걸 어찌할 사이도 없이, 더 큰 게 온다. 도대체 무엇이 우리를 이렇게 괴롭히는가. 김경욱을 쫓아 밤길을 달리는 불안은 확실히 매혹적이다.

당선을 축하한다.

개인의 실존과 삶의 아이러니

— 김종욱 · 문학평론가, 서울대 교수

본심에 올라온 여러 소설들을 읽다가 문득 그런 생각을 했다. 세월이 흐른 뒤에 2015년은 어떻게 기억될까? 어쩌면 누군가는 상실감과 책임감, 혹은 죄의식 때문에 우울했던 시기였다고 쓸지도 모르겠다. 그 우울의 감정들은 결국 보내야 한다는 것을 알고 있음에도 불구하고 아직까지 보낼 수 없는 슬픔에서 비롯한 것일 게다. 그것은 어떤 사건에 대한 기억에서 비롯하는 것만은 아니다. 빠르게 변화하는 삶 속에서 그동안 소중하게 지켜왔던 가치들이 사라져 가고 있는 데 대한 상실감과 결부된 감정이기도 하다. 그렇게 여러 소설들이 상실과 우울을 출발점으로 삼고 있었다. 정찬의 〈등불〉이 그러했고, 김탁환의 〈앵두의 시간〉도 그러했다. 죽음의 양상과 의미는 서로 달랐지만, 정녕 아름답고 소중한 것들을 잃어가고 있는 우리들의 무감각을 묵직하게 파고들고 있었다.

마지막까지 두 편의 소설을 놓지 못하고 있었다. 윤이형의 〈이웃의 선한 사람〉은 참신한 발상을 통해 우리 시대의 아픔과 함께 우리가 향하고 있는 위기 상황을 비유적으로 형상화하고 있었다. 그의 작품은 언제나 그러하듯이 장르소설의 문법을 차용한 듯하면서도 독자들에게 현실을 반성적으로 사유하도록 이끄는 데 탁월한 능력을 지니고 있었다. 반면에 김경욱의 〈천국의 문〉은 전통적인 방식으로 한 개인의 실존과 삶의 아이러니를 보여주었다. 조금은 익숙한 구성이긴 했지만 오랜

창작 생활 동안 닦아온 능란함으로 이야기를 구성해내는 솜씨는 높이 살 만한 것이었다. 뿐만 아니라 건조하고 차가운 어투로 가족의 죽음을 대하는 태도는 지금까지 우리 소설에서 쉽게 볼 수 없던 낯선 풍경이기도 했다.

살아가기에 급급해서, 혹은 떠올리는 것조차 불쾌해서 외면한 채 살아가는 우리의 가까운 미래, 부재와 소멸을 환기시키는 것은 소설의 오래된 임무 중의 하나라고 생각한다. 그런 점을 고려할 때, 김경욱의 작품은 삶이 죽음의 유예에 불과하다는 실존적인 사유를 설득력 있게 보여주었다는 점에서 제40회 이상문학상 대상 수상작으로 조금도 부족함이 없다고 생각했다. 자신의 문학세계를 구축하기 위해 오랫동안 성실하게 창작 활동을 해왔던 작가에게 감사와 함께 축하를 전하고자 한다.

삶의 아픔 살아나
― 윤후명 · 소설가

한국소설의 변모에 대해 고뇌하지 않을 수 없다. 근거 없는 변모를 발전이라고 할 수 있을까. 인문학의 정체란 무엇일까. 온고이지신溫故而知新이란 과연 살아있는 규범일 수 있을까. 그러나 답안을 주지도 않고 한국소설은 어디론가 달려가고 있다. 따라서 좌표를 읽을 틈도 없이 자이로스코프는 제멋대로 기울어진다. 이 걱정을 가라앉혀줄 소설은 어디에 있을까.

우울한 바다 위의 난파선에 갇혀 있는 심정으로 소설들을 대하게 된다. 그래도 희망을 버릴 수는 없다고 스스로를 다독인다. 인류의 미래조차 어둡기 짝이 없는 마당에 소설인들 무슨 활로를 제시하겠는가만은 그래도 글자들은 우리를 바라보고 있지 않은가. 흩어진 글자들의 빛을 모아 희망의, 긍정의 등불을 켜야 하지 않을까. 그렇게 '한글'은 '소설가'를 기다리고 있지 않을까.

〈천국의 문〉 앞에 '생각하는 사람'의 포즈는 가련하다. 그러나 집요하게 모색해 가는 자세에 문학의 본질을 상기시키는 힘이 느껴진다. 하나의 결과에 다가가는 면밀한 접근 방법을 인정하지 않을 수 없었다. 삶의 배리背理를 말하고자 하는 의도가 좀 가혹하지 않았나 하는 우려에도 불구하고 삶은 그렇게 놓여 있다는 아픔이 다시금 되살아났다.

아울러, 이평재는 보다 부드럽고, 한유주는 보다 자상하고, 윤이형은 보다 넓어져서, 행복한 시간을 누릴 수 있었다.

'이상문학상'의 취지와 선정 규정

한국의 가장 오랜 그리고 으뜸의 문학상으로 평가받는 것은
이 규정에 따른 심사의 공정성과 작품성에 있다.

1. **취지와 목적** : 〈문학사상〉(이하 주관사라고 한다)이 1972년에 제정한 '이상문학상(李箱文學賞)'(이하 '본상'이라고 한다)은 요절한 천재 작가 이상(李箱)이 남긴 문학적 유산과 업적을 기리며, 매년 가장 탁월한 소설 작품을 발표한 작가들을 표창하고,《이상문학상 작품집》(이하 '작품집'이라고 한다)을 발행하여 널리 보급함으로써, 한국문학의 발전에 기여할 것을 목적으로 한다.

2. **수상 대상 작품** : 전년도 〈본상〉 심사 대상(對象) 작품의 마감 이후인 발행일자를 기준으로 하여, 당해년도 1월부터 12월 말 사이에 발표된 작품을 모두 심사와 수상의 대상에 포함한다. 문예지(월간지의 경우 당해년도 1월 초부터 12월 말일 이전 일자에 발행된 것으로 하고 계간지도 포함한다)를 중심으로 해서, 각종 정기간행물 등에 발표된 작품성이 뛰어난 중·단편소설을 망라하여 본심에 회부한다. 예비심사 과정에서는 심사 대상에 오른 작품이 대상 또는 우수작상으로 선정될 경우, 본상의 규정에 따른 수락 의사 유무를 직접 또는 간접적으로 확인한다. 중·단편소설을 시상 대상으로 하는 까닭은, 문학의

중심이 장편소설에서 점차 중·단편소설로 이행하는 추세를 감안하고, 작품 구성과 표현에 있어서의 치밀성과 농축성으로, 짙고 강렬한 소설 미학의 향기와 감동을 자아내게 한다고 믿기 때문이다.

3. 상의 종류 : 본상은 가장 뛰어난 작품에 대한 대상(大賞) 1명과, 10명 이내의 대상(大賞)에 버금하는 작품에 대한 우수상을 선정하여 시상한다.

4. 예심 방법 : 예심은 월간 〈문학사상〉 편집진이 매 연도에 각 매체에 발표된 작품을 선별하여, 주관사의 편집위원과 편집주간 및 편집임원으로 구성된 이상문학상 운영위원회에서, 저명한 대학교수·문학평론가·작가·각 문예지 편집장·일간지 문학담당 기자 등 약 200명에게 추천을 의뢰하여 비밀리에 예비심사를 진행한다. 3회 이상 우수상을 받은 작가는 추천을 거치지 않고도 당해년도에 발표된 작품 중 뛰어난 작품을 선정하여 본심에 회부할 수 있다.

이와 같은 독특한 예심 방법은 소수의 예심 및 본심의 심사위원이, 짧은 시일 내에 수많은 작품 속에서 본심에 회부할 작품을 선정하고 본심 심사위원이 단시간에 여러 작품을 심사하고 수상 작품을 선정하는 일반적인 문학상 심사제도의 단점을 보완하고, 되도록 문학 발전에 관심이 깊고, 전문 지식을 지닌 다수의 전문가에 의해 장기간에 걸쳐 많은 작품을 수시로 검토하여 심사 대상에 망라함으로써, 신중하고 세심한 예심 과정을 밟기 위한 것이다.

5. 본심 방법 : 예심을 거쳐 본심에 회부된 작품은, 권위 있는 탁월한 평론가와 작가로 구성된 5인 이상 7인 이내의 심사위원회에 넘겨져, 수일간 개별적인 검토를 거친 후 본심위원 회의에서 최종 결정을 한다. 본심 회의는 대체토론을 통해 본심에 회부된 작품 가운데 10편 내외의 작품을 먼저 선정한다. 이 작품 속에서 1편의 대상(大賞) 작

품을 선정하고, 나머지 작품 중에서 우수상 작품을 선정한다. 수상 작품 결정에 있어 심사위원의 의견이 일치하지 않을 경우에는, 3인 의 연기명 비밀 투표로써 다수결 원칙에 따라 최종 결정을 한다.

6. **저작권** : 대상(大賞) 수상 작품(이하 '대상 작품'이라고 한다)의 저작권 은 본상의 규정에 따라 주관사가 갖는다. 단, 주관사의 작품집 발 행 후 3년이 경과한 이후부터, 동 대상 작품을 대상을 받은 작가의 작품집에 한해서 수록할 수 있다. 다만, 어떤 경우에도 본 작품집의 표제(대상 작품명)와 중복되거나, 혼동의 우려가 없도록 하기 위하여 대상 수상작가가 발행하는 작품집의 서명(書名, 표제작)으로는 쓰지 않기로 한다.

7. **이상문학상 작품집 발행** : 이 작품집은 본상의 공정성과 권위를 광 범위한 독자에게 널리 알리고, 수록된 작품과 그 작가들에 대한 표 창과 영예의 뜻을 담고 있다.

8. **이상문학상 운영위원회** : 주관사의 발행인을 위원장으로 하고 월간 〈문학사상〉의 편집주간 및 이사회가 선임한 위원으로 구성되며, 본 상의 운영에 관한 모든 업무를 관장한다.

9. **이상문학상 심사위원회** : 이상문학상 운영위원회는 매 연도마다 5~7인의 본상 심사위원을 위촉하여 심사위원회를 구성한다. 동 심사위원회는 본상의 대상(大賞)과 우수상을 수여할 작품을 심의 결정한다.

(주) 문학사상
이상문학상 운영위원회

제40회 이상문학상 작품집

1판 1쇄 | 2016년 1월 23일
1판 13쇄 | 2016년 2월 11일

지은이 | 김경욱 외
펴낸이 | 임홍빈
펴낸곳 | (주)문학사상
주소 | 서울특별시 송파구 중대로 38길 17 (05720)
등록 | 1973년 3월 21일 제1-137호

전화 | 02)3401-8540
팩스 | 02)3401-8741
홈페이지 | www.munsa.co.kr
이메일 | munsa@munsa.co.kr

ISBN 978-89-7012-949-5   03810

이 도서의 국립중앙도서관 출판예정도서목록(CIP)은 서지정보유통지원시스템 홈페이지
(http://seoji.nl.go.kr)와 국가자료공동목록시스템(http://www.nl.go.kr/kolisnet)에서
이용하실 수 있습니다. (CIP제어번호 : CIP2016000767)